什么是好的童年书写

儿童文学
大家谈

高洪波　主编

CTS | 湖南少年儿童出版社
HUNAN JUVENILE & CHILDREN'S PUBLISHING HOUSE

图书在版编目（CIP）数据

什么是好的童年书写：儿童文学大家谈/高洪波主编.—长沙：湖南少年儿童出版社，2017.8
ISBN 978-7-5562-3136-2

Ⅰ.①什… Ⅱ.①高… Ⅲ.①儿童文学－文集 Ⅳ.①I058-53

中国版本图书馆CIP数据核字（2016）第314622号

SHENME SHI HAO DE TONGNIAN SHUXIE
什么是好的童年书写
ERTONG WENXUE DAJIA TAN
儿童文学大家谈

总 策 划：汤素兰　吴双英
责任编辑：杨　巧　熊　楚
整体设计：陈　筠
质量总监：阳　梅
出 版 人：胡　坚
出版发行：湖南少年儿童出版社
地　　址：湖南省长沙市晚报大道89号　邮编：410016
电　　话：0731-82196340　82196334（销售部）0731-82196313（总编室）
传　　真：0731-82199308（销售部）0731-82196330（综合管理部）
经　　销：新华书店
常年法律顾问：北京市长安律师事务所长沙分所　张晓军律师
印　　刷：长沙超峰印刷有限公司
开　　本：710 mm×1000 mm　1/16
印　　张：19.25
字　　数：250 千字
版　　次：2017年8月第1版　印　　次：2017年8月第1次印刷
定　　价：50.00元

儿童文学大家
带领你遨游灿烂的文学星河

目　录

第一篇　什么是好的童年书写

方卫平

浙江师范大学教授、博士生导师。著有《中国儿童文学理论发展史》《童年写作的重量》《享受图画书——图画书的艺术与鉴赏》《儿童文学教程》《方卫平儿童文学理论文集》等个人作品，主编有"国际安徒生奖大奖书系"等，获"浙江省劳动模范"称号、第六届高等教育国家级教学成果奖二等奖等，享受国务院政府津贴。

我们知道，儿童文学是以童年书写作为自己的核心艺术内容的。儿童文学是否书写了童年，书写了怎样的童年，怎样书写了童年，这一系列的问题一直是儿童文学艺术语境中非常重要的课题和潜台词。每个作家都明白，作为儿童文学的写作者，他的起点就在于表现童年或者表现为童年所关切的那种生活、思想、情感。但是，他最高的艺术目标在哪里？抵达这样一个艺术目标的路径又在哪里呢？

对于儿童文学写作者来说，能否创造这样一种独特的、深刻的、重要的儿童文学艺术和美学，显然跟童年书写的策略是息息相关的。

我想分三个方面来谈"什么是好的童年书写"这个话题。

第一是关于童年纯真及其深度的书写。

十九世纪俄国作家陀思妥耶夫斯基在他的作品《卡拉马佐夫兄弟》中有大量关于童年的描写，其中他借阿廖沙之口谈到了童年记忆对于人甚至对于写作的重要性。他说："一个好的回忆，特别是儿童时代，从父母家里留下来的回忆，是世上最高尚、最强烈、最健康，而且对未来的生活最为有益的东西。人们对你们讲了许多教育你们的话，但是从儿童时代保存下来的美好、神圣的回忆也许是最好的回忆。如果一个人能把许多这类的回忆带到生活里去，他就会一辈子得救。"我们知道，童年的文学表现在成人世界里是十分丰富的，世界范围里的经典作家是这样，我们中国的许多当代作家也是这样。我们随意一梳理，就看到当代作家当中像余华、张炜、莫言、铁凝、苏童、王安忆、阿来、格非、马原等很多作家，童年常常是他们写作的灵感来源和重要内容。那么，在儿童文学中的童年书写，跟陀思妥耶夫斯基笔下的童年书写，就可能完全是不一样的。陀思妥耶夫斯基作品中把童年的真相与苦痛撕开来的时候，它的力量常常是我们承受不了的。可在儿童文学中不能这样写。所以我认为，儿童文学对童年纯真的把握与描写，一定是儿童文学把握童年的基本姿态。

现在的问题是你怎么去表现这种童真？如果童真变成了简单，那儿童文学的艺术魅力就一定失去了。纯真不等于简单，童年的纯真也不等于童年的简单。我们怎么去描写它？举个例子，儿童诗经常用儿童的口语表现他们对世界的感受和认识，这是儿童诗的一种境界。台湾有个小学生刘美惠写了一首诗《娶太太》，大体是这样写的：爸爸问小明，长大了要娶谁做太太？小明说要娶最疼他的人。爸爸问那是谁？小明说是祖母。爸爸说，她是我妈妈，你怎么能娶她做太太呢？小明说，那他妈妈爸爸怎么可以娶她做太太？这就是一个年幼的孩子表达他对祖母的那种跨代之间的感情的方式。在这种单纯当中，我们看到了美好的东西，这是一种温暖，当然还有童年自身所带来的趣味感和幽默感。

童年还可以用另外一种方式来写，比如用讽刺的甚至是挖苦的方式来写。台湾有位已故的老诗人詹冰，儿童诗写得非常好。有一首是对话形式的，叫《游戏》，写的是刚上小学一年级的一个姐姐十分热爱学校课堂的生活，她回到家里和五岁了还没有上学可是又渴望上学的弟弟做上课的游戏，边上还有一个小妹妹，就这么一个情境。这首诗是这么写的：小弟弟我们来做游戏／姐姐当老师你当学生／姐姐，那小妹妹呢／小妹妹她什么也不会／我看就让她当校长好了！我儿子上一年级的时候有一次放学回家问我："老师大还是校长大？"我觉得很难回答这样的问题，如果说是校长大，我不想把这种观念带给他。如果我说是老师大，好像也不合适。我就说："他们一样大！"这首诗表现了儿童对成年世界的理解，校长进进出出的，什么都不会就当校长，诗里自然地表达了对不学无术的官员的嘲笑。我们再来看看詹冰的另一首诗《插秧》。记得当初看到这个题目，我的第一反应是，《插秧》这首劳作的诗怎么写出诗意呢？请看：

水田是镜子，

照映着蓝天，

照映着白云，

照映着青山，

照映着绿树。

农夫在插秧，

插在绿树上，

插在青山上，

插在白云上，

插在蓝天上。

简简单单的儿童诗也能写出劳作的诗意和无比蓬勃的气势。苏联诗人鲍罗杜林的《刽子手》中，在刽子手面前，孩子说道"叔叔啊，别把我埋得很深，要不妈妈会找不到我的"。在战争这样灭绝人性的语境下，无辜的孩子要被活埋，这是一个让我们何等不能面对的惨痛的场景。可是这个不幸的孩子在这样的时刻，竟然叫刽子手"叔叔"，他惦念的是母亲对他的牵挂，"别把我埋得很深，要不妈妈会找不到我的"。战争的罪恶，战争对童年的伤害，用这样几个短小的句子，就让我们对战争的残酷无情，对无辜儿童生命的惨遭涂炭和杀戮，产生了无比强烈的伤痛和抵抗情绪。

其实童年也可以表现一些有趣的事情。我们来看这样一本童话书如何通过童年的视角来对白人中心主义的文化霸权观念进行嘲弄和解构。"我是黑人，出生的时候皮肤是黑色。你是白人，出生的时候皮肤是粉红色。我长大后皮肤是黑色，你长大后皮肤是白色。我晒太阳以后皮肤是黑色，你晒太阳以后皮肤变成红色。我冷的时候皮肤是黑色，你冷的时候皮肤变成蓝色。我害怕的时候皮肤是黑色，你害怕的时候皮肤变成绿色。我上天堂的时候皮肤是黑色，你上天堂以后皮肤变成灰色。你居然说我是有色人种。"在这本图画书中，"我"从出生到进入天堂，都是黑色的，而白人像变色龙一样，粉红色，绿色，蓝色，灰色，"我"怎么会是有色人种呢？有人说这本图画书中政治色彩太浓了，但我个人还是很喜欢。可以说，这些作品，对童年的呈现、书写，都是比较独特、深刻的。

保加利亚裔的德国作家笛米特·伊求的幼童小说《拉拉和我》，最初是由湖南少年儿童出版社引进出版的，一共五本，里面有很多很多的好故事。作品中的拉拉是一个姐姐，"我"是一个弟弟，两姐弟都还没有上学。其中有这样一个故事叫《婴儿》。

拉拉和我

［德国］笛米特·伊求

郑如晴　译

婴　儿

桐尼叔叔和一位女学生结婚了。

刚开始她很漂亮，后来越来越胖，很快就比桐尼叔叔胖了。

我们都为桐尼叔叔担心，因为他和他太太睡的是狭窄型的法国床。如果她再胖下去，他就没地方可睡了，就像有次夜里，我从床上摔下来一样。

我们应该送他一张床吗？

我们还有一张旧床在地下室。可是床该放在哪里呢？他的房间已经没有空间了。

"最好是她减肥！"拉拉说，"桐尼叔叔不该给她吃那么多，或者，他应该把食物藏起来！"

"对！"我赞成，"他应该把食物藏起来！"

我们想马上去找桐尼叔叔，告诉他应该把食物藏起来，否则他太太会越来越胖。但是，妈妈说，桐尼叔叔不在，带他太太去度假了。

一天，我们从窗外看到桐尼叔叔的车。

"快！拉拉！桐尼叔叔回来了！"

我们看到桐尼叔叔下车，还有他的太太，她更胖了。

可怜的桐尼叔叔，床上可能没有他睡的地方了。他们开车出去时，车子一定有一边倾斜下来了。

"你将来会和这样胖的太太结婚吗？"拉拉问我。

"才不呢！"

"我也是！"她说。

桐尼叔叔看来根本不因为他太太这么胖而受影响，他们手拉着手走，好像不知道她是全街最胖的女人。这简直把我们给弄糊涂了。可怜的桐尼叔叔！

拉拉认为："爱情是盲目的。"

我想知道为什么爱情是盲目的，但是拉拉也不知道。

第二天早餐时，我听到妈妈对爸爸说：

"下午有个电视节目——如何在两星期内减肥五磅，我无论如何都要看。"

我和拉拉马上跑去告诉桐尼叔叔。

"桐尼叔叔，桐尼叔叔。"

"什么事？孩子们！"桐尼叔叔问。

"今天有个电视节目——如何在两星期内减肥五磅。你太太一定要看。"

桐尼叔叔笑着说："为什么？"

"因为……因为……"拉拉吞吞吐吐地说，"因为她太胖了！"

"对！"我说，"她必须减肥了，她变成整条街最胖的女人了！"

"她是很胖！"桐尼叔叔说，"因为我们的小娃娃在她的肚子里！"

我和拉拉呆呆地站在那儿。

"什……什么……样的小娃娃？"拉拉结结巴巴。

"我们的小娃娃，她的小娃娃，也是我的小娃娃！"桐尼叔叔说。

"那小娃娃在那里做什么？"我想知道。

"他在睡觉。"桐尼叔叔解释，"他一边睡一边长大，有一天他会跑出来，那时我太太就会像以前一样瘦了。"

天呀，原来是这么一回事！拉拉和我下楼时说好，这件事我们绝对一个字也不说出去。我们好兴奋，等小娃娃醒了跑出来，那才是更大的惊喜呢。这栋房子里住了那么多人，却只有我和拉拉知道桐尼叔叔的太太为什么变胖了。

这个小说里面全是故事，将童年纯真的趣味性发挥到了极致。

以童年一派天真的眼光看待世界，对周围世界的天真、友善、热情的关心和参与，造成了独特的童趣幽默，体现了童年独特的至浅至清至纯至美的纯真美学，晨露般晶莹、透明、富有情趣的童心之美和儿童文学之美。不管我们如何笑话拉拉和"我"为桐尼叔叔和他的太太所做的一切，这两个小不点儿可是在自己的世界里过得认真而严肃。而反过来，正是这种来自童年主人公的认真和严肃，为故事带来了令人忍俊不禁的效果，也把其中的幽默和趣味衬托得愈发浓稠起来。他们的天真与可爱，使他们的行为在不知不觉中超越了所有人的道德判断，变成了一种可以观赏的纯粹而美好的事物。

美国著名作家阿诺德·洛贝尔的《青蛙和蟾蜍》系列，是一部杰作。今天我想跟大家一起来欣赏其中的一个故事——《惊喜》。

惊 喜

[美国] 阿诺德·洛贝尔

党英台 译

十月了。树上的叶子纷纷落下，落得满地都是。

青蛙说："我要到蟾蜍家去，帮他把草地上的叶子扫干净，给蟾蜍一个惊喜。"

蟾蜍望望窗外，他说："这些零零乱乱的叶子把什么都盖住了。"他从放杂物的柜子里拿出一把耙子。"我要到青蛙家跑一趟，把他的叶子扫光。青蛙一定会很高兴。"

青蛙从树林里跑过去，这样蟾蜍才不会看见他。

蟾蜍从深深的荒草里跑过去，这样青蛙才不会看见他。

青蛙来到蟾蜍的家。他从窗户往屋里看了看。"正好，"青蛙说，"蟾蜍不在家。他绝对想不到是谁把他的叶子扫光的。"

蟾蜍到了青蛙的家。他从窗户往屋里看了看。"正好，"蟾蜍说，"青蛙不在家。他绝对想不到是谁把他的叶子扫光的。"

青蛙努力地扫啊扫，他把叶子扫成一堆，不一会儿，蟾蜍的草地就干净了。青蛙拿起他的耙子，走回家去。

蟾蜍拿着耙子辛苦地扫来扫去，他把叶子扫成一堆。不一会儿，青蛙的前院，连一片叶子也没有了。蟾蜍拿着他的耙子，走回家去。

一阵风吹来，吹过了这片土地，把青蛙帮蟾蜍扫好的叶子吹得到处都是，也把蟾蜍帮青蛙扫好的叶子吹得到处都是。

青蛙回到了家，他说："明天我也该把自己家草地上的叶子扫一扫了。蟾蜍看见他的叶子已经扫干净，不知道会多么惊喜呢！"

蟾蜍回到了家，他说："明天我得干点活儿，把自家的叶子清扫一下。青蛙看见他的叶子已经扫干净，不知道会多么惊喜呢！"

当天晚上，青蛙和蟾蜍都很快乐。他们各自关了灯，上床睡觉了。

这是一个典型的双线对称结构的童话故事。这样对称的故事结构特别适合儿童阅读，因为它能够大大增加文本叙事的稳定感。但这样的结构也容易导致故事自始至终都缺乏必要的紧张感和吸引力。在这则故事中，青蛙与蟾蜍互相为对方扫落叶的情节尽管不乏令人感动之处，但如果仅仅是这样，它还不足以构成一个优秀的童话故事。作品最出色的设计，发生在青蛙和蟾蜍各自扫完落叶回家的路上，"一阵风吹来"，把他们分别帮对方扫好的叶子吹得到处都是。于是，就像什么事也没有发生过一样，两个好朋友分别回到了家。他们"都很快乐"，因为他们都认为，自己已经给好朋友带去了一个"惊喜"——正是因为这样意外的转折和处理，让这则童话有了一种令人心中一颤的震撼与感动。只有我们知道，在青蛙和蟾蜍各自的小院里，曾经发生过一些什么样的事情；但也要允许我们承认，故事中互相不知情的这一对好朋友，才是最幸福的。

《惊喜》这个故事，最妙在它的结尾。如果没有这个结尾，它就是一个今天看来比较普通的童话故事，简短，可爱，温暖，但并不那么特别。有了这个结尾，故事就有了出人意料的转折，这个转折使它从大部分相近题材、风格的童话小故事中脱颖而出，体现了文学创作的"陌生化"效果。

这还是它第一个层次的艺术妙处。第二个层次，随着一阵风吹来，落叶遍地，掩盖了青蛙和蟾蜍为彼此所做的一切，这个结局充满了文学的张力：一方面，两个好朋友努力所做的一切，最终并未达成他们期望的目的，也没有留下任何痕迹，这似乎令人遗憾；但另一方面，满地的落叶虽然掩盖了他们曾经的举动，却不曾掩盖他们的友情。相反，正是在这静态的表象下，埋藏着那个只有我们看见并见证了的故事，它的温情因这一沉默的存在方式而更令我们感动。这种以静衬动、以无衬有的手法，达到了比单纯表现"动"和"有"更生动的艺术效果。

还有第三个层次。如果说前两个层次更多地关乎文学的手法，这个层次就更关乎故事的精神。当一阵风抹去了青蛙和蟾蜍为彼此清扫落叶的一切痕迹，他们却在满足的情绪中上床安睡。如果你仔细品味，在这里，一件为朋友所做的好事情，其终点并非让朋友感到并明白自己的心意，而是这件事情本身带给自己的满足和快乐。这就把友情的感觉带回到了一种更单纯的境界。我们读到了太多以朋友间的互相关怀和帮助为主题的童话故事，在这些故事里，你会发现一个并不彰显却隐隐存在的回报主题，即我关心朋友，朋友也会关心我，这样互相依靠，彼此惠利。这种想法在注重务实的现实生活中是很有说服力的。但在《惊喜》的故事里，一阵风之后，这种务实性的互利关系不见了（因为他们谁也没有从中得到可见的惠好），留下的是一份最单纯的关切之情。这份关切并不需要现实效果的证明，它的存在，本身就充满了美感。《惊喜》以这样一个别出心裁的结局，巧妙地传递出这一更纯粹的艺术精神。这就是童年单纯的高级艺术。

所以，我觉得儿童文学的力量真的可以写得很深很深。这个故事完全符合童年的逻辑和现实的逻辑。作者写出了人生的这样一种真相，让我们温暖，也让我们遗憾；让我们幸福，也让我们备感无奈。生活就是这样的。生活的逻辑也符合艺术的逻辑。这些年，我们引进了很多优秀的作品，比如说，天天出版社的《我亲爱的甜橙树》。这是一部长篇，非常让人感动。里面的小男孩泽泽的家庭非常困苦，爸爸失去了工作，家里孩子多，泽泽经常跟着社会上的人混，在社会染缸里变得早熟。比如，他很喜欢一首流行歌曲，他每天都在唱，可是歌词又是具有色情意味的。但这个孩子很简单很单纯，他完全不知道歌词有多么的不适宜，他就觉得好玩。尽管爸爸在家里被生活的重担压得很沉重很悲苦很无奈，可当儿子在他面前肆无忌惮地唱这么一首歌曲的时候，底层人们的那种单纯善良以及对孩子的伦理要求，让他痛下狠手，把孩子往死里打。故事中的小男孩完全不明白为什么会被爸爸痛打一顿。小男孩有一个好朋友老葡，是一个50多岁的长辈，两个人经常一起交流，成为了忘年交。他们经常到火车经过的地方看火车。小男孩受了这样一种在他看来是莫名其妙的毒打后，他想卧到那个火车轨道上面，他想告别这个世界。但在这之前，他想跟忘年交老葡告别，于是就去找了他，把自己的委屈跟不幸都告诉了老葡，并告诉他不想活了。这里的细节就精彩在此处了。老葡对小男孩说："你不要这么想不开，周末我还想去我女儿那里的。我不去了，我带你去海边兜风。""是吗，那太好啦！"这段话结束的时候，老葡问小男孩："你还想着刚才那件事吗？""什么事？刚才什么事？"我们可以看到，父亲有很多的生活无奈，当他把这些东西发泄到孩子身上的时候，我们可以看出生活赋予他的苦难，也可以看出一个底层劳动者心底的道德坚守。我们也可以看到孩子无法承受这种巨大的伤害，甚至想告别这个世界了。他吃的苦是许多孩子所没有承受过的，可是我们看到在这样的对话中，一点点属于童年特有的小小的欢乐，就像一阵风把刚才所有的苦难吹散了，这是作家的智慧。

优秀的作家会把一些沉重的东西做举重若轻的处理。沉重的命运、苦难、不幸、委屈、哀愁等等，他会用童年的方式，很自然很轻巧地一步迈过，所以儿童文学描写的细部是很重要的，你究竟怎么去写它的细部是很重要的。1984年获得国际安徒生奖的奥地利作家涅斯特林格的作品《我有一个跑马场》也是我特别喜欢的作品。这个故事我也经常跟一些爱好写作的朋友分享。前几年江苏少年儿童出版社出版了黄蓓佳女士的《你是我的宝贝》，这本书出版以后，他们的编辑快递了两本给我，希望我看看。我看完之后，觉得这本书有很多值得去讨论的地方。我给编辑回了一封信，说："黄蓓佳女士与贵社重视特殊儿童题材的创作，这是世界儿童文学的一个普遍、重要的题材，而且有很多名著。我们中国在这些方面做得很少，所以我很敬佩你们关注这样的题材，而且还写出了这样一部长篇的作品。但是特殊童年，智障的孩子该怎么去表现，我认为这本书还有些值得商榷的地方。"在《你是我的宝贝》中，在作品的前半部分，写男孩周围的人如何欺负他，他的奶奶如何地焦虑和紧张。奶奶不知道该怎么办，千方百计要让他学会社会的技能和本领，作者完全是用一种现实的逻辑去写这个故事。这种写法不是这种题材的儿童文学的好的处理角度和立场。写作智障儿童题材的作品的重点不是我们要如何去同情这些人，也不是要写他们有多么的不幸，而是用现实的逻辑让他们学会社会的本领，适应未来的生存和社会。如果智障儿童题材的作品是这样来写的话，它的艺术力量就减弱了。那么，那些优秀的作品是如何来表现的？我认为，它的重点不是表现这样的人群的不幸，不是表达我们对他们的简单的同情。就拿《我有一个跑马场》来说，主人公安迪是一个智障的孩子，但他有一群爱他的同学和伙伴。有一次，同学们在做一个游戏，就是讲自己拥有的宝贝。安迪也很想要一个自己的宝贝，他最喜欢城里的那个跑马场。他手里有三澳元的零花钱，他看到跑马场外的垃圾堆那里有个拾荒老人在拾荒，安迪就把那三澳元塞给了那个老人，说："我向你买下了这个跑马场。"老人莫名其妙，安迪就跑掉了。然后安迪整天跟他的小伙伴们说他有一个跑马场。他也经常去跑马场，跑马场的员工们也都知道安迪的情况，知道他是这样一个可爱的不幸的孩子，所以只要安迪来跑马场，大家都欢迎他来。安迪总说他是老板，所以大家都叫他老板，可是伙伴们知道安迪不可能是跑马场的老板。他们很怕安迪受到伤害，所以告诉他说："安迪，你不是跑马场老板，你不是的。"安迪说他是的，他带其他人去他的跑马场，果然那些跑马场的工人一看到安迪就说："老板，你来啦！"旁边的孩子面面相觑："难道他真是老板啊？"安迪太进入角色了，他经常来到跑马场，帮跑马场做一些工作。看台的座椅油漆剥落了，他就去刷油漆。结果有一次，在一场很隆重的赛马的那一天，参加开场仪式的穿着制服的乐队正好坐在安迪用白漆刷过的座椅上。当他们站起来绕场一周的时候，每个人的屁股上都有几道白色的杠，与他们原先裤子上的红色的杠相映成趣。后来整个跑马场乱了套，组委会的人觉得应该管理一下。最后组委会正式开了一个会，做了一个决定，决定用十澳元从安迪手中买回跑马场。这个情节设计真是太好了。在这个故事逻辑当中，我们可以看到，无论孩子还是大人们，他们都是从他们的立场来对安迪进行呵护。这个作品的中心不是表现安迪的可怜，而是人性的美好、人间的温暖。我觉得，这才是这类题材作品所应该要达到的情感与高度。

2009年，二十一世纪出版社出版了台湾作家王淑芬的儿童小说《我是白痴》。这部作品中有这样一个故事：

全部都写"1"

王淑芬

其实我并不怕挨骂，但是，如果人家骂我，而我不知道他在骂什么，就会怕。

像现在，杨老师气呼呼的样子，我就很害怕。全班的同学可能也在怕，因为每个人都低着头，安安静静的。

老师的声音非常高，跟平常不一样。她一面翻动讲桌上的考卷，一面大声喊着："72、58、33、40……哼！复习考考这种分数！"

她翻到最后一张了，她的声音也变得像在唱歌仔戏："零分！鸭蛋！彭铁男，你为什么在我的班级？"

我也不知道为什么，是学校的人分的。

她又大声说："这一次复习考，我们七年'爱'班总平均分排在最后一名。当然，彭铁男贡献最大。"

她把那张考卷扔下讲桌，好像要哭了："被其他老师笑，我真倒霉……"

我虽然害怕，还是走向前去把考卷捡回来。那是数学考卷，上面除了写着我的名字，其他统统空白。

本来，我也想在上面写一些字，可是，不知道该写什么。

我想了很久，铃声一响，考卷就被收走了。

下课时间，杨老师好像不生气了。她喝下一大杯开水，挥手叫我去。

她指着考卷，告诉我："彭铁男，明天是月考，老师教你一些绝招，保证不会零分。"

方法非常简单，只要先找到括弧，在所有的括弧里统统都写"1"，就行了。

她笑了笑："老师是不择手段。每一张考卷，总有选择题，而选择题总有几题答案是1。照这种方式，总可以猜个几分；运气好的话，说不定更高哩！"

我当然会写"1"，我答应老师，会好好地写。

隔天考试，我心情好极了，不会再像从前那么无聊。在每一个括弧中，我都写一个直直的"1"，有几个歪掉了我还擦掉重写。

发考卷时，杨老师不再那么生气了。她居然笑眯眯地对全班说："我真是天才老师。你们猜，彭铁男数学考几分？"

然后，她大声宣布："12分！选择题、配合题各猜对3题。彭铁男，你真聪明！"

我也不好意思地笑了笑。

最不好意思的是生物课。生物老师骂同学："选择第3题，全班都中陷阱，只有一个彭铁男答对。你们都是白痴吗？"

丁同不服气抗议："彭铁男是猜的。"

生物老师更气了："你有本事也去猜啊。对就是对，错就是错，分数最实在。"

我很高兴有学上，有老师教我读书，教我考试。但是，我不可以太骄傲。

我知道"骄傲"是什么，就是自己说自己"什么都懂"。我不能骄傲，因为我知道，其实我什么都不懂。

跛脚说："彭铁男，有人连这一点都不懂呢！"

你看，像跛脚这句话我就不懂。

这是一个很完整的故事，也是一个很深刻的故事。好的故事不是几句话就可以说清楚的，但它一定能引起我们很多的思考和感慨。《我是白痴》这部作品，选择了一个智障儿童自己的视角，来描述一个被称为"白痴"的孩子眼中的世界。这个世界与所有普通人的世界一样，有阳光也有阴霾，有自己对于一切事物的认真执着的理解。作家完全隐身在小说主人公的背后，透过小说主人公的眼睛来看学校、家和身边的一切，来看一些属于普通人性的并不那么阳光的内容，让我们更加理解了一位特殊的孩子所拥有的特殊的快乐和烦恼。他的明朗而纯净的心灵，会让我们每一个人都生出深深的感动与自省。

怎么书写童年？我们从普通的孩子到单纯的孩子再到特殊的孩子来分析，如果一个作家对他笔下的人物把握不了的时候，那他的写作就可能会出问题。长篇小说《腰门》是极富才情的优秀作家彭学军女士的一部力作，2008年出版后几乎得到了我们儿童文学界的所有奖项。2009年初《文艺报》编辑刘秀娟女士向我约一篇评《腰门》的稿子，我就写了一篇《谈〈腰门〉的遗憾》的文章。这部作品虽然获得了所有的奖项，但我仍认为它是一部值得讨论的作品。这部作品的问题在哪里？从细部看，我们举个例子。彭学军女士的童年是在湘西度过的，小的时候她曾去过湘西作家沈从文的故居，这是她生活中的一个真实的经历。《腰门》中也写到了主人公沙吉小姑娘闯进了一个作家的故居。可是当这一情节进入一部长篇的时候，它并没有成为长篇里的有机结构，也没有跟作品中的情节、主题、人物命运相呼应，所以我说这成了作品情节的一个"硬块"。彭学军女士曾写过一篇散文，写过与沈从文故居之间的故事。我觉得这是一个很好的散文的素材，它可能对她的文学生命以及文学成长是有影响的。可是当她把它放在一部长篇中的时候，它就应该成为这部作品结构的有机组成部分。有句话是这样说的，"如果一个作品的开头，墙上挂着一把猎枪，那么，在结束前就一定要让这把猎枪放出响声来。"从这个意义上说，《腰门》的这一情节设置是不成功的。

　　与此相比，我以为《腰门》更大的问题在于，它写沙吉的成长经历是从六岁开始的。作品开头的时候沙吉六岁，作者用大量的篇幅去写她的名字是怎么来的。我们看看作品中的描写：

　　我喜欢对着太阳做这个游戏，眯着眼睛看着沙子砸断了太阳的金线，阳光和沙砾搅在一起，闪闪烁烁的，像一幅华丽的织锦；任其漏下，只为欣赏那瞬间的美丽。

　　毫无疑问，这段文字的修辞感觉大大溢出了一个六岁孩子的真实感官的边界，它很难让我们联想到这是一个年仅六岁的小女孩对日常生活的感受，这更像一种青春少女的那种精细敏感的心思。所以我说彭学军非常适合写少女题材跟心理的作品。在这里，尽管她描写沙吉是有点自闭的，但这种感觉完全不是六岁孩子的感觉。类似的描述在小说的前半部分较多。我认为作者把一个成长的孩子在成长过程中的东西给扁平化了，没有写出六岁孩子的真实的成长经历和心理感受，而是用一个扁平化的少女心理来表现一个六岁孩子的心理。彭学军的作品中是留下了这些遗憾的。但是当彭学军写到她熟悉的少女题材时，她的作品是会有很好的表现的，如《十一岁的雨季》。我第一次读完以后马上给彭学军打了个电话，跟她说这是一篇好小说，第一描述的对象是少女，第二写的是体校的生活故事。这是她童年的记忆，作者十分熟悉体校的生活和体校女孩子的心理，写得非常细腻。她写一个小名叫坨坨的女孩练长跑，这个年龄的孩子天生爱美。她很羡慕体校内一个叫邵佳慧、有着修长身材的女孩，她无比地羡慕无比地向往无比地想成为一个体操运动员。

可是有一天她偶然间知道了，对于体操这个项目来说，11岁已经太老了，她很沮丧。后来有一次她跟邵佳慧偶然相遇，邵佳慧惊喜地对她说："你那个跑步的姿态线条太美了。"坨坨突然发现自己的那个不被自己重视的项目竟然在偶像眼里是最美的，她对生活的美好的感觉又回来了。我很喜欢这部小说，因为作者对少女的那种心理的描写是无比的恰当无比的细腻精准、美好动人。所以你看怎样去写童年可以有很多的讲究。

作品的故事真的很重要，比如涅斯特林格的"弗朗兹系列"中的《弗朗兹怎么证明自己》。这个只有四五岁的小男孩，长得细皮嫩肉，怎么看怎么像一个小女孩，好多人叫他小姑娘，弗朗兹非常烦恼。这天爸爸拿出了一张黑白老照片，弗朗兹一看上面是一个小姑娘，爸爸说这是他自己小时候。弗朗兹看着伟岸粗犷的爸爸，是个真正的男子汉。我很喜欢这种细节处理方式，爸爸用这样一种方式去安慰他，原来，只要长大了就能成为像爸爸那样的男子汉。没人跟弗朗兹玩，就连好朋友佳碧几天前也跟他吵架了。后来来了一个少年，他也不认识这里的人，百无聊赖地吹着口哨在院子里晃荡，弗朗兹很想跟他去玩，可妈妈说他们是很挑剔的家族。挑剔是什么意思，他不明白。他就把自己最喜欢的刚买的一辆儿童小车给推了出去。少年不愿意理睬他，这时候佳碧下来了。弗朗兹让佳碧跟少年说他是男孩，可是佳碧并没有忘记之前两人之间的不愉快，于是她故意说："你为什么总说自己是男孩，弗朗兹！"说完就咯咯笑着跑上楼去了。弗朗兹为了证明自己是个男子汉，他非常悲壮地做出了一个惊人之举，把自己的裤子往下一扒，说："你看，我是男孩！"少年目瞪口呆，而一直在窗口关注着这里的那个女主人大惊失色，拉着弗朗兹到他妈妈那里告状，说带坏了她家的小孩。这个故事的结尾是这样的，哦，原来挑剔的意思是不让真相露出来。这个故事中有很多智慧的故事，丰满的细节合情合理，情节安排充满了童趣，充满了纯真的乐趣。故事里的呼应也是很巧妙很自然的，里面的艺术也是非常值得我们去琢磨的。

第二是关于童年的复杂和世故的书写。

我们知道，纯真固然是童年的一个基本品质，可是童年也必然会遇到复杂性的问题。怎样描写童年的复杂跟世故，我们还是要结合一些作品来谈。童年复杂，就是在孩子身上超出成年人所理解的敏感行动的特点和能力。在中外文学史上，都有这样一种从单纯的童年到复杂的童年的书写和关注、实践和呼吁。比如在上世纪八十年代的时候，人们就不满足于只是表现一种单纯的童年，"文革"的伤痛，甚至更久远历史中的复杂的童年记忆，都让作家们认为，单单停留在单纯的纯真的童年描绘上是不够的。我很喜欢苏联作家阿列克辛的作品。苏联时代的作家太厉害了，它代表俄罗斯文学传统的深厚积淀。我在做《最佳儿童文学读本》的时候，就特地看了很多苏联时代的故事。苏联作家会把小故事写得很好，把教育故事写得很好。我们在写教育故事的时候容易板起脸来质疑儿童，儿童都是迷途的羔羊。但是苏联的幼儿文学写得很好，比如苏霍姆林斯基的教育故事，他有一本集子叫《做人的故事》，差不多 500 页。前几年我在编选读本时特地把它借回来重读了一遍，挑了我最喜欢的作品。比如《所有的墓都是人类共有的》，它会带领孩子们去关注那些逝去的生命。我们的幼儿文学很难具有这样的气度和高度。小男孩跟爸爸去给爷爷扫墓，爷爷墓旁边有一个没有后代的老奶奶的墓，从来没有人给她扫过墓。爸爸说："要不我们来给她扫墓吧。"于是下次来扫墓的时候，他们多带了一枝玫瑰。家里最小的男孩问，为什么要在别人的墓地前种花呢。爸爸说，没有别人的墓，所有的墓都是人类共有的。另外一个故事《祝贺这个词是什么意思》中写一个小女孩家里生了一个小弟弟，全班同学都非常高兴，老师用拥抱来祝贺这个小女孩。班里一个最小的同学不懂祝贺这个词的意思，就问老师，祝贺是什么意思。老师说："娜塔莎的爷爷有了一个孙子，娜塔莎的姥爷有了一个外孙，娜塔莎的奶奶有了一个孙子，娜塔莎的姥姥有了一个外孙，娜塔莎的叔叔有了一个侄子，娜塔莎的舅舅有了一个外甥。我们每个人都有了一个新朋友，这就是我们为什么要祝贺她。"你看，这样一个很简短的回答，把一个生命的诞生与我们每一个人联系了起来。这就是一个简短的生活故事提供给我们的关于人间的友爱、温暖与联系，同时又不脱离幼儿的那种姿态和单纯的要求。光看题目，《猜猜我有多爱你》《大海的尽头在哪里》都是这种姿态和气质。我们回想一下我们过去的一些幼儿文学，当然这些年有了很大的发展，有些儿童文学作家已有了世界的眼光和气质。但你看一下传统的写作：《聪明的小猪》《不讲卫生的小猴子》。阿列克辛的短篇小说集曾在湖南少年儿童出版社出版，我觉得应该成为我们儿童文学写作的典范。

其中有一篇是《最幸福的一天》，写的是放假了，老师布置写一篇作文，题目是幸福的一天，可是这天爸爸和妈妈闹僵了。

整个故事无比的巧妙，里面写到了孩子对成年世界的洞察以及应对。比如里面提到，老师总喜欢加上最字，我最喜欢的朋友，我最心爱的书，我最幸福的一天。在这个故事里，孩子是有他的调皮、机灵和世故的。但他不是用来捉弄人，而是用来启迪成年人的。这是这个作品比较成功的地方。《小屁孩日记》中写的都是主人公明里暗里对老师对同学的捉弄、取笑、奚落，还有各种忽视和轻慢。比如说，圣诞节礼物的互赠都是失望。大人表现得笨拙，孩子表现得对自己利益的精明算计。只有童年生活中滑稽的搞笑，缺少生活中应有的温情。这样的处理是很让人怀疑的。再比如说我们有一个优秀的作家有一部畅销书《同桌冤家》，里面也有这样的描写。这在当下流行的校园小说中也是大量存在的。我觉得这不是世界儿童文学的基本价值。这是我们的儿童文学在人文操守、童年观和艺术立场方面发生失误的表现。今年 7 月在京西宾馆举行的全国儿童文学创作出版座谈会上，我曾分析另一个有名作家的作品，里面有一个情节，记者要到校园里做一个调查，聪明，美丽，有钱，你选哪一个。几乎全班同学都选了聪明，一个长得不够好看的女孩选了漂亮，主人公选了有钱。作者对主人公的选择是持正面态度的，我认为这是值得讨论的。儿童文学在写这个时代对童年的伤害的时候，作家要有一个更高的立场，这个立场不是一种简单的认同。同样是写一个采访，在世界经典故事《小淘气尼古拉》中，有一个电台来班里做访谈，孩子们用他们的天真调皮把整个访谈给搅乱了，他们还很高兴自己可以上电台。这个故事对孩子的描写始终停留在孩子天真的层面上，天真仍然是正面的力量，他们是不想搞破坏的，是孩子的天性和本色，让他们把事情搅黄了。所以我认为在复杂的描写当中，童年描写的底色仍然应该是正面的。

安徽少年儿童出版社出版了一套"国际安徒生奖大奖书系"。我们花了很大的力气选书，两年多时间，我跟编辑朋友通信有六万多字。一封七八百字的信我们要查大量的外文资料，经过反复的比较，才做出一个结论。其中以色列儿童文学作家、1996年国际安徒生奖获得者尤里·奥莱夫的《隔离区来的人》中，"我"14岁，与母亲和继父一起生活在战时华沙，开始跟随继父从事一个特殊的行当：通过地下通道给被封锁的犹太人运送、转移物资等赚钱。这一天，"我"跟两个同伴"抢劫"了一名犹太人，分到一沓钱。由于"我"忘了把钱从裤兜里拿出来，第二天，母亲照常刷裤子时发现了它，问钱是从哪儿来的。一个生活在战乱年代且经历过街区生活的少年的"复杂"和"世故"在这时得到了充分的表现。"我"一向善于在别人面前伪装自己，于是，"我"一边弯下腰假装系鞋带，一边"尽可能淡定地说这些钱是我从马路上捡到的，昨天忘了告诉她。我不知道这钱是谁的。可能是走私的人丢的吧，因为有那么厚一沓……"。当母亲进一步质问夹在钱里的纸条是怎么回事时，事先并不知情的"我"马上又有了新的对策："我边系鞋带边抬头对母亲说：'哦，这可能不是一个走私者，可能是一个在逃犯，或者是一个秘密组织的人。'"而当母亲凭直觉觉察到真相，进一步探问："可能是个犹太人吧？""我眼都没眨地说：'嗯，也有可能。'"直到"我"被迫道出实情，仍然没有感到多么惧怕："我以为她会大声斥责我。尽管这点我挺不习惯的，但是我做好了准备。实际上，虽然我觉得她不会将这件事告诉继父让他来打我,但我还是做好了一切准备。"小说中的"我"无疑是一个惯经生活"沙场"的淡定而早熟的孩子,要想以普通的生活道德改造或说服"我"并非易事。这一刻,也是见出作家文学智慧的时刻。小说接下来写了孩子眼中一个普通母亲的发自肺腑的悲痛哭泣:"我的母亲坐在地板上,开始哭泣。……她边哭边大声抽泣,这种哭声像是发生了特别糟糕的事情或者遭受了重大损失,还很像是自己的孩子死了。我想把她扶到椅子上或者其他座位上,不让她坐在地板上哭泣。将她扶起来并不难,但是她却用尽全力将我一把推开,这让我更加恐惧。"或许,只有与"我"有着最深血缘关联的母亲的这种如同"失去孩子"般的真切悲痛,才能把"我"从伦理犯罪的边缘拉回来,只要"我"还是一个正常的人。因此,当母亲"把书包递给我,把我往门口推"时,"我"也开始哭了起来。这哭泣不是一个稚嫩的普通孩子的哭泣,而是一个"世故"的成熟孩子的哭泣,两者的情感分量绝不一样。正是在这哭泣中,"我"承认了自己的错误,一个早熟的孩子在家长面前真心承认犯下的错误,这必然伴随着巨大的心理和情感的忏悔。因此,看到"我"的哭泣,母亲走上来抱住了"我",这个动作传达出母亲对儿子本能的爱。回过头去看,也正是这情感的存在使"我"看到母亲如此哭泣时会有同样强烈的反应。这样"我"和母亲之间不但达成了情感上的和解,更重要的是,这一刻,"我"在真心的忏悔中洗脱了战时生活中普通人随时可能犯下的伦理之罪。这样,我们看到了童年的"复杂"和"世故"如何与一种厚重而深刻的人性思考和表现结合在一起。

第三是童年的文化价值与力量的深度书写。

在最佳儿童文学读本《为我唱首歌吧》里面有一篇《错在哪里》，故事性不强，教育性也不强。但是这样的作品用简单的构思写出了对大众的平庸之恶的揭示。

错在哪里

[苏联] 奥谢耶娃

刘昌炎　译

"喵！"一只小猫可怜地叫着，它的身子紧贴着围墙，浑身的毛都竖起来了。有一条狗对着它恶狠狠地咆哮。在离小猫不远的地方，有两个男孩站在那里，笑着看会发生什么事情。

有个大婶从窗口看到这个情景，马上跑出来，把狗赶开，生气地对两个男孩喊道：

"你们太不像话了！一点也不觉得难为情吗？"

"有什么难为情的？我们什么事也没有做！"两个男孩觉得奇怪。

"错就错在什么也没做！"大婶生气地回答。

如此短小浅显的一则故事，它的篇幅、表述、遣词用句等，无不充分考虑了低幼读者的理解接受能力，但这一点儿不影响它实现一种不逊于一般文学领域优秀短篇作品的高度。从《错在哪里》的故事中，我们至少可以读出三层前后递进的内涵。

一、在一般儿童故事的层面上，它以一个普通的日常生活场景向孩子们传递了同情这一朴素的人性情感。

二、这一情感关注的不只是我们在一般儿童故事中常常见到的不作恶或助人为乐的善心善意，而是同时揭示了人性之"善"的另一深刻要义：它是对哪怕最微小之善的倾慕与践行，也是对哪怕最微小之恶的敏感与抵制。因此，面对哪怕在许多人眼里甚至称不上恶行的欺侮行为的旁观和不作为，同样违背了人性的本义。

三、指出和强调这一人性的本义，不只是倡导一种私人生活之善，也涉及整个人类社会及其文明的进步与反省。故事末尾"错就错在什么也没做"的指责，让我们想到太多。在我们的历史长河中，不缺乏"什么也没做"造成的大错，比如二战期间无数欧洲平民在那场针对犹太人的种族搜捕、屠杀中选择了沉默。在我们今天生活的社会，也无时不在上演"什么也没做"的看似无恶之恶。从这个意义上看，《错在哪里》中的小故事也为我们提供了文明和人性自省的启迪。一则小小的儿童故事，背后是如此高远深刻而又切近现实的人文关怀，这就见出了儿童文学的高度。

平庸之恶不是我们自己参与恶，而是对恶行的不作为。这个概念是对大众的普遍的心理的揭示，这在很多作品当中都有涉及。比如有一篇儿童作品《不是我的错》就告诉我们，如果我们去承担我们的责任，那么我们的结果就与我们每一个人都有关。在新语文读本中有很多优秀的作品，有一篇很好的小说《遗物》：苏联卫国战争结束之后，为了收集一些战争的遗物，于是让三个孩子去寻找遗物的故事，过程非常细腻和成熟，但总的来说解构了英雄主义。好的作品可以启发写作的构思，我们可以通过各种阅读来构思自己的写作。

最后，我想下面这个小故事，可以为我们思考什么是好的童年书写提供一种有趣的思路。它并不一定是最好的儿童故事，但它可作为一种譬喻，提醒我们注意什么才是好的童年书写。

那也是礼物的一部分

佚名

故事发生在夏威夷一个偏远的小岛上。男孩杰克正在听老师解释，为什么人们在圣诞节时要互赠礼物。

老师说："礼物表示了我们对耶稣降临的欢迎和我们彼此间的爱。"

圣诞节到了，杰克为老师带来了礼物——一个闪闪发亮的贝壳。在所有被海水冲上岸的贝壳中，大概要数它最美丽了。

老师说："你在哪里发现这么光洁、斑斓的贝壳的？"

杰克告诉老师，他听老人们说，20多英里外有个叫作库拉的隐秘的海滩，那儿有时会出现这种贝壳。

老师说："哦，它太美了！我会一辈子珍惜的。但你不应该为此走那么远的路。"

杰克仍然记得赠送礼物的那一课。他眨着大眼睛认真地说："走路其实也是礼物的一部分。"

杰克是在老师的讲解中明白了礼物的意义，这是他最早的人生课堂之一。对童年来说，这样的人生课堂是不可或缺的。不过，童年在接收这些塑造内容的同时，也以它自己的方式进一步诠释、丰富着这些内容，后者给这个世界带来了童年独特的诗意与创造力。孩子送给老师自己捡的贝壳，这本是一个普通的温情故事，但当杰克说出"走路其实也是礼物的一部分"时，在出人意料的转折中，那个解释"礼物"表达"彼此间的爱"的课堂，被童年的这一言行真正地点亮了。作为礼物的贝壳有它可见的价值，也是"礼物"的常规内容，作为礼物的"走路"则因其无法物化而易被人们忽视，但后者所传递出的那份深厚、真诚而单纯的情谊，恰恰诠释了礼物最核心的价值。在现代生活的语境中，杰克的理解提供我们重新思考"礼物"一词的意义中常被人们丢掉的那个部分，那也是这个词最初的诗意和深意。好的童年书写，应该同时关注到童年的上述顺应文化塑造和参与塑造文化的双重事实。

在凸显童年心灵诗意的同时，这个故事并没有顾此失彼，简化对童年生活其他方面的理解。收到杰克的礼物后，老师有一段简短的回答，这短短 26 字，也刻画出了一个与主人公一样生动的教师形象。这个老师既懂得珍惜学生的情谊，也没有忘记一个老师对学生的责任。"但你不应该为此走那么远的路"是一个真正关心学生的老师，就像一个关心自己孩子的家长一样，对于孩子远行拾取贝壳的举动做出的最自然不过的情感回应。这回应因其是如此自然而更显温暖。在童年的生活中，这正是最值得书写和珍爱的一种温情。

第二篇　何为文学，文学何为

曹文轩

　　著名作家，北京大学教授、现当代文学博士生导师。主要作品有《草房子》《山羊不吃天堂草》《天瓢》《红瓦》《根鸟》《细米》《青铜葵花》等。曾获全国优秀儿童文学奖、"五个一工程"优秀作品奖、国家图书奖、金鸡奖最佳编剧奖、中国电影华表奖、德黑兰国际电影节金蝴蝶奖，2016年获得国际安徒生奖。

　　我想通过四个成语来讲我对文学的理解，我所理解的文学是什么，我所理解的文学是干什么的。

　　记得几十年前，我在北京大学的大讲堂听温元凯先生的演讲。当时我就坐在台下面，傻呆呆地用仰视的目光看着他，我就觉得坐在台子上的那个人，他不是人，他是个神。我非常惊愕，那颗脑袋，为什么能诞生如此伟大的思想。他有许多观点震撼到了我，我有一种高不可攀的感觉，有一种望尘莫及的感觉，有一种高处不胜寒的感觉，还有一种仿佛看到初生的婴儿那样兴奋的感觉。但是时间运行到今天，我绝对不可能再产生这种感觉了，我想永远也不可能。因为今天任何一个观念，在被我们谈到的时候，我们都仿佛看到眼前走过一个老态龙钟的老人，没有我们不知道的思想，只有我们不知道的事情，因为我们不知道明天早上可能会发生什么事情，但是大概我们不可能得到一个我们以前没有听说过的思想，这个可能性已经很小了。只有明天的事情我们不知道，但是明天的思想我们一定是知道的，因为我们今天就已经知道了。所以我们讲什么，无非是重复我们已有的重复，重复我个人的重复，因为这是一个思想克隆的时代。以下的内容，我更愿意把它看成是我本人的自白与思索。

　　我就和大家一起来解读四个成语，这四个成语可能与文学有关，与文学的生命有关。这四个成语分别是**无中生有，故弄玄虚，坐井观天，无所事事**。我丝毫没有让大家放弃文学责任的意识，恰恰相反，我是要让大家更宽泛、更深刻地理解文学的使命和功能，来理解作为一个文学作家的责任。

　　第一个成语：**无中生有**。我在一些中小学做讲座的时候，我就问那里的孩子们，我说："孩子们，无中生有是个褒义词还是个贬义词？"所有的小孩都大声喊："贬义词。"我说："对，贬义词。
可是你们现在听着，"我把手放在胸口，给他们一个动作，"什么
时候的下午，北京大学的曹文轩教授在此庄严宣告，'无中生有'
不是一个贬义词，而是一个什么词？"所有的小孩都大声喊："褒
义词。"它本来是个褒义词。我说等你们长大了，等你们懂哲学了，
你们将会知道"无中生有"原来是一个深刻的哲学命题，它回答我
们的是大千世界。所谓的大千世界就是我们看到的，我们听到的，
我们可以用手触摸到的这个世界，这个世界用中国古代的哲学话来
讲，叫"有"，那么这个"有"是从哪里来的？是从"无"来的。
这个听上去是个非常玄虚的问题，但它是一个基本的哲学问题。我
对那些孩子讲，我说这个问题现在对你们来讲理解起来可能困难一
点，那没关系。我们现在不讲哲学，我们讲文学，讲你们写作文。
曹老师写小说也好，你们写作文也好，我们都必须有一个本领，这
个本领就叫作"无中生有"。我没这个本领，我怎么能写出这么多
小说来，你们没有这个本领，你怎么样才能写出真正好的作文来？

　　文学是什么？从某种意义上讲，文学就是"无中生有"。"无
中生有"的能力是文学的基本能力，也可以说"无中生有"应该是
文学矢志不渝地追求的一种境界，一种老庄哲学所期盼的那个境界。
若干世纪以来，人类总有一份不改的痴心，这就是用文学来再现现
实。而且人类以为文学已经再现了现实，文学家将心常常放在对已
有的世界的忠实的描述上，这个"有"就成为他的目标，成了他所
猎取的对象。如果不能面对这个"有"，文学就会感到惶惶不安；
如果不能再现这个"有"，文学就会检讨自己的责任。"用"这个
词，"有用""无用"的"用"这个词在中国哲学，尤其是在中国

人的人生哲学、生活哲学里头，是一个非常重要的词，看什么、干什么全得想一想有用还是没有用。这个"用"，是形而下意义上的，是"实用"的"用"。即使做学问，也得"有用"，"无用"的学问，不称其为学问。当年，郭继刚先生就抨击过这种衡量学问的标准，因为在他看来，以"有用"和"无用"来衡量学问是可笑的，学问的标准应该是"真"和"假"，而不是"有用"和"无用"。"存真"与"致用"是两个不同的标准，而学问的标准只能是"存真"。那么这一标准的确立是有历史意义的，但这种思想只能在学问的圈子中流传，而不可能向社会流播。拘住中国人的心事的，依然是"实、有、用"，那么长久浸淫于这样一种氛围，对于"无"的想象就被忽略了，直到将它打压到阴暗的角落里头，那么反映在文学创作上，我们只需看见它。文学只用眼睛，脑与心长期是闲置的，最后就荒废了、退化了，想用都用不了。我们不能将此归罪于现实主义，问题不在现实主义，而在对现实主义的理解。在理解上我们肯定是出了毛病的，我们将现实主义庸俗化了，狭隘化了，我们将现实主义理解成了模仿，理解成了一种事物，理解成了对于平民百姓的日常感受的反映，而且是当下的日常生活，理解成了对"有"的僵直的面对。

　　我去一个学校做讲座，那些孩子就问我："曹老师，你为什么只写你过去的生活，为什么不能写写我们今天的生活？"这个就是我们对现实主义的理解在小孩的头脑中的折射，我就反问他："我为什么要写你今天的生活？难道曹老师过去的生活就不是生活吗？你的生活比我的生活更有价值吗？我的生活就让它白白地流逝吗？每一个人都有每一个人的生活，每个人的生活经验都是平等的，你不能要求我放弃我过去的生活来写你当下的生活。每个人的生活都是宝贵的，那你宝贵的生活留着自己用吧，曹老师不想用你的生活。"

当我们说到现实主义的时候，我们马上想到的就是眼前、当下。现实主义不只是关注现实，我想这个定义是毫无疑问的。可是我们长久以来就是那么去感受这个所谓的现实主义，我们只写我们当下看到的。中国作家非常在意扮演一个角色，就是"平民的代言人"，我对此颇不以为然。中国的文学必须具备贵族的品质，这是文学能够灿烂辉煌的一个基本品质。当然，我说的这个贵族和平民不是阶级意义上的，而是美学意义上的。第一，对平民阶级的尊重和对平民美学趣味无原则的靠近是完全不同的两个概念。从哲学上讲，其实文学是根本无法再现"有"的，再现几乎是一种痴心妄想。文学的所谓"再现"，充其量也就是一种符号意义上的再现，并不是实际存在之"有"，而只是"有"的符号，是符号意义上的真实。我对现实主义的理解是，现实主义是一种精神，是一种效果，而并非是"事实"。现在，我很想从根子上摧毁我们这份痴想，世界是什么？我们大脑中的世界是什么？我们大脑中的世界其实是这个世界的表象。你面对一棵树，那么你就有了关于这棵树的具体的知觉的表象，那么在有了若干这样的知觉表象之后就上升为概念，然后你就知道这是一棵树，就有了一个"树"的抽象的表象。那么不管是知觉表象还是抽象表象，它都是表象，也就是说大脑中的一个世界并非是那个实际的"世界"。表象世界不等于客观世界。如果等于的话，举个例子，大家夏天去北海，晚上你找不到宾馆，你还愁一个睡觉的地方吗？因为你的大脑里有的是四星级五星级甚至是超豪华的宾馆的表象，那你住进去就是了，可是行吗？不行。那些豪华的酒店并不是实际上的酒店，那是那些酒店的符号，是那些酒店的表象存在于你大脑里的，你误以为是它。大脑中的世界不是本体世界，那么艺术就更不能再现客观世界。为什么？因为艺术已经是表象世界的表象。我打个比方，我们把客观世界看成是一个原本，把我们头脑中呈现的表象世界看作是一个抄本，我抄了一遍，那么把抄本再变成文学艺术，就等于是抄本的抄本了。抄本在对原本进行抄写的时候，已经损失了大量的信息，而抄本的抄本，丢失的东西就更多了。一个画家坐在海边的岩石上画远处的风帆，很容易给人造成一种错觉，那就是客观世界，也就是那个原本，然后直接就到了艺术世界这个抄本，其实不是这样的。因为艺术世界是经过表象世界以后才得以实现的，它已经是第二次表象了，它的客观性比表象世界更差。我们来读一句泰戈尔的诗："太阳，金色的，温烫的，像一只金色的轮子。"可是我们在面对太阳的时候，这些太阳的特征，你有没有注意到是一起给予我们的？它们是共时的。现在把它变成语言艺术之后，那么这些特征在给予我们的时候，就变成了历史的了，是一个特征之后再出现另一个特征，再一个特征。面对着太阳，我们是一下子领略到它的特征，泰戈尔的太阳是一个特殊的太阳，我们是一点一点领略到的，先是金色的太阳，然后是温烫的太阳，再后来是一只金色的轮子似的太阳。语言不是一潭同时显示于你的水，而是屋檐边的那个雨滴，一滴一滴直线流淌，它是有时序的。泰戈尔的太阳怎么可能还是客观的太阳呢？事实上任何诗人都无法再现那个灿烂的天体。

　　哲学从它诞生的那一年开始，打了成百上千年的仗，可是在二十世纪上半叶突然战争平息了。因为人们发现所有的争论几乎是无意义的，因为有一个魔鬼——语言在那个地方。所以哲学全部回到了语言上来，那么语言哲学就成了哲学的唯一的哲学，因为人们发现只有把语言的问题搞清楚，我们才可能正确地叙述这个世界，我们才有可能正确地接近真理。如果语言问题解决不了，那么我们对这个世界的叙述几乎是无效的。我们只能获得一些相对的道理，我们没办法达到那个终极的真理，所以维特根斯坦一生就研究语言，研究新的语法，保证你对这个世界的叙述是符合逻辑的，是准确的。一辈子就做了这么一件事，然后他自以为做完了，到一个学校去教书。可是他不知道语言是一个社会的契约，不是说你想让我这么说话我就这么说话，那根本不可能，所以依然做不到。我们依然对这个世界望洋兴叹。那么绘画可以成为反例吗？既然语言不行，那么我们现在说绘画，绘画能不能成为反例呢？不能。有一些作品确实逼真到真假难辨。欧洲写实派的画师画一个女人裸体躺在纱帐里头，看着这幅画，你会觉得那个躺在纱帐里的女人是一个货真价实的女人，你看了都感到有一点害臊。更有神话一般的奇谈，一个画家画了一幅葡萄静物，一个朋友来欣赏，发现这幅画很漂亮，但是那个葡萄上面有一只苍蝇，他就上去拿手去赶它，可是那只苍蝇赶不走。仔细一看，那只苍蝇是画在那个葡萄上的，就逼真到这个程度。我的印象中，卢浮宫有好几幅这样的画，我们面对它们的时候，感觉只有一个词：逼真。若干绘画实践几乎使人们深信不疑绘画可以再现客观，但是我要说，绘画依然不能成为反例。懂得文学艺术的英国前首相丘吉尔说："事实上，绘画用明显的虚伪让我们相信它是真的。"纱帐女人、葡萄和苍蝇，都是它们的外表。即使是外表，绘画也不能全部地把它显示出来。我现在向你指出，那个纱帐中的女人其实是有残缺的，她的后脖子上有一块紫色的疤痕，可是谁能见到这块紫色的疤痕呢？你能够绕到她的后面去吗？后面是画布的另一面，空空如也，你永远也看不到我所说的那个女人的后脖子上有一块疤痕，绘画只有前面而没有后面。就是再现，你也不过就再现了一个"一半的女人"，就这"一半的女人"也仍然不过是表象，并不等于是一个实际存在的"一半的女人"。至于被描绘的事物的内部结构，绘画根本就无力显示了。为什么会出现立体主义？就是因为立体主义感到了从前的那种绘画实际上是无法再现这个世界的，因为它再现的都是世界的表面，世界的内部是无法呈现出来的，所以就出现了立体主义，就把人的内部给拉出来。你看我的脸，看不到后脑勺是吧？我把后脑勺也转到前面来让你看，所以你就看到了那样的立体主义的画面。立体主义的画面常常让人想到一个人的头颅。像我们老家过年的时候，那个猪头，那个一劈两半、把它压扁了的猪头，你倒是全看见了。那么画不出内部的结构来，你能叫再现吗？而一旦画出内部结构了，就成了解剖图和平面图，又不是艺术了。

　　有人也许认为，摄影艺术可以成为反例。一架机械性的相机，用没有任何主观感情的镜头拍摄下来的世界，难道还不是一个与客观世界一致的世界吗？这似乎是不应该怀疑的，而事实上却是很值得怀疑的。我们至少有五条根据证明摄影艺术也不能完成再现现实的使命。一、将立体衰退为平面。客观世界大家知道，是两度以上的一个立体世界，而变成相片的世界只能是两度的平面世界。二、它将无限丰富的色彩世界简化为有限的色彩世界。黑白照片我们不用说，彩色照片一样是无能的。不管你的相机是多少像素，你也不可能把自然界的真正的彩色表达出来，大概永远也不能。三、它将流动固定为一瞬。本来这个世界是流动的，可是在你拍摄的那一刻，你只取了它的一个瞬间。四、它将多视角局限为单视角。客观世界里的一座山，你可以从这边看，也可以从那边看，从后面看，从前面看，从低处看，从高处看，可是在你照片中的那座山能吗？你只能从你当时的那个相机所在的位置上去看那座山，你不能跑到后面去，你也不能跑到侧面去，你也不能跑到上面去，你也不能跑到下面去。另外，回到绘画上，这是你们大概没有想到的，为什么丘吉尔说绘画是对世界的一个虚伪的表述，因为丘吉尔告诉我们："绘画在对这个世界进行描绘的时候，已经把光变为颜色，这是两种完全不同的物质。画布所接收到的信息往往是几秒钟以前从自然对象发出的，但是它经过了一个邮局，那么它是用代码传递的，它已经从光线转为颜色。它传给画布的是一种密码，直到它跟画布上其他东西之间的关系完全得当的时候，这种密码才能得到破译，这个意义才能彰显，也才能反过来再从单纯的颜色，然后我们又把它翻译成光线。不过，这里的光线已经不再是自然之光，而是艺术之光了。"你画的太阳是太阳吗？你画得再像，那也是一个太阳的一个表象而已。太阳能给我光明，能给我温暖，而你画上的太阳，就不要说给我温暖和光明了，如果没有光，连这个"太阳"都看不见。它在一片黑暗里头，你那个"太阳"是要用光才能让我们看到，那画上的太阳不过是一个表象、一个符号性的东西而已。那么这个时候我们可以在心里假说，有一座艺术性的宫殿在三百年前毁于一场大火，现在又有巧匠们将它一模一样地恢复了，那么它完完全全地再现了当年的那座殿堂，这下它不再是表象了吧？其实这座刚刚矗立起来的殿堂依然不能说明什么。首先，三百年前的那座殿堂究竟是什么样子，现在只能依靠当时的记载，而任何的记载都只能是大约的，而不可能是绝对精确的。比如说，对于殿堂彩色玻璃的记载，你只能做一个大概的记载，蓝色的、红色的、黄色的……可是我想问大家，蓝色你见过吗？什么叫蓝色？谁能告诉我蓝色是什么？蓝色一定是什么？许多朋友都穿着蓝色的衣服，可是你们的蓝色都一样吗？所以在画家那个地方，蓝色有许多许多名词，《梵高传》里头有一个蓝色的单子，蓝色有各种各样的蓝，湖蓝、孔雀蓝……而且即使是这种划分，依然还是一个大致上的划分。

我曾经就被蓝色捉弄过。有一天，有一家出版社通知我去看一本书的封面，我觉得它的色调不对。因为这是一本学术性的书，那个美编对学术性的书的把握是有问题的，他用了一个粉红色作为封面颜色。我说这是一本非常庄重的学术性的书，不可以用粉红色来做封面。然后他拿来一本色谱，我就找到了一个蓝色，说就用这种蓝色做封面。过了一些天，那个编辑通知我说封面又设计好了，他说我还是过去看一看为好。我就去了，他就把那个蓝色的封面拿给我，我一看又觉得不对头。我说这个蓝色怎么这么这么难看呢？我选的难道是这种蓝色吗？编辑告诉我当时我选的就是这种蓝色，事实也的确如此。

任何一次对历史重复都是时代的，死亡的历史不可能再生，时间根本无法追回。这座殿堂无论在外表上多么像三百年前的殿堂，它在本质上都是时代的，时代的物质、时代的工艺、时代的精神头颅，三百年前的那座殿堂大概永远不能复返了。"再现"是人类天真幼稚的愿望，夕阳很美，在夕阳中滑动的归鸦很美；晶莹的雪很美，在雪地上走动的一只黑猫很美；旷野很美，在旷野上飞驰的一匹白马很美。然而我们可以将它们称之为艺术吗？不能。因为自然不是艺术。

我们都还记得那一个故事，有一个画家非常认真地在画山坡上吃草的羊，这个时候有一个牧童走过来看了看说："既然你把羊画得跟我的羊一样，怎么还要画羊呢？"我之所以从这个根子上做这种颠覆，只是想说我们不要怀有那份痴心，那份将"有"留住的痴心，我们是留不住它的。这么一想，我们就会轻松一些，我们太紧张了，文学的天地倒可能会显得更加开阔一些。二十年前，我就在北京大学的课堂上向我的学生们宣扬过一个见解：艺术与客观本来不属于同一个世界。现在我们把物质性的、存在于人的主观精神世界之外的那个世界——也就是那个"有"——称之为第一世界，把精神——只有人才能创造出来的文学艺术，也就是说从"无"生发出来的那个世界——称之为第二世界。我们必须把文学艺术看成是另一个世界。其实文学艺术在进行两种虚构：一个是对现实的虚构，一个是对虚空的虚构。我想任何一部真正成为文学作品的作品，大概没有一部在进行创作的时候没有对现实进行虚构。我不知道有没有这样的作品，有些作家标榜"这就是我的一段真实生活"，我怀疑他有没有撒谎。前者是对已有世界的重组与改造，这种重组与改造是美妙的，让人感到快意的，而最美妙的、让人感到快意的是对虚空的虚构，这就是我们现在所说的"无中生有"。

我们要丢下造物主写的文章，去写一篇完全侧重于我们能动性的文章，上帝是造物者，我们是准造物者。我们眼前的这个世界既不是造物主所给予的高山、河流、村庄和田野，也不是硝烟弥漫的人世，而只是一片白色的空虚，是"无"。但我们要让这白色的空虚生长出物象和故事，这些物象与故事实际上是生长在我们无边的心野上。作为一个作家，你应该对造物主讲："你写你的文章，我写我的文章。"这个空虚，这个"无"，就像一堵白色的墙，一堵高不见顶、长不见边的白墙，我们把无穷无尽的、精彩绝伦的、不可思议的现象涂抹到一堵永不会剥落、倒塌的白墙上。到如今，这个白墙上已经斑斓多彩、美不胜收，上面有天堂和地狱的景象。这个世界已经变成了人类精神生活中不可分割的一部分。这个世界不是被归纳出来的，而是猜想和演绎的结果。它们是新的神话，也可能是寓言。在这个地方，我们要做的就是给予一些可能性以形态。这个世界当然是有缺憾的，它唯一的缺憾就是它与我们的物质世界没有办法交会，而只能进入我们的精神世界。我们的双足是无法踏入的，但我们的灵魂可以融入其间。它无法被验证，但是我们要坚信不移。"无中生有"就是"编织"，就是"撒谎"，当然这个"撒谎"不是在伦理意义上讲的。关于虚构，后来的作家们有无数的表达，我最喜欢的一个表达是由纳博科夫来完成的，他是一个后来流亡美国的作家。大家可能看过他的一本书《洛丽塔》。纳博科夫重新解读了一个寓言故事《狼来了》："一个孩子从山谷里跑出来大叫'狼来了'，背后果然跟了一只大灰狼，这不称其为文学，因为你没有'撒谎'。孩子大叫'狼来了'，背后没有狼，这就是文学，因为你'撒谎'了，因为你编织了，因为你想象了，因为你虚构了，那个可怜的小家伙因为撒谎的次数太多，最后真的被狼吃掉了，纯属偶然。"更重要的是下面这一点，他说："在丛生的野草中的狼和夸张的故事中的狼之间有一个设色的过滤片，这就是文学的艺术手段。我们也可以这样说，艺术的魔力在于孩子有意捏造出来的那只狼身上，也就是他对狼的幻觉。于是他的恶作剧就构成了一篇成功的故事，他终于被狼吃掉了，从此坐在篝火旁讲这个故事，就带上了一层警示威严的色彩。但那个孩子是小魔法师，是发明家。"我们是作家，我们作家本来应该是谁？就是那个放羊的孩子。想做作家的，实际上你就是想做那个放羊的孩子。

我说不清中国当下的文学与世界文学到底有什么差别，但我知道有一个区别，这就是我们无法改变我们一个永恒的姿态：我们只能面对实际存在的"有"，而不能面对苍茫的"无"；我们不想对新写实主义说三道四，但是我要说，如果中国文学长期放弃想象力的操练，长期不能有人转过身来面对虚空世界，而是一味地进行素描式的模拟，对于这种文学的价值创造我们大概是永远不能指望有什么辉煌的。我们讲红楼一脉的传统与西游一脉的传统其实都丢失了。《红楼梦》这一脉的传统也是非常棒的，大概我们也没有很好地延续；《西游记》这一脉的传统其实也是很棒的，但是我们大概也没什么延续。我们不再是那个放羊的孩子，我们成了一个憨厚的、本分的蒙古牧人。

下面我就给大家虚构一个故事，我们来看看第二世界是怎么被建立起来的。

有一个放鹅的孩子，在草丛中捡到了一只鹅蛋。他把这只蛋放在太阳下面照了照，心里想他们家的母鹅正在孵蛋，如果把这只蛋放在母鹅的身体下，过一些天就会孵出一只小鹅来。所以他回到家的第一件事，就是把这只蛋放到母鹅的身体下面。然后那些蛋一只一只打开了。有一只蛋是最后打开的，出来的是一只特别漂亮的小鹅。小鹅的两只眼睛下面各有一个黑点，鹅妈妈、鹅姐姐和鹅哥哥都特别喜欢这只小鹅，还给它起了一个名字叫点。哥哥姐姐们逢人就说"我们家长得最好看的就是我们家的点"。鹅妈妈领着这群小鹅在草滩上吃草、在河里游泳，到秋天它们已经长得和妈妈一般高大。冬天遍地的大雪，这群鹅展开巨大的翅膀把地上的雪扇动起来，天空一片飞飞扬扬的雪花，所有看到的人都说"这一家子是这个世界上最幸福的一家子"。这一年就这样过去了。第二年春天，它们正在草滩上吃草，天空突然传来了一声鸣叫，一支天鹅的队伍正在从东方往西方迁徙。在这个小小的作品里头，反复地使用了两个象声词，地上的鹅怎么叫？"嘎呃嘎呃"。天上的天鹅和地上的鹅不属于同一个家族，在天鹅里头有一个品种叫小号天鹅，它发出的声音是"克鲁克鲁，克鲁克鲁"。点听到天空天鹅的鸣叫就好像听到了号角一样，连忙抬头仰望天空，一支天鹅的队伍就从它们的头顶上飞了过去，越飞越远。这个时候，点居然打开了翅膀，飞了起来。妈妈、哥哥姐姐们发现它飞到天上，于是一起冲着天空鸣叫"嘎呃嘎呃"，可是它无动于衷，对着那支天鹅的队伍就飞走了。妈妈、哥哥姐姐们一直仰望着天空，直到它消失在天边。太阳落下去了，整个西边的天空被霞光染得一片通红。就在这个霞光里头出现了一个小小的黑点，这个黑点越来越大越来越大，一只特别漂亮的天鹅出现在了天空——我们的点又回来了。它落在了地上，这个时候妈妈、哥哥姐姐们连忙围上去，伸长脖子用嘴给它梳理羽毛，它一副惊魂未定的样子。此后的日子看上去还算平静，可是它不时地会抬头仰望天空。妈妈和它待在一起的时间越来越长，因为妈妈好像预感到了什么。随着秋天的来临，点越来越害怕一种声音在天边响起。

这一天，它们又在草滩上吃草，正吃着草，那可怕的声音终于又在天边响起："克鲁克鲁"——一支天鹅的队伍又从西方往东方迁徙。这个时候，妈妈、哥哥姐姐们听到了天空中天鹅的鸣叫，连忙抬头仰望天空，而我们的点，却把头低下来，吃尽剩下的最后一块青草。那支天鹅的队伍飞过来，但是它们没有飞走，它们就在这群鹅的上空鸣叫。这个时候已经不再是一只天鹅在鸣叫，而是所有的天鹅都在叫"克鲁克鲁，克鲁克鲁"，天空因为这群天鹅的鸣叫变得一片金光粲然。我们的点打开了翅膀，不是飞，而是把脑袋藏在了翅膀下面，好像现在是一个安静的夜晚而它睡着了。它们是站在一个浅水滩上吃草，妈妈、哥哥姐姐们的腿的四周水是平静的，而它的腿的四周的水是一圈一圈的波纹，因为它整个身体和心都在战栗。那群天鹅就在它们头顶上空一圈一圈地盘旋，盘旋了很久很久才终于离去。天空、世界一片安静，点抬头仰望天空，那支天鹅的队伍已经飞得很远很远了。它打开了翅膀，可是又合上了；又打开，又合上了；然后再一次打开，终于又飞到了天上。但是它没有飞走，它在村庄的上空，在妈妈的上空，在哥哥姐姐们的上空一圈一圈地盘旋。点眼见着天鹅的队伍马上就要消失在天边，这个时候它好像听到了妈妈的声音，"孩子啊，你快点飞吧，再不飞来不及啦"，它好像听到了哥哥姐姐们的声音，"你快点飞吧，明年春天我们就在这个地方等你"。它最后看了一眼妈妈，最后看了一眼哥哥姐姐们，突然发出一声"克鲁克鲁"，一声哀鸣布满了天空，然后它就永远永远地飞走了。

这是一个小小的作品，是我几年前写的一本图画书，叫《天空的呼唤》。我在学校给孩子们讲这个故事，我问孩子们："你们认为这个故事在这个世界上可能发生吗？"他们有说可能的也有说不可能的。我问："那曹老师到底是站在'可能'还是'不可能'的那一边？"还是两种声音，然后我就告诉他们："我坚定地站在'不可能'那一边。怎么可能呢？当然你可以在心底认定它是可能的，认定可能它就可能了，这就是文学艺术的效果。但是实际上是不可能的，安徒生童话里的那些童话可能发生吗？哈利·波特的故事在这个世界上可能发生吗？永远是不可能发生的。"可是我紧接着又问孩子们："一个不可能发生的故事，你为什么也喜欢？"道理非常简单，因为我们都是人，人和动物的根本区别在哪里？在于人不仅仅需要第一世界——造物主给我们的这个世界，人还需要第二世界。人和动物是在哪个地方分道扬镳的？就是从这个节点上开始的。我告诉孩子们："造物主在创造人类的时候，在创造成千上万的物种的时候，是'偏心眼'的。他把这个世界上最宝贵的东西给了成千上万的物种中的一个物种：人类。这就是想象力。而其他的物种都没有。"人类数百年数千年就利用造物主给他的这样一个最宝贵的东西创造了这个地球上最高的文明——正是这些成千上万不可能发生的故事，推动了整个人类的文明和进步。我们能够设想一下吗？如果我们没有这些成千上万的不可能发生的感人的美好的故事，我们今天的人类还在什么地方？一定还在蛮荒时期，我们可能还在树上，还没有变成人。我们人类正是利用了造物主给予的这样一个东西创造这个世界，因为我们不仅仅需要第一世界，我们还需要第二世界。就在这个地方，人和动物从此分道扬镳。我认为想象力是可以操练的。一个作家要达到一个什么样的境界？就是说给我一个点，我就可以创造一条线，我就可以创造一大片，这个能力是必须有的。

前不久我去一个学校做演讲，我演示了我最近的一部长篇小说《火印》，并告诉他们这个故事源自哪里。那天下午，我重读萧红的短篇小说《旷野的呼喊》，里头有一个场景，黄昏、风沙天，远处有两匹马跑了过来。主人公就想，这两匹马是谁家的呢？她猜测有人到这个地方串亲戚，缰绳没有拴牢，所以打算等马过来的时候，她顺手就把这个马的缰绳给抓住。然后这个马果然跑了过来，她伸手就去抓这个缰绳，可是很快又把手收回来。为什么？因为她发现了马的身上有日本军营的火印，也就是说这是日本军营的战马。萧红为什么提到这个细节，我至今也不太清楚，也许她是交代时代背景。她整个作品中再也没提这个细节，可是当时我在心里说，这是一部长篇。我记得那天下午，我的脑子里各种知识、各种记忆都聚拢到了一起，想起许多年前看到的一份杂志材料：第二次世界大战的时候，日本军队虐马行为臭名昭著。等战争结束，我们把那些军马接管过来的时候发现所有的马都是皮包骨头，风一吹就要倒下。我想起很多很多事情，然后出现一个画面：一个男孩，一匹马，一群羊。在那些天，我就一直在想这部长篇，然后我把它写成了一部二十多万字的长篇。

我就跟孩子们说："看到没有？你得有这个本领。你给我一个点，我就给你一条线，我就给你一大片。如果没有这种本领，你不要做作家，不可能的。"这个本领是哪里来的？它不可能是无缘无故来的，需要人读很多很多的书，有丰富的经验，知识和经验成为一个综合的力量，然后造成一种"爆炸"。就在那一刻，所谓的想象，像一支火箭需要动力，这个动力可能是知识和经验的一个混合动力。在这个地方，我们就看到了一个非常重要的东西，那就是知识。

我们见到了很多很多有非常丰富的生活经验的人，他们是没有想象力的，为什么？我想原因大概就在知识上。我写的《草房子》到今天已经有三百次印刷了，晚于《草房子》六年的《青铜葵花》也已经有一百七十次印刷了，我其他的所有作品都在一百次印刷左右。我有时候就在想一个问题，这些故事不只是我知道，和我一起长大的那些小时候的伙伴他们都知道，可是他们为什么没有写出来？我每年回家和我童年的伙伴见面的时候，有许多事情我记住了，他们记不住，有许多事情在我看来是非常重要的有意义的，可以写成短篇、长篇，可是他们没有感觉，为什么？我唯一的解释就是，日后我幸运，我得天时地利人和，我读的书比他们多，我的知识比他们丰富。它们帮助我培养了一种眼力，发现现在、发现过去的眼力。当你回首的时候，你就可以看到你的来路上，有成百上千的短篇在等着你写，有无数的长篇在等着你写。所以我们在讲"无中生有"的时候，其实不是说空话，它后面有两个东西在支撑着，一个叫经验，一个叫知识。

下面我来讲第二个成语：**故弄玄虚**。我来讲一个作家，有一点古怪的，早已经被中国作家和批评家们谈得起了老茧的一个作家：博尔赫斯。当然我以为我们并没有走近博尔赫斯的世界。如果说契诃夫代表了古典形态短篇小说的高峰，那么这个博尔赫斯就代表了现代形态短篇小说的高峰。博尔赫斯一辈子没有写过长篇，因为在博尔赫斯眼里看来，长篇是很奇怪的一个东西。"这个世界难道需要长篇吗？"当然这是一个作家的看法，我们的汪曾祺先生也这样。我记得那一年我把汪先生请到北大去做讲座。老头抽着烟，讲话的语速非常慢，如果我两个小时需要讲一万字，他两个小时大概两千字足够了，因为他经常会停下来抽烟，然后把你忘了，抽了半天烟说了一句："何为长篇？用得着长篇吗？有必要吗？"这是他的看法。总而言之，博尔赫斯代表了短篇小说在现代的一个高峰。可是他这个作家，他观察这个世界的视角永远是出人意料的，他不和你一起来看这个世界，你站的地方他不站，你选择的角度他不会选择。他选择的一定是你想不到的，你也不可能站到那个地方、那个角度。所有想成为作家的人，你一定要记住，你不能和普通人站在一个角度上看待这个世界。如果是这样，你永远也成不了作家。当人们人头攒动地挤向一处，共同看一个景观的时候，他一定会选择一个冷僻的、无人问津的角度，去用他那一双势单力薄的眼睛去凝视另一样的风景，去看别人不看、看出别人看不出来的。他总有他自己的一套，一套观察这个世界的方式，一套解释这个世界的理念，一套叙说这个世界的词汇，一套揭示这个世界的主题。这个后来双目失明的老者，他坐在那把椅子上所进行的是玄想。那一年我给中国的《十月》杂志做了一年的专栏，每一期写一个作家，其实我写的都是小说家，每一期一万字到两万字，有一期写的就是博尔赫斯。他们非常会选照片，他们也完全理解我对博尔赫斯的解读，选的那张照片是他晚年双目失明，坐在椅子上仰望天空的样子。那张照片里椅子上坐着的那个人，我总觉得他充满了神性。他思考的问题也不是我们正常人思考的问题，比如说"镜"。镜子是博尔赫斯小说里头一个常见的意象，是一个最富有个性化的意象。在他看来，这个镜子几乎是这个世界全部本性的隐喻。他讲到镜子里各种各样的东西，甚至镜子还有繁殖的功能。而且镜子还是那样一个东西，许多孩子都是通过镜子看到了男人和女人之间的事情，他讲镜子是非常恐怖的。我不知道大家有没有这种感受，当你来到一个宾馆，它有一个长长的长廊，在长廊的顶端有一面镜子。当你走在长廊上，而且那一天长廊里的灯光是灰暗的，远处有一面镜子，我不知道你是什么感受。所以博尔赫斯跟我们观察的问题不一样，他观察的对象也不一样，他说"我对上帝及天使的顽固的祈求之一就是保佑我在梦里不要梦到镜子"。我重提博尔赫斯是想说我们在文学创作方面所显示出来的思路是不是太正常了？我们的世界还有没有可能有新的逼真的解释，我们是否具有足够的理由固守现在的世界和言说世界的方式？我们是不是还有其他的进入这个世界的方式？

　　我前不久看了一本小小的图画书。这本图画书特别棒，你可以让你的孩子看，告诉孩子怎么进入这个世界，告诉孩子进入世界的道路是多种多样的。这本图画书叫作《十只小鸟过大河》。"十只小鸟来到一条大河边要过河"，我就想这些小鸟要怎么过河呢，结果翻开就看到一座大桥，我就想这个画家真笨。可是我发现笨的不是那个画家而是我，因为那个画家是有意把你的思维引到那个地方去，小鸟根本没有从桥上过。河边放着十件我根本看不懂的东西，后来我发现有一只小鸟用一只巨大的弹弓过河了，然后小鸟各自用不同的工具过河了，最后还剩一只。我看河边还有一件东西没有用，我想这只小鸟怎么用那件东西过河呢？我百思不得其解，那件东西能怎么样让这只小鸟过河呢？结果我又错啦，我们的思路就非常容易被牵引到这个地方。最后一只小鸟根本就没有用那件东西，也没有用任何工具，它扑棱扑棱地从桥上过去了。你说小鸟们哪一个对？哪一个都对。他只是告诉我们进入这个世界的方式是多种多样的，这就是我们作家要明白的道理，你不能只想着从桥上过，虽然也是对的，这是没有问题的，但是你不能只想着从桥上过，你得有另外的过河的方式。我同意这种说法，博尔赫斯的作品是给成年人的童话，而另一个写成年童话的作家卡尔维诺更值得我们去注意。我总有一种感觉，卡尔维诺是天堂里的作家，对于我们而言，他的作品犹如天书，他的文字是一些神秘的符号，在他表面的形态之下总有一些神秘莫测的奥义。我们在经历着一种从未有过的阅读经验，他的文字考验着我们的智商，他把我们带入一个似乎莫须有的世界，这个世界十分怪异，以至于让我们觉得不可思议。我们总会有一种疑问，在我们通常所见的状态的背后究竟还有没有一个隐秘的世界，这个世界另有一套它的逻辑，另有一套它的运动方式，另有一套它自己的语言呢？再譬如他的作品《看不见的城市》。《看不见的城市》不是我们通常所见到的小说，他写什么？——忽必烈。忽必烈的疆土辽阔无垠，他无法对他所有的城市一一视察，他甚至不知道他的天下究竟有多少座城市，于是他委托意大利的旅行家马可波罗代他去巡视这些城市，然后向他一一地描述。这个事实就是虚假的。现在忽必烈与马可波罗坐到了一起，他们见面了，然后马可波罗就开始讲他看到的那些城市，严格来讲不是他所看到的，而是他所想到的那些城市，这些城市只可能在天国而不可能在人间。全书九章共叙述了五十五座城市，书里所有的数字都具有隐喻性和象征性。像风筝一样轻盈的城市，像花边一样通透的城市，像蚊帐一样透明的城市，这些城市络绎不绝地出现在他们的想象里，它们显示着帝国的豪华与丰富多彩，同时也显示着帝国的奢侈和散乱。天要亮了，马可波罗说："陛下，我已经把我所知道的所有的城市向你一一地描述了。"可忽必烈说："不，还有一座城市你没有说：威尼斯。"

马可波罗笑了："陛下，你以为我一直在想什么？在我为你描述的所有城市里，都有威尼斯。"这是一部非常好看的小说，非常好的小说，我想这应该是你要看的一千部小说中的一部。在形式上，卡尔维诺是玄想的，在思想上，更是玄想的。卡尔维诺颇为欣赏下面这段文字，这段文字出自莎士比亚的《罗密欧与朱丽叶》："她的车辐是用蜘蛛的长脚做成的，车头是蚂蚱的翅膀做成的，挽索是用小蜘蛛的线做成，颈带是如水的月光，马鞭用蟋蟀的骨头做成，缰绳是天际的游丝。"我那篇写博尔赫斯的文章的名字就叫《天际游丝》。那么他说"我写了四十年小说，探索过各种道路，进行过各种实验，现在该对我的工作下定义了。我的工作常常是为了减轻分量，有时是减轻人物的分量，有时是尽力减轻天体的分量，有时候尽力减轻城市的分量，有时减轻小说语言结构与语言的分量"，他对"轻"这个字非常欣赏。这个"轻"是卡尔维诺打开世界之门与打开文学之门的钥匙，他十分自信地以为这个词是在他经历了漫长的人生和漫长的创作生涯之后悟出的真谛。他对我们说，他找到了关于这个世界、关于文学的最后的茧。我们也可以拿着这把钥匙打开卡尔维诺的文学世界。卡尔维诺并不否认对现实的观察，但他用"轻"这个锁诠释了他的观察方式，告诉我们处于我们正前方的现实是庞然大物，而我们通常最喜欢的角度就是正面去观察那个庞然大物。那个很重很重的庞然大物，因为它对于我们普通人来讲形成了一个强大的吸引力，以至于我们无法转移视线再看到其他什么。人们都以为重的东西才是有意义的，而为此思索、苦恼、悲伤、忧心忡忡。那些以国家为重、以民族大义为重而将目光聚焦于普通人都会关注的重大事物、重大事件、重大问题上的作家，就是在重和轻这个分界线上与卡尔维诺分道扬镳、各奔东西的。卡尔维诺在分析城市中的神话故事的时候，讲到一个神话人物，"他的力量正在于始终拒绝正面观察"。我们都有这样的经验，正前方矗立的事物多具有方正、笨重、体积巨大、难以推动等特性，大但并不一定有内容，并可能相反，它们是空洞的并且是僵直的，甚至是正在死亡或者已经死亡了的。我们很少看到卡尔维诺正面观察的姿态，他的目光与我们的目光并不朝向一个方向。容易引起我们注意的，卡尔维诺恰恰毫无兴趣；而那些被我们忽略不计的东西恰恰引起了他高度的重视。被常人忽略不计的"轻"，正是因为"轻"，才被我们忽略。卡尔维诺看我们之非看，微光、羽毛、飞絮这样一些微小细弱的事物在他看来恰恰包含着最深刻的意义，细微之处深藏大义。

比如说《围城》。关于《围城》，我们有许多解读，我曾经对研究现代文学的专家们讲，在中国读懂《围城》的就两三个人。你们一研究《围城》就谈那么重的东西，什么"鸟笼子主题""城的主题"，一些鸟要从笼子里挣扎出去，可是有些鸟要进笼子里来；有一些人要从城里挣扎出去，可是有些人要进城。这些都是"舶来品"，钱钟书先生自己都讲了。我对《围城》最感兴趣的一个词是："微妙。"那些微妙的关系，那些微妙的心理，是最吸引我的。比如说里面有一个孙柔嘉，表面上是一个无知少女，其实她是《围城》里头最有心计的一个女人。有一个细节，方鸿渐跟孙柔嘉来来往往。方鸿渐伶牙俐齿，看上去是最深刻的一个人，最厉害、目光最锐利，其实《围城》里头号傻瓜就是方鸿渐。而最精明的一个女人就是那个看似无知的孙柔嘉，好像什么也看不明白，可是她心里早就把方鸿渐"吃掉了"。有一次，方鸿渐又来找孙柔嘉，孙对方说："你不要来找我了。""为什么？""你不要再找我了，因为已经有别人在议论我们了。"就这样孙柔嘉把方鸿渐敲定在了恋爱关系的位置上。小说要读的就是这种微妙。我以为《红楼梦》最好读的并不是反封建主义，而是人与人关系的微妙，情感的微妙。元春从宫里回来，被人们层层围住，唯独不见宝玉，问宝玉哪里去了，人们连忙把宝玉找来。她把宝玉揽到怀里，抚摸着他的头说了一句"又长高了好些"，说着泪如雨下。可想她在宫里是多么寂寞，很长时间都不能回来。小说就好看在这些地方，作家要关心的也是这些地方，大的东西容易关心，你不容易关心的是这些。《围城》里头有二百多个"像"字句，其好处就是钱钟书把那些微妙的感觉表达出来了，因为直接说说不出来，必须找到一个比喻句才能说出来，"这就好比一个人装了一颗金牙，把嘴龇给你看"。钱锺书觉得这个比喻不准确，因为金牙还有实际功能，还是可以咬东西的。可是那个附庸风雅的人说汉语时用的英语单词一点点实用功能都没有，所以钱钟书重说一个比喻"就像牙缝里有肉末，把嘴张开给人看"。我想关于附庸风雅的比喻，钱钟书这个大概是最好的比喻。"轻"变成"重"，"重"却是"轻"。

　　有一段时间我仔细地阅读了《契诃夫手记》。在这本书中，契诃夫告诉你作家怎么看待这个世界，作家应该从什么角度去看这个世界。我记得其中有一句话，很能说明问题，"一条小猎狗走在大街上，它为它的罗圈腿而感到害羞"，就这么一句话，前后都没有。我就仔细地看这个句子，首先你要知道作家关心的是什么。这是我们不关心的事情，可是这么一位大师却在关心它。你仔细地去读这个句子，后面藏着的东西太多了。如果说一条普通的狗也就罢了，它是一条猎狗，猎狗的腿被要求是长的、直的，可是它的腿是罗圈腿。如果走在没有人走的路上也就罢了，可是它是走在大街上众目睽睽之下。卡尔维诺说："世界正在变成石头，我们不能将石头化的世界搬进我们的作品，我们没有这个力气搬动。文学家不是比力气，而是比潇洒、比智慧，而潇洒与智慧都是'轻'。"卡尔维诺的经验之谈来自于他的创作实践，在创作实践中他时常感到他与正前方世界的矛盾，他觉得他无法转动它，即使勉强能够转动，也并没有太大的意义。花大力气去转动无法转动的东西，这副形象是经不起审美的。面对卡尔维诺、博尔赫斯的玄想，我们是不是太实际了？我们的心在哪儿？我们思想的抛物线是不是太短促了一些？我们的念头是不是太功利了一些？我们的文学所关心的问题是什么问题？我研究中国当代文学，发现中国当代文学居然在相当长的一段时间里关心什么问题。两大问题：房子、粮食。从高晓声写《陈奂生上城》那是粮食问题，《李顺大造屋》那是房子问题，一直写到后面很多很多作品，非常有名的作品，关注的都是粮食问题和房子问题。我不是说文学作品不需要关心粮食和房子问题，但是拿这么多文学作品去关心粮食问题和房子问题是不是有问题？博尔赫斯所在的阿根廷、卡尔维诺所在的意大利并非不存在房子问题和粮食问题。与阿根廷毗邻的巴西是南美最富有的国家，但里约热内卢到处是贫民区，山上住的都是穷人，山下住的都是富人。我曾经住过山下一个非常豪华的宾馆，打开窗帘面对的就是那座山。那座山上的房子星罗棋布，但都是风雨飘摇。我想那边的阿根廷住房的问题不会比这里好多少，可是我没有看到博尔赫斯在关心房子问题，他关心的是时间、空间问题以及由玄想而产生的非常形而上的问题。我们作家太关心那些形而下的问题了。我们已经失去了玄想的能力，我们不知道"轻"和"重"。一片羽毛轻吗？不轻。

　　我写过一本图画书，叫《羽毛》。写一片羽毛在草地上无人问津。这一天一个男孩和一个女孩来了。女孩把羽毛捡起来，在手里玩了玩，然后对男孩说："你说这片羽毛是哪一只鸟身上的？"然后把羽毛扔在地上走了。从此这片羽毛就在想："我是属于谁的呢？"然后它就开始找，当风起来的时候把它吹到空中，它问这只鸟说不是，问那只鸟说不是，然后看到了孔雀，问："我是你的吗？"孔雀正在开屏，没有工夫搭理它，它又问："我是你的吗？"孔雀依然不理。孔雀开屏结束后，对羽毛说："你也好意思问我'我是你的吗'？"然后羽毛继续去找，有一天遇到了一只云雀，云雀说："你不是我的，但是我可以帮助你实现一个愿望。我是这个世界上飞得最高的鸟，我可以把你带到最高最高的高空去。"于是云雀叼着这片羽毛往高空飞，穿过云层来到了云层上，然后嘴巴一张，羽毛就开始往下飘落，落了一座山头。岩石上站着一只老鹰，羽毛问它："我是你的吗？"可是老鹰的注意力在前方，羽毛又问了一句，老鹰还是没有理它。这时羽毛看到了天空飞着一只小鸟，然后它就对老鹰说："啊，我认识它，它是云雀……"它的话还没说完老鹰就起飞了，然后它听到天空中一声凄厉的叫声，看到了宝石一般的血珠从高空坠落，它就在心里呼唤："风啊，你快点来吧，让我立即离开这个地方。"来了一阵风，把它吹到峡谷里盘旋，又落在一块草地上，一停留又是十几天。一天早晨，天气特别好，一只母鸡带着一群小鸡觅食来到这个地方，一家子非常祥和。羽毛就想："其实也不一定要到天上去，地上也挺好的。"它很想问那只母鸡"我是你的吗？"，但是它已经没有勇气再问了。这个时候母鸡展开了自己的翅膀晒太阳，翅膀下缺了一片羽毛。当然我们也无法确定这片羽毛就是母鸡掉落的，这就是玄想。这个小小的作品，它"轻"吗？不"轻"。它回答的是一个哲学问题，"我来自于哪里？我究竟属于谁？"所以你不要以为那个很大很大的东西是有意义的，不要以为很轻很轻的东西是没有意义的。

第三个成语：**坐井观天**。我来说说另外一个作家，普鲁斯特。九岁那年普鲁斯特得了哮喘病，这可怕的病伴随了他的一生。一年四季，尤其是春季，他不得不长久地待在屋子里，与草长莺飞的大自然隔绝。据说这种病是溺爱的结果，他的一生中最溺爱他的两个女人，一个是外祖母，一个是母亲。她们为这个体弱的少年尽一切可能地营造温暖、舒适和温情。我们有理由相信《追忆逝水年华》中，那个在晚间娇气地等待母亲的亲吻、亲吻之后才可能入睡的少年就是他本人。他长大了，父亲已经不能够再容忍他与母亲的缠绵，终于在最后一次与母亲亲吻之后，他结束了少年时光。溺爱和忧郁的生活毁了一个人，但为这个世界成全了一个伟大的小说家。他在那座放满了笨重家具的大房子里、在自己杂乱的卧室里，只能透过窗子去望外面的苹果树，去想象卢瓦河边的麦地、水边的芦苇以及路边美丽的风景。这是一个渴望与自然融合的人，一个热衷于在人群中亮相造型的人，然而他只能长久地坐在卧室。世界成为一片汪洋，卧室就成为方舟。化整为零之后的普鲁斯特，听到、闻到、感受到了我们这些常人感受不到的，听不到、闻不到的东西。大家去看《追忆逝水年华》，里面许多描写是我们无法想象的，比如说他写人和房间的关系。一年四季的房间，即便是房间空无一物也显示出它无边的意义。现在我们一边来读普鲁斯特，一边来玩味一下"坐井观天"这个成语。我们假设这个坐井者是一个智者，他将会看到什么？"坐井观天"至少是一个新鲜的、常人不可选择的角度，并且是一个独特的角度。而所有的这一切都会向我们提供另一番观察的滋味与另一样的结果。有谁向我们描述过井底之下看天的感觉？我想那份感觉一定是很有趣的。在井底下看天，这本身就太有想象力了，那个人一定看出了我们这些俗人在单调无趣的地面上看不到的风景。什么叫文学？文学就是一种用来梳洗勾勒经验的形式，从这个意义上讲，只要那个作家在创作时尊重了自己的个人经验，以个人的感受为原则，那么他在实质上就不能不是坐井观天的。每一个人在不同的时空背景下会得到不同的经验，这几乎是一个常识性的问题。我们没有理由不在意我们自身的经验，我们应当将自己的作品建立在自己的经验基础上，经验是无法丢失的前提。然而我们却看到一个不可理喻的事实，一些具有丰富经验的人却在他的创作过程中莫名其妙地一直没有使用他自己的经验。我曾经说过一句极端的话，一个作家所看到的大海，如果与一般人所看到的大海是一样的，那么就等于他没有看到大海。海明威的海、康纳德的海、若蒂的海，都是他们自己的海。我记得有一个小说家写海，写得很好，"当他走出这座肉欲横流的城市，看到在城市边流动的大海以后，他觉得那是一条淫荡的大海"。我们已经多次看到这样一个事实，一些生活在异样的环境，生活曲折离奇、命运险恶多变的人却在他们终于选择写作为生涯的时候，仿佛他们是刚刚来到人世，在个人经验方面写得非常非常的贫穷，那些照理是无法穷尽的美妙绝伦的个人经验竟荡然无存、丝毫不见。这种"端着金碗要饭吃"的现象实在令人费解，却是一个非常普遍的事实。一个人一副窘迫地站在一堆财宝之上，四下眺望生路的形象居然是创作领域里一个常见的形象。我们看到一个作家在经历多年的创作实践之后，而他最大的收获竟然是在辛苦的却是无谓的写作之后回到自身。而令人感到可悲的是，有的人一辈子也未能回到自身，这个具有悖论性的事情一直在困扰着我们。

我有一个好朋友，他长我十五岁，我们是一对忘年交。这位先生一辈子都希望他在文学上有所成就，可是没有能够成功。跟他聊天的过程中，我发现他一辈子的生活经验无比的丰富，但是让我吃惊的是，他一直到最后都没写到自己。他出生在四川一个非常富有的家庭，他们家有一座山，山上长的全是橘子。那一年我和他一起去参加一个笔会，正好赶上当时有一个电视剧叫《橘子红了》，我在看电视剧的时候就对他说："你怎么不写写你们家的橘园呢？"他写了一辈子的作品，不要说写橘园了，连一棵橘子树都没写过；不要说写一棵橘子树了，他连一只橘子都没写过。他个人本身就是一部小说，我在讲他的时候，他就站在我面前。我们出去开笔会的时候，人家都招待我们一桌好的饭菜，那个时候对我们来说是非常有吸引力的。我小时候非常贫穷，所以见到一桌饭菜的时候就管不住自己的眼睛，想到的就是吃。我小时候一直吃相不好，因为很穷，一盘肉端上来，我的妈妈肯定是用眼睛盯着我，不然我一筷子下去肉几乎就没有了。就是长大了，见到一桌好的饭菜我也文雅不起来，就是想到要吃。我的这位朋友，他第一个动作是跷上二郎腿，把筷子放在一边去抽烟。他的烟放在衣服口袋里头，假如是一盒没打开的烟，他会在盒子上面撕出一个小的方口。我看很多人抽烟很不雅致，用手在盒子里掏，我这个朋友却是非常优雅。他敲打没有撕开的那一边，方口上就会有一支烟慢慢出来。那个时候他也很穷，但是他少年时候富家子弟的架子始终不肯倒下，到最后也没有，他从来不把一支烟抽完。

个人经验对我们实在是太重要了。《红楼梦》写的是曹雪芹的个人经验，所以才是"红楼梦"。集体经验是一种抽象，来自于无数的个人经验，没有个人的经验，集体的经验无从说起，集体的经验寓于个人的经验之中，总是要以个人经验的形式得以存在。

我来讲一部小说，在西班牙草原上有一个放羊的孩子，在一座教堂的一棵大树下一连做了两个相同的梦，梦见自己从西班牙草原上，越过大海来到非洲荒原，在一座金字塔的下面发现了一大堆财宝。于是小孩就决定赶着自己的羊群去寻找那些财宝，这一天他出发了，走过西班牙草原、越过大海来到了非洲荒原，找到了在梦中出现过的金字塔，然后就开始挖财宝。可是他挖了一个很大的坑，并没有发现财宝。就在这个时候来了几个坏蛋，问小孩在干什么，小孩拒绝回答，于是他们把这个小孩揍了一顿，把他扔到了坑里。当他们得知这个小孩竟然是为了两个相同的梦从遥远的西班牙草原来到非洲荒原的时候，不禁哈哈大笑，然后扬长而去。其中有一个坏蛋走了几步路又重新走回来，站在坑边望着坑里的孩子对他讲"你是我在这世上见过的最愚蠢的孩子，就在你挖坑的这个地方，两个月前我也做过两个相同的梦。我梦见我从你挖坑的这个地方出发，走过非洲荒原、越过大海来到西班牙草原，在一座教堂的一棵大树下发现了一大堆财宝。可是我还没有愚蠢到为了这么两个相同的梦去做这样一件蠢事"。说完哈哈大笑着扬长而去。过了一会儿，小孩跪在坑底仰望苍天，他爬出来重返西班牙草原，在他出发的地方，也就是教堂的那棵大树下，他发现了一大堆财宝。这是一个具有寓言性质的故事，告诉读者一个道理：财富不在远方，财富就在自己的脚下，当然可能要经过九死一生的寻找。

普鲁斯特守着自己的"井"、自己的"天"，终生不悔，于是才有了《追忆逝水年华》。他琢磨自己的经验，非常透彻，他琢磨一个人的姿态、思想和情绪有什么关系。我就是在读《追忆逝水年华》的时候，真正理解了罗丹的思想者雕塑，罗丹太了不起了。不信你试试看，当你思考问题的时候，你经常的姿态就是手托着下巴。反过来说，当你手托下巴的时候，你就进入思考状态。我还从《追忆逝水年华》中解开了我少年时代的一个秘密。睡在屋子里，突然出现一个声音，这个声音从哪里来？那是你们家的家具在不同的温度下发出的声音。这就是经验。属于自身的写作资源是最宝贵的，属于自身的美学风格也是最宝贵的，是不可以随意丢失的。前不久我看《梵高传》，其中有一段文字是梵高的弟弟把梵高带到巴黎，当时的巴黎印象派鼎盛，印象派的绘画让梵高很是着迷。他弟弟看梵高画的画，说画里有太多别人的东西。"你是谁？""我是文森特·梵高。""你能保证你不是高更？我每看一幅你的画，我都能猜出昨天晚上你和谁待在一起了。"我们只能自己提醒自己。

最后一个成语：**无所事事**。这好像是一个很消极的态度。不是。我们太紧张了，一定要放松，不要以为面对现实的紧张是你应该拥有的态度。要学会"无所事事"，琢磨一些看来不是多么重要的问题，不要总想着你的文学要承担多大的责任，有一些责任不是你的文学作品能承担得了的。比如说留守儿童，你的文学作品能承担这个责任吗？能帮助他们吗？我不是说不要关心他们，而是说可以把它作为一个题材来写，而不是作为一个主题，因为你没有力量来解决这个问题。我记得当年写下岗女工的作品很多，下岗女工不是作家要关心的问题，因为它是特定时期的事物，而你的作品要活到遥远的明天，关心的问题就不同。应该是米兰·昆德拉所说的"人类存在的基本状态"。我在很多年前说过，中国作家面临一个双重身份的区别的问题，要意识到自己是一个知识分子，同时又是一个特殊的知识分子——作家。作家和知识分子是双重身份，他们要关心的问题是不一样的。作为一个知识分子，就要关心当下的问题，你要发声。可是当你是作家的时候，可能你关心的就应该是人类存在的基本状态。我曾经提出过一个非常庸俗的观点：现在北京的街头有一个厕所，位置很不合适。如果你是一个知识分子，那么你就有义务发表对厕所位置的看法，应该打电话给市长反映情况；而当你是一个作家的时候，你就根本不应该看到这个厕所。

第三篇　用审美的眼光重新看待中国儿童文学传统

刘绪源

作家，学者，中国作家协会会员。曾任《文汇月刊》编辑、《文汇读书周报》副主编、《文汇报》副刊"笔会"主编。出版著作二十余种，有现代文学专著《解读周作人》，儿童文学理论专著《儿童文学的三大母题》，评论集《文心雕虎》《儿童文学思辨录》等。2014年获首届"蒋风儿童文学理论贡献奖"。

　　用审美的眼光来看待儿童文学，首先要问的是：审美眼光到底是什么眼光？到底什么是审美？

　　我们从学前教育，从儿童的义务教育一直到成人教育，再到大学里学的理论，一直到社会上我们所看到的各种理论，我们关注的基本都是从儿童的认知到成人的理性思维、逻辑思维。这个原因在哪里呢？因为理性的东西很容易把握，能够讲得很清楚。审美的东西则很神秘，很奇怪，而且每个人的感觉都不一样，很难讲清楚。审美有的时候是没有用的，而理性的东西一看就很有用，马上就有用。所以家长希望给孩子看的都是有用的书，没用的书不看。很多很好的绘本在大人看来完全是在浪费时间：这不就是小孩闹着玩玩吗？对审美的重视与否，其实是个非常关键的问题。

　　人类从精神上把握世界，只有两种方式，一种是理性的、逻辑的，另外一种就是审美的、感性的。但后一种里面还是包含着理性的成分，是理性隐含于情感和想象中的审美。这个审美的方式最后得到的结果是一种愉快，并不是认知，不是懂得。我们的理论学习，我们的研究，都是要懂得，而审美的落点不是要懂得。它是一种愉快，这其中也包含不愉快。愉快在人生中是非常重要的。人的选择并不是完全依靠懂得来选择，因为我们后来发现，懂得的东西有的时候并不可靠。看起来好像很懂，很有道理，但事实证明并不可靠。有时通过你的直觉、感受、想象、情感，也能够把握很多东西。愉快的力量非常强大，并不是懂得所能够取代的。有时候明明懂得，我就是不愿意做，说什么也不愿意做，就觉得这样做很别扭，这里就有人性的力量在起作用。比方说一见钟情，一见钟情就是一种审美的把握，它不是通过逻辑的、理性的东西，所以恋爱过程中很少有人一天到晚在计算。如果老想着跟他好有什么好处，不跟他好有什么好处，他身上哪些是好的地方，哪些是不足的地方，我怎么跟他相处会更有利，到最后这么计算的时候，是分手的时候，分手以前要用理性的把握。但整个情感把握过程中，其实都是一种以感性为主的把握。这里面并不是没有理性，理性就在感性里面。

康德的美学理论有三条最关键的原理，李泽厚把它概括成非常简短、非常容易记的三句话。第一句，美是无概念而有普遍性。因为我们知道概念是有普遍性的，桌子的概念就能概括所有的桌子，世界就能概括整个世界。审美没有概念，不通过概念也产生普遍性，这就是人和人之间的奇妙的相通之处了。第二句，非功利而生愉快。它不是功利的，它不像口干了要喝水，肚子饿了要吃饭，冷了要穿衣服等物质的享受。它不是为物质享受而生的愉快，它没有用，没有实际的作用，没有实际的物质之用，是非功利的。非功利而生愉快，它不给你实际的好处，但还是能带来愉快，这就是一种精神性的东西了。第三句，无目的的合目的性。它不是为了一个目的，达到一个目的。比方说我要提高哪方面的水平，我去读哪一本书，或者我要改正什么缺点。审美是没有目的的，它是闲读，可以读也可以不读，可以这样读也可以那样读，完全是自由的。无目的的合目的性，就是审美的过程并不是要达到一个什么目的，但美感对你的人生所起的作用，是符合把人提高这样一个目的的。事实上它还是有目的、合目的的，但不是人为地去寻找一个具体的目的。

这样看起来，审美就是一个非常有趣的东西，没有概念，但它是普遍的。它不能给你实际的功利，但它能让你感到愉快。它没有一个具体的目的，不为实用的、具体的目的，但是它还是能够合目的性。人类理性的生成，就像七岁的儿童，那就是理性生成的阶段。六七岁以前，就是皮亚杰说的前运算阶段，也就是理性生成以前的阶段，一般指两岁到七岁，他还没有运算能力，没有逻辑思维的能力，没有理性的评判能力。这时候你一定要他学什么东西，一定要给他讲非常复杂的科学原理，他不一定能够把握。这一段时间是人生的遗忘期。这个时候他看的书，他长大了都会忘记的。那么这段时间看书是不是没用呢？也是有用的。他读的书会进入他的潜意识，成为他的灵魂的一部分，成为他的思维方式的一部分，成为他想象的一部分。他未来的愉快和不愉快，很大程度上与这种潜意识有关。

人类在古希腊以前，也就是我们的春秋战国时代，主要不是通过理性来思维的，而是通过想象、审美、常识、情感的方式，使人类不断地发展，一直发展到理性的生成，发展到孔子、孟子的阶段，亚里士多德的阶段，这就是轴心时代。在这以后人类才强调理性，突出理性，把审美放到一边去了。所以审美其实也是能够把握世界的，也是非常有用的。当理性生成以后，审美还是在起作用。我最近在研究和思考的一个问题是，理性和审美并不是完全分开的。钱钟书先生编过一本书《外国理论家作家论形象思维》，那是"文革"刚刚结束，刚刚粉碎"四人帮"的时候编的。这本书把西方古典的作家、理论家关于审美的、关于形象思维的一些理论都搜集起来。钱钟书先生提出了一个观点，他很反对把审美和理性完全分开放，好像这两者是没有关系的，好像审美里面一点理性也没有，有理性的人一点审美都没有。在理论史上有这样一个分开的过程，后来很多人就同意钱钟书的这个观点。那么既然分不开，不能完全分开，但又是两回事，它们二者到底是怎么交替、怎么交结，什么时候合作，什么时候分开呢？这是我最近在研究的问题。

这个思考得到了李泽厚先生的鼓励，他说这是个非常重要的问题，他鼓励我把这个研究做下去。其实这个问题是美学上很关键的一个问题。康德、黑格尔，包括后来的胡塞尔，他们讲认知论的时候，其实都强调一点，就是人在理性认识的过程中间，有一个阶段是需要想象的。我们以为他们都是哲学家，是讲理性的，都不强调想象，其实从康德开始他就说人类的理性认识、人的认识离不开想象。那么在什么时候人需要想象呢？康德有一个很有名的观点，人的认知是有图式的，这图式就是个半抽象。比方说儿童从来没看到过车，看到汽车以后，他就知道这个叫作车，然后他头脑里就有一个车的图式。那么以后他看到火车，他头脑里就会调动起半抽象的车的图式。皮亚杰认为人的认识就是人已知的图式的不断分化。这是车，车图式有了，但又看到船了，这个和车不一样，经过比较、辨别后，他就会产生新的船的图式。然后看到飞机，又不一样，又有飞机的图式。人的图式越来越多，皮亚杰说人的智力就越来越发展。图式就是智力的标志，这是皮亚杰的说法。理性认识离不开图式，图式有点像我们打开一本杂志，上面有目录，有的还有简易图像，这就是图式，半抽象的。康德就说，人在进行理性概括之前先要调动或产生图式，动用图式的过程，就是需要想象的。比方说看到一张桌子或者看到一场战争，你都需要想象。你所能够想象到的战争，你所知道的战争，你所猜测的战争，你所听过的战争，你记忆中的战争，你书上看来的战争，你全部要拿来。所以理性在这个时候需要把什么东西都拿来，需要想象。那么形象思维，我们说的审美，在这个阶段，跟理性思维正好是共通的。

　　理性思维有图式的阶段，形象思维就有一个范例的阶段。我们说的典型，通过一个人物来看世界，通过一个具体的故事来看世界，这里也都是通过一个范例来把握世界。在有图式有范例的过程中间，理性思维、感性思维都是充满想象的。但是这个过程以后，两者就分工了。所以审美和理性的特点与区别，从这里就可以看出来。理性思维在产生图式的阶段，把握的东西越多越好，把所有的材料都拿来，然后它才能够概括。拿来以后，理性思维的特点，接下去它要走的路，就是不断地舍弃、扔掉，把那些不符合它的理性概括的、不能够把握本质的东西都扔掉，这就形成一些概念。概念里边再清除，再扔，就形成一个更高级的概念。最后形成的是一个非常明确的概念，比方说战争是政治的延续，这就是一个概念。达到概念的过程，先是有图式阶段，有想象，大量搜集材料，然后不断地扔、不断地做减法，甚至于做除法，然后成为一个清晰的、明确的、简单的概念，这个概念是有概括性的。按照理性思维，按照他们自己的说法，他们已经抓住了事物的本质，从一个角度来说他可以概括这个事物了。但未必就是真正抓住了事物的本质。这是理性思维的特点。在不断舍弃的过程中，也就是通过逻辑推理不断提炼，最终拿出最重要的概念。

　　审美在理性思维的图式阶段，也就是审美的范例的阶段，它所需要的恰恰不是大量的搜罗，而是先要舍弃，舍弃理性已经解决的问题。已经解决的、非常明确的东西，就不需要再去进行审美创造了，没什么好创造，重复的东西没有味道。它已经很清楚了嘛。而凡是以往的理性思维有漏洞、有遗漏、有难点的地方，模模糊糊的地方，暧昧的地方，理性最爱混过去的地方，那就是审美要抓住的地方。审美就像一个无孔不入的坏孩子，喜欢钻漏洞、喜欢给你捣乱的坏孩子，它就在这个里面发现问题，发现难点。比方说曹文轩最新写的战争小说《火印》，我觉得写得不错。那部小说里面写到一个日本军官。日本军官当然是坏人，杀人放火，其中一个日本军官偏偏是农民出身，而且非常懂马，非常爱马，而且轻易不杀人。正是这样一个人，最后在他的命令下，把整个村庄轰毁了，成为一个最残忍的人。另外还有一个日本兵，非常爱动物，非常爱小鸟，完全是一个小孩子，还没有长大，但最后他就死在了中国士兵的枪口下。这两个日本人，这两个法西斯军队的成员，他们身上所提炼出来的东西，跟我们现有的理性、现有的观念、现有的已经成为成果的那些思维不一样，那里面有缝隙可以让他们去生长、可以让他们去发展。审美就是要抓住理性思维所不能解决的问题、尚未解决的问题或者解决得不好的问题。审美是个非常爱捣乱的孩子，它不是一个规规矩矩的孩子。中国社会科学院外国文学研究所的叶廷芳教授提出：美是一种邪气。这说得真好，美不是一种正气，是"邪气"，他说的是有道理的。正气人人皆知，都承认，你还要审美去天天唱赞歌，谁要看？也没有多少审美价值。但审美会自觉地去探讨复杂的人生，新的问题，让你不安，让你的心活起来，这正是审美对生活的推动。

理性它是尽量地搜罗然后不断地舍弃，审美是完全相反的，审美在开始的时候所做的就是舍弃，舍弃已经被理性解决的一切方面。既然已经有理性立法了，而且它也难以从中看出什么新问题来，那就迅速地越过去，不再感兴趣。审美只对模糊的，可疑的，被长期遮盖的，在理性总是躲躲闪闪的地方紧紧抓住不放，一下子钻进去，具体解剖，肆意想象，反复把玩，深挖不止。这时审美情感的动向简直如同一个恶作剧的孩子，它绝不放过一点点缝隙，它要把理性所把握不住的地方一追到底，所以会有人说美是邪气。审美注定是不安分的，按鲁迅的说法是刺激人心的，它会搅起波澜。正因为如此，它会激起个人和人类的无穷活力，会让你迎向崭新的世界。审美在初始阶段的舍弃其实就是寻找，它不需要在已经解决的问题前停留，也不愿意在已经折腾够了的地方再折腾。审美是一种不断迎向新情感的过程，审美最怕简单的重复，所以有"审美疲劳"这一说。不舍弃旧的就找不到新的难题，没有新的难题那么也就没有审美存在的地方，新的难题就预示着新的审美的建立。当然舍弃并不是全然断开的，更不是根本消除，只是它下一步的注意力将不再在这个地方，它其实是把过去已经生成的理性悄悄地接受下来。所以舍弃就是接受。审美是在理性的基础上舍弃、寻找，然后再进一步发展，激起新的审美情感。所以别林斯基说审美时，说："思想消灭在感情里了"。因为它在寻找题目，在进而深化的过程中，已经是在理性的成果的基础上进行了。它的下一步的工作就是在那个充满趣味的天地里，狠狠地发挥审美想象。它接下去要做的是加法，再做加法，甚至是乘法，它要通过文学和艺术想象，不断地创造，不断地丰富。

在审美的想象的过程中间，如通过理性来立法，这就能完成有理性结论的创造，比如科学成果，就是从这里来的。所以，要创造，就必须要重视和研究审美。

这样，我们知道了二者不同的结果，就是理性思维要走向抽象的结论，走向清晰，能够清晰地概括一个事物，也就是认知现实。而审美是走向模糊。当然也可以对审美做理性的辨析，这就是文艺批评，或者文化评论的工作。但是因为形象太丰富了，太丰美了，太多义了，太浑然一体了，所以有的时候批评反而抓不住要害，攻其一点，不及其余。我们听讲课也经常会听到讲得不伦不类，为什么，因为他抓不住审美的丰富性。审美的结果就是丰富而复杂的，就是浑然一体的。它给你的是愉快，各人的感觉又有不同，心中知之，但未必说得清楚。

然而，审美把握世界的深度有的时候恰恰胜过理性。举个例子，莎士比亚的戏剧以审美的方式把握世界和人生，当时的人们对它的价值理解是相当肤浅的。虽然当时很受欢迎，但大家都把它看成是通俗剧，没有把它的价值看得很高。但经过这么几百年，经过演员、观众、导演、读者、批评家、研究者，大家不断反复咀嚼、反复品评，莎士比亚戏剧的价值越来越体现出来。当然这里有后人的再创造，但如果它本身是一个肥皂剧，是一个很浅薄的东西，谁有本事把它解释成莎士比亚？不可能。所以当时莎士比亚就是用审美的方式把这个世界把握得非常深，非常透，把人心挖掘得非常透，而又出之以非常通俗可观的现场效果。经过那么多年，人类理性开始慢慢把握莎士比亚的戏剧。

同样能够举出的一个例子就是曹雪芹的《红楼梦》。我们越来越发现它的价值在哪里，越来越能够理解它对当时的社会，它对当时的人性的探讨的深度，这也是文学家走在理论家的前面，诗人走在哲学家的前面的好例。审美也能够把握世界，也能够有深度，但它不是通过"懂得"的方式，它是通过体验，通过"愉快"，通过审美的愉悦，通过形象。这样，我想，也许把审美，把审美到底是什么，审美跟理性的区别到底是什么，大概讲清楚了。

我们中国的儿童文学传统，我觉得最大的问题，就是有好的传统，也有不好的传统；有好的一面，也有不好的一面。这个不好的一面，说得比较通俗，就是主题先行。写一个作品就是为了宣传一个什么观点，这是恩格斯所反对的，这就是鼓吹自己的政治见解，或者图解一个政治见解。刚才我们讲理性已经解决的问题是审美所要回避的，我们的很多作品恰恰相反。理论上怎么说，我们就按照这个去写个故事，所以这个故事就味同嚼蜡。为什么？因为它跟审美的规律根本相反。这是我们传统不好的一面，如果说得理论性强一点，理论界说得比较多的一个词汇，就是意图伦理。意图伦理是让意图变成一种道德伦理，一个东西先要明确一个目的性，其实就是要从目的出发。如果不按照意图去做，那就是不道德的，就是反动的，所以叫意图伦理。它把意图放到一个伦理的高度，而且非这么做不可，不做就是反动。

在儿童文学里，这种意图伦理的倾向是我们传统里面最不好的倾向，非常强烈。这个强烈的现象是怎么来的呢？这个意图伦理传统最早根源于一个非常优秀的作家——叶圣陶先生。他是中国最早创作童话的作家，而且创作得很成功，他的代表作是《稻草人》。1922 年，他在上半年里几乎写了《稻草人》里面所有的作品，到下半年他就停笔了。这里面从最早很幼稚的作品，到一点点成熟，到一点点复杂化；从充满童心的，到后来童心开始退化，更强调对社会的批判。社会批判不是不可以，童话里面有对社会的批判，完全可以。整个书里的作品我觉得都不错，就是最后一篇，我们把它视为经典的那篇——《稻草人》，我觉得这是叶圣陶最失败的一篇，而这一篇恰恰被我们捧得很高。我们看叶圣陶初版的《稻草人》，从头看下去，非常有趣，一开始就是很天真烂漫的童话，很好玩的童话，然后是比较沉重的童话，然后是非常压抑的，压抑中间社会批判的力量越来越强。《大喇叭》《工厂的童工》，这些我觉得都还不错，到了《稻草人》，情况发生了变化。《稻草人》这个童话有它的优点，它写的是农村里面一个赶麻雀的稻草人。这是一个非常生动的形象，非常民族化的形象。稻草人高高在上，他能看到周围的一切，这都很巧妙。稻草人自己不能动，但是他能够观察，这是一种童话思维。他看到了什么？他看到了三个非常悲剧性的故事。第一个故事就是，一个孤苦无依的老太太，死了丈夫和儿子，自己的眼睛也快瞎了，她好不容易盼来收稻子的好年成，虫灾又来了。第二个故事，他看见了一个渔夫，渔夫的孩子得了重病，想喝水，却喝不到水。渔夫为了自己的孩子，一心打鱼，结果把自己累垮了。好不容易打到了鱼，这个鱼最后却干死了。第三个故事，一个女人因为自己的丈夫是赌棍，赌输了，要把自己卖掉，她连夜跑到河边，在稻草人的眼皮底下跳了河。这是三个绝望的故事。这个世界非常黑暗，充满了绝望，这个世界已经没有希望了，这是一个人民不得不反的世界。这三个故事其实都没有内在的联系，就是说这个世界到处都是黑暗，满眼都是黑暗，充满绝望毫无希望，无非就是说的这个。其实这就是一个意图伦理，就是表现了一个黑暗的世界。这个作品是很失败的。我不反对童话里面有悲剧，我认为童话里面可以有悲剧，儿童文学也可以有悲剧，甚至于很惨烈的悲剧。并不是完全不可以，但和年龄比较小的孩子谈死亡要小心。这不是一个写悲剧的问题，而是一个意图伦理的问题，这些悲剧没有道理，没有内在联系和原因。作者没有研究，也没有思考，他就是要达到一个意图，就是这个社会太黑暗。把这个作品捧为典范，大家都这么写。

我觉得这是非常错误的文学观念，这就是以后出现了大量的政治童话，包括后来出现的数不清的教育童话的原因。为了实现一个目的，我就来编故事，这跟文学审美不是一回事。

　　自叶圣陶的这篇作品以后，过了十年，到 1932 年时，就出现了张天翼的童话《大林和小林》。张天翼是个天才，《大林和小林》在意图伦理上有比叶圣陶走得更远的一面。叶圣陶要写出这个社会的黑暗，让人们感到愤怒，让人们起来反抗，这才有疗救的希望。这是当时的文学研究会包括叶圣陶的想法，一个很朴素的想法。张天翼的《大林和小林》，尤其是以后写的《金鸭帝国》，他要写系列的帝国主义的故事。这段时间张天翼的想法是要把帝国主义用童话完全表现出来，就是要把马克思列宁主义的理论用中国童话完全图解出来，所以张天翼后来也写不下去。意图伦理已经不是一个笼统的意图，而是一个理论系统了。理论的系统都要翻译成童话，用童话来图解，这很荒唐。

　　然而，创作的过程中间，天才是很重要的。天才是从哪里来的？除了基因，除了遗传，儿童期的潜意识、儿童期的阅读和遗忘、儿童期的情感教育，都起到非常大的作用。恩格斯举巴尔扎克的例子说，巴尔扎克的现实主义可以冲破他的政治见解，这就是文学天才在文学创作的过程中间已经摆脱了理性的束缚。经过他的自由的审美，他把生活中更本真的东西发掘出来，表现出来，成为一种不朽的东西。《大林和小林》也非常有意思，我在写《中国儿童文学史略（一九一六——一九七七）》时就仔细研究了《大林和小林》，我发现这部作品最重要的秘密，好像很多人都没发现。张天翼在写《大林和小林》的过程中用了一种非常时髦和现代派的手法，但又是完全从儿童角度出发的。这是一个真正熟悉和懂得儿童的人，才有可能运用的手法。《大林和小林》是写阶级斗争的作品，大林和小林都是农民家的孩子，家里很穷，家里没饭吃，爸爸妈妈都饿死了。两个孩子走出门，碰到了妖怪。妖怪要抓住他们，他们说一个往东跑，一个往西跑，它就抓不住了。结果，大林跑到剥削阶级的阵营去了，小林就跑到劳动人民的阵营去了。小林成为了劳动人民阵营里的一个苦孩子，大林成为剥削阶级的一个小少爷。这完全就是写阶级斗争。里边的包包、皮皮等各种各样的坏人，都是有阶级身份的，有的是警察，有的是法官，有的是皇帝，有的是狗腿子。就是这样一部作品，在天才张天翼的笔下，它成了一部不朽的杰作，原因在哪里？我觉得最关键的一点就是他笔下所有的坏人，都是孩子。讲阶级斗争嘛，你一把它写成孩子，你就恨不起来了，孩子是很好玩的。张天翼偏偏把所有的坏人都写成了孩子，他就敢于这么写，而且写得非常成功。张天翼天才的地方，一个是对文学的敏感，另外一个就是对儿童的敏感，这就是天才的感受能力和领悟能力。比如说，开始他写到爸爸妈妈都死了，然后两个孩子出走。出走的时候太阳快要落山了，这个时候两个人怎么办？肚子也饿了，就坐在那哭。哭的时候他的天才就体现出来了。哭啊哭啊，一会太阳下去了，一会月亮上来了，他们还在那里哭。最后小林擦擦眼泪说："你还哭不哭，我不想哭了。"然后大林说："好，我也懒得哭，走吧。"这都是非常孩子气的。那么问题就来了，都是孩子，写阶级斗争，没办法激起阶级仇恨啊？当年任溶溶先生还是一个学生，还是一个年轻的读者，一个文学爱好者。他看了《大林和小林》后就说喜欢张天翼。他觉得张天翼的作品离儿童很近。胡风批评张天翼，他就不喜欢胡风。奇妙的是，通过张天翼《大林和小林》这样的作品，你会觉得这个世界上有些人非常可笑。他居然是这样想问题的，他居然是这样干事情的，他这样做事情还以为自己是有理的。这就是它的意义所在了。你如果写一个非常强烈的反面人物，怎么坏，怎么杀人，对儿童来说是很可怕的。你如果写大人怎么凶，怎么辱骂一个孩子，对儿童来说，他既感到害怕，又感到无趣。我在小孙女两岁不到的时候给她看的书，我发现在所有的书里面，她最恨的一本书就是《大卫不可以》。而像《铁道游击队》电影里截火车，日本鬼子要跳车，逃不出去，上半身在窗外，下半身在窗内；老百姓来了，拿起板子狠狠地打日本鬼子的屁股，孩子们看到这里哈哈大笑，这个就是儿童文学的写法。所以张天翼真的是一个天才，他能够懂得儿童需要什么。他一写就知道什么样的写法是儿童最需要的，儿童最能够体会。所以他写出了这样一部天才的作品。这种写法，我前面说到很现代派，就因为他运用了当时很时髦的德国布莱希特戏剧的"间离效果"，那不是让你感动的，那是让你惊讶和思考的。他的童话里的坏人是孩子，但这些孩子的荒唐和无理，仍能够引起孩子的思考。这就是一种喜剧的效果了。不是"白毛女"那样的悲剧、正剧，直接打动人；却是让孩子觉得好玩，而在好玩里又隐藏深意、有深度的喜剧，甚至闹剧。《大林和小林》就是这样的作品。

　　这部天才的作品有问题吗？它也有问题，他最后就是想落到写阶级斗争的理论图解上去。但是也很有意思，当时的评论家都看到了他的图解，不去计较把坏人写成儿童；而儿童都看到了儿童的故事，不去计较那些图解，各取所需。当时左翼作家蒋光慈就因为一部作品被开除党籍。而张天翼居然没有受到批判，在阶级斗争那么激烈的上海，在左联，张天翼不受批判，这个作品还被认为是一部好作品，倒是国民党对它屡禁不止。因为他是用审美的方式来写的，那些评论家并没有真正理解这些审美方式的妙处，有的批评家只用政治标尺来量，看它里面有没有图解正确的理论，图解过了，就放心了。

所以从张天翼身上我们就可以看到中国儿童文学有两个传统，一个是好的传统，站在儿童的立场，即儿童本位的立场，用儿童需要的儿童的语言、儿童的形象来创作。这是符合生活真实的创作。另外一个就是不符合生活真实的意图伦理的写法，把它往政治需要上扭，这是一个不好的传统。这样的传统在1949年以前就走向了极端。国民党就要垮台了，当时所有的报纸都封掉了，不能够出版。很多的作家就开始写童话，影射蒋介石，影射国民党，反对黑暗、反对暴力。其实这些童话孩子是不要看的，那里面没有多少儿童，就是利用儿童文学，利用报刊检察官的不注意童话来表达抗议。这样一些政治童话，当时的一些作家，包括金近、包蕾基本上都是这样的写法。这种写法到了新中国成立后又出现了新的问题，新中国成立后，因为黑暗没有了，一片光明了，作家不知道该怎么写。后来他们很快找到了一条新路，这就是教育儿童。至少儿童都有缺点嘛，有缺点就要教育，那时候的童话就变成了寻找儿童身上的缺点。有一个缺点写一篇童话，编一个故事，直到孩子改正了缺点。当时就是这样一个模式。这是中国儿童文学不好的传统，我们需要永远警惕，高度警惕。我们一不小心就会掉进这个传统里去。

张天翼的《大林和小林》里好的传统，就需要发扬。到了1956年，中国儿童文学出现了一个高潮。当时中央有一个号召，就是要重视儿童出版。郭沫若提出作家人人写儿童文学，冰心提出来一人一篇。当时整个环境非常开放，百花齐放，没有新中国成立初期那种一定要教育儿童的强烈感了。不光是儿童文学，成人文学那几年也大有发展，《林海雪原》《红日》《创业史》都是这个时期出来的。当时张天翼就写了《宝葫芦的秘密》，这又是一部非常了不起的作品。写完以后张天翼自己觉得很失败，他觉得作品是要教育儿童热爱劳动，不要去喜欢什么宝葫芦。但是看了《宝葫芦的秘密》的儿童都说自己要有一个宝葫芦该多好啊。张天翼说他教育了半天，没有孩子说"我要热爱劳动"，倒都是"我要有一个宝葫芦"。这就是恩格斯说的，现实主义和观念形态有时候会矛盾。我写中国儿童文学史时，又把它仔细看了一遍。我觉得张天翼对自己误解了。他以为自己的童话是写劳动最光荣的，其实不是的。由于张天翼对儿童的理解，他自己身上有儿童的记忆，这一切让他在表现儿童时下笔如有神。他表现的是一个什么样的故事呢？是儿童从一个相信童话的阶段、想象的阶段，到一个懂得不可能有童话的、比较理性的阶段的成长过程。长大的孩子明白不可以那么相信想象了，必须按照现实规则来做事了。这个变化的阶段是很好玩的，也是伴随着遗憾和痛苦的。在这样一个交替的过程中，儿童的矛盾的心理，被他用这个童话表现出来了。《宝葫芦的秘密》里的主角有好几次跟金鱼对话：是想象好，还是现实好？到底是有宝葫芦好，还是没有宝葫芦好？我要相信宝葫芦，还是不要相信宝葫芦？当年张天翼这部作品出来以后，是一片叫好声，连专门批判人的姚文元也写了一篇评论，说这是个好童话。但是姚文元不懂童话，姚文元说这里面有两段不好，可以删掉。我一看，那两段正好是宝葫芦的主人跟金鱼的对话。其实这两段充分体现了儿童在童话阶段和逻辑阶段交替过程中的痛苦。那时候如果还有宝葫芦该有多好，作业也可以不要做；但是作业不做不行啊，如果你不做作业会有什么后果？在宝葫芦的作用下，两种效果不断交替，充满了喜剧性。但最后孩子还是长大了，他必须和心爱的宝葫芦告别，他必须走上一个正常的人生的路。六七岁以前的想象，可以延续到八九岁，但是不可能延续到更晚。张天翼天才地感受到了这种变化，把这些变化非常完整地写在《宝葫芦的秘密》里。所以真正的文学作品的文学价值，要通过审美的方式来把握它。而作家自己通过审美的方式来创作的过程，和他脱离了审美的方式所做的理性的把握，二者也未必是一致的。作家可能很相信他的理性的把握，但如果你是一个天才，真正进入了文学创作的审美，那么你会下笔如有神。这个理性的和审美的过程，刚才说了，一个是不断地舍弃，一个是不断地搜罗；一个是不断地简化，一个是不断地丰富。二者是不一样的。

刚才主要讲的是童话，接下来讲一点小说。

我刚才已经说到了新中国成立初期。上世纪四十年代末五十年代初期，是一个非常困难的时期，基本上没有新的儿童文学作品，一直到 1953 年、1954 年，作家不知道写什么好。童话都是教育儿童的教育童话，小说当然也是这样一种写法，都没有很精彩的作品。市面上销售的都是苏联的翻译小说和苏联的侦探小说。到了 1954 年，出现了一本书，这本书后来影响很大，那就是以《海滨的孩子》作为书名的一个选本，那段时间印数很高，现在到旧书店、孔夫子网还能够买到。这个选本里，包括葛翠林、王蒙，都有作品在里边。当时的儿童文学出现了一些新作，而且势头还蛮好的。《海滨的孩子》的第一篇就是任大星先生的《吕小钢和他的妹妹》。它其实是在当时创造了一个儿童文学的新范式。在新中国成立初期，在那样一种生活状态下，这种范式并不是十全十美，它有很大的问题。但是它是当时社会的产物。吕小钢的妹妹刚刚上一年级，吕小钢上五年级。爸爸妈妈不在杭州的家里，奶奶带着他们。妹妹上学以后，在学校表现不好。学校就让吕小钢去帮助妹妹。吕小钢放学回家后就管着妹妹，哪都不许去，要做一天作业。他这样管妹妹，奶奶就笑："做作业就做作业，也用不着做一天啊。"奶奶说的话全都是日常生活里的话，充满人情味，非常真实。如果按照概念化的写法，那么吕小钢是正面的，他要帮助妹妹，妹妹是一个落后分子，奶奶是阻力。要跟奶奶做斗争，最后要完成任务。但任大星是一个大作家，他从生活出发，他写吕小钢责怪奶奶："都是你，我要管妹妹，你不让我管，今天妹妹在学校里又闯祸了，怎么怎么丢脸。害我上课也没好好听。"听到吕小钢这么说话，奶奶很紧张，晚上睡觉的时候，她就去推吕小钢，她说："小钢啊，你以后不要这样跟我说话啊，你这样说话，妹妹要学样的。"这个时候奶奶又成为正面的了。生活就是这样，他写的就是生活中真实的人物关系。奶奶并不是一个被贴了标签概念化的落后分子的形象，是一个真实的人物，吕小钢也是一个真实的人物。接下来奶奶的话果然应验了，第二天，妹妹也跟奶奶吵架了。妹妹说："谁听你的啊，你都不懂……"都是学吕小钢的样。吕小钢很紧张，自己变成了妹妹的坏榜样。这是一部非常真实的小说，不是概念化的小说，但在当时是石破天惊的。当时很重视这部小说，得了全国儿童文学奖，茅盾在一次大会上还表扬过。儿童文学中出现了《吕小钢和他的妹妹》这样的作品，我们现在回过头去看，觉得这很一般啊，就是一个哥哥帮助妹妹的故事。但我们要知道，在当初没有范式的时候，它创造了一个范式。

就像村上春树说的："我现在在创作，我经常会有种感觉，我的前面没有人了，我没有人可以参考，我必须走自己的路。"任大星当时也没有人可以参考。他必须走自己的路，他是在生活中发现了这些小孩，这些可爱的孩子和奶奶。发现了生活的变化，他创造了一个范式。这个范式就是：把"私人生活场景"转换为"公共生活场景"或"社会生活场景"，他把儿童生活变成一种社会生活。整部作品从开头到结尾，整个的结构，其实就是吕小钢怎样完成少先队交给他的任务。这样一个故事，因为是一个大作家，从生活出发，他并没有写成概念化的故事，写得很真实，非常真实。过程当中的复杂性，生活本身的复杂性，人本身的复杂性，他全都不回避。它跟以前的范式区别在什么地方？就是吕小钢是一个组织的化身，他所说的话全部是组织让他说的。小孩子解决问题的过程全是由少先队组织来解决。这以后的少年小说，从新中国成立以后一直到"文革"结束，全都是这个范式。少先队、共青团、组织、老师以正面的力量帮助儿童来解决问题。这样一来，就导致了孩子的问题不是孩子自己解决，有一个更高的力量无处不在、无时不在，所有的正确的东西都从那里来。所以这个离概念化只有一步之遥。你一不小心就成了概念的化身了。任大星在当时能够创作出一种范式，这是创造性的工作。因为这个不是一个作家头脑里的变化，而是生活本身的变化。我们从新中国成立以后就组织起来了，全社会都组织起来，全都是有组织的。小朋友、少先队、共青团全都组织起来了，一进入小学二年级就开始戴红领巾，后来又有了戴绿领巾。到处都有组织，全都生活在组织之中，整个社会就是这样的。你如果还写另外的小说，这小说就和这个社会格格不入了。如果说这个范式里有不好的东西，那是生活本身的错误。当时人心向上，大家都相信这样组织起来很好。一直到"大跃进"、到"三年困难时期"、到"文化大革命"，经过了后面这些波折，才知道问题很大。

那么有没有不按照这个范式写的呢？《海滨的孩子》这一篇就是。它写的是一个孩子到乡村，和一个乡村的孩子经历了一场冒险，差一点淹死，死里逃生，最后逃出来，就是讲这么一件事。在这个过程中间，有小孩心理的变化。这里边就没有新范式，没有学校生活的范式。后来蒋风老师带着一批学生写当代儿童文学史，讲到《海滨的孩子》的作者萧平时就说："萧平这个人很奇怪，他几乎不写学校生活。"为什么不写学校生活？其实是萧平很聪明，他知道一写学校生活，就必然要进入一个公众生活的范式，所以他宁可写旧社会，宁可写战争年代，他也不写学校生活。他宁可写《海滨的孩子》，也不写学校生活。一写学校生活，就必须进入这样一个范式。这个范式，私人生活淡化，社会生活突出。儿童文学都是写学校啊，任务啊，共青团啊。所以在现在的情况下，我们怎么寻找新的范式，也是一个需要攻克的难题。老的范式、老调子已经唱完，生活又有了改变，怎么办？这个新的范式不能够脱离现实生活，我们还要有审美眼光，要有新的审美的创造。

接下来我想换一个角度，从很具体的角度来谈小说，也就是写战争的儿童文学。写战争的儿童文学最能够表现我们传统的儿童文学身上的毛病。我们知道最早在1942年的时候出现了一首诗，晋察冀的诗人方冰写的诗，然后由李劫夫谱成曲，《歌唱二小放牛郎》："牛儿还在山坡吃草，放牛的却不知道哪儿去了……"这里边最关键的情节是二小把鬼子带进了包围圈。这是一个真实的故事，确实有过这样的事。但这是很少有的。在这以后我们就看到了写战争的儿童文学,1945年出现了一个很有名的作品《鸡毛信》。二小是放牛,鸡毛信是放羊,这个不一样。在放羊的过程中间,他还在羊尾巴上加了一封信,这也是新的。但是关键的情节是把鬼子带进了包围圈,这个是一样的。再过了几年,到1948年,出现了管桦。管桦的《小英雄雨来》,又把鬼子带进了包围圈,一开始还是《雨来没有死》,到后来又改成了中篇,都是把鬼子带进包围圈。然后再往后,出现了一个很有名的作家颜一烟,她最有名的作品是《小马倌和大皮靴叔叔》,这部作品最后最关键的情节,又是把鬼子带进包围圈,而且带得很离奇。鬼子好像地理都学得很差。现在我们知道日本的地理搞得很好,他们的地图比我们的要详细得多,哪个村庄,哪个地方有井,哪个地方有围墙,他们的地图上都有,我们都没有。但是我们就是能够把他们带到包围圈里去。然后任大星写的《野妹子》,是"文革"以前小说中最优秀的一部。《野妹子》最后也把汉奸带进了包围圈,那个包围圈比较小,大概七八个人抓住了两个汉奸,是一个小范围的。后来我就问任大星,你们当时的作品很少,那些作品都是名著,每一部作品出来大家都看得到,大家都知道雷同不是好事情,你们都是大作家,为什么你们都不怕雷同呢?任大星根本就没有思考,他马上就回答(说明这个问题他已经反复思考过了):只有这一条路可以走,只有这一种办法可以写。你要写儿童参加战争,在战争中建功立业,成为英雄,儿童能干什么?拼刺刀他拼不过,扔手榴弹扔不远,打枪打不准,他什么都不行,他是个小孩啊,还没长大。只有一个办法,把鬼子带进包围圈。所以,其实他们是没有路可以走了,只能够这么走,所以这里边我们就可以看到问题了。这是写战争的小说，我们要写这样的小说，目的到底是什么？按照意图伦理的观念，我们写战争，要写正义的战争，要写正义的战争战胜了反动的战争，革命的力量战胜了反革命的力量，儿童就应该成为战争的主角，成为战斗英雄，成为小榜样。这样我们就可以学习英雄了。这个不是从生活出发的，这是从意图出发，从政治意图出发，所以这不是真正的文学，更不是审美。你一定要写战争，战争中儿童一定要成为英雄，怎么办呢？除了送信，就是把鬼子带进包围圈。所以雷同、重复看起来是一个创作的技术性的问题，背后是一个文学观念和一个体制的问题。

战争来了，儿童是人，儿童是这个民族的一部分，儿童也不能回避战争。怎么办呢？其实这里边有一个关键性的区别，我们要写的是"战争中的儿童"，不是写"儿童的战争"。这是不一样的。战争中的儿童，儿童在战争中是怎么生活的，怎么生存的，他怎么对待战争，怎么对待灾难，怎么对待敌人，怎么对待亲人，怎么对待失败，怎么对待胜利……战争中的儿童也是千变万化的。但"儿童的战争"就不一样了，你把儿童变成战争的主角，这其实还牵涉到一个很复杂的问题，就是必然把儿童引向暴力——革命暴力。红色暴力，红色暴力也是暴力。那我们看《哈利·波特》，从头到尾哈利·波特没有杀死过一个人，其实作家头脑里还是有底线的。但是我们的小孩子拿起刀狠狠地劈下去，把敌人劈死，这个暴力是有问题的。虽然我们在说正义战争，但是我们可以回想一下，"文革"开始的时候，当时"红卫兵"开始造反，开始打砸抢，开始打人。那个时候的北京"红卫兵"有一句非常响亮的口号："我们没有赶上抗日战争，我们没有赶上解放战争，但是我们赶上了伟大的无产阶级文化大革命。"他们为什么打砸抢，他们觉得大革命来了，战争来了，那种战争的激情、战争的幸福感来了，就是要像投入战争那样，投入到大革命当中去。打砸抢、烧、开枪，什么都来。这个在民族情绪上是有问题的。

我还看过一部报告文学作品，就是写塞拉利昂小孩的《长路漫漫》，写非洲的战争。那个战争是写儿童本来不在战争中，战争来了，内战来了，儿童开始逃，最后家里房子也给烧掉了，亲人也给杀死了。没地方可逃了，仇恨也开始激起，他们也参加战争了，拿起枪来打。后来联合国希望双方十六岁以下的童兵可以撤出战争，到和平的地方去读书，等战争结束再让他们回来。这是一个很好的慈善的事业。但是意想不到的就是把他们救出去以后，离开了战争以后，这些孩子的心灵已经完全变了，他们已经不能够适应非战争的生活。他们一讲话就讲到战争，而且吸毒，战争中坏的东西在他们身上都有，最后这些孩子在和平环境里又打起来了，死了很多人。战争是一个非正常的状态，经过战争以后，其实有一个走出战争的艰难过程，如果没有这个过程，是不正常的。走出战争比进入战争更困难。但新中国成立以后，我们其实没有走出战争，始终处于备战状态，这样才会引起"文化大革命"时的"红卫兵运动"，才会引起打砸抢。我们那些战争小说其实起到了不好的作用。我们很多故事就像《白毛女》，讲黄世仁强奸了喜儿，把故事讲到了这里为止，然后旧社会把人变成鬼，新社会把鬼变成人，故事就此结束。结束了吗？没有啊，人性不是那么简单就能画句号的。同样题材的故事，托尔斯泰的《复活》不光是写了前面的开头，还写了漫长的后半部分。贵族的忏悔，马斯洛娃的命运，她的性格已完全改变，她还能再变回来吗？生活非常复杂。我们的小说为什么都只写前面那一点呢。我们只写了进入战争的状态，然后把战争生活描绘成最美好的生活，故事就结束了。其实我们还面临一个走出战争、热爱和平、热爱普通日常生活的课题。这都是我们需要完成的任务，包括儿童文学需要完成的任务。

写战争中的孩子，这样的作品有没有，我就在寻找不把鬼子带进包围圈情节的作品。很难找。有的虽然没有把鬼子带进包围圈，但是也差不多，也在边缘了。《小兵张嘎》的前半部分非常好，包括抢木头枪、换鞭炮、堵人家烟囱，都完全是战争中的孩子，完全是孩子的生活。但是后半部分又是炸碉堡，跟部队一起进去把老钟叔救出来，后来又变成一个战争故事。有一部短篇小说，就是刘真的《长长的流水》，写一个九岁的老革命，她虽然很小，但是参加革命已经好几年。那就写得非常好，那就是战争中的孩子。这是一个很真实的故事，也写战争。但没有把孩子推到战争旋涡的中心，没有一定要让她成为英雄。这部作品写出了战争中的孩子，写出了人与人之间的感情，写出了孩子的童心，也写出了当时那个时代的氛围。

同样用这一写法的其实还有萧平。他的最有名的作品是《三月雪》，但我觉得他最好的作品是《玉姑山下的故事》。写的是一场暴动的前夕，一个男孩子很喜欢一个女孩。但那个女孩老是瞒着他，不知道在干什么。其实那个女孩跟地下党有关系，帮地下党看门、放哨。后来那个女孩子忽然搬走了，这中间和男孩有很多的误解，男孩非常生气。女孩子搬走后，他再也没有看到她。后来在抗战的时候，有一次看到一个小战士在八路军撤退时骑着马"嘚嘚嘚"地走过去，从他面前一闪。他忽然发现这个小战士就是那个女孩子。但那女孩子越骑越远，再也找不到了。这是一个充满诗意的故事，

刘绪源

这里边也写了阶级斗争最残酷的年代，充满了当年残酷的氛围，但是写得充满诗意，充满情感，非常优美。所以在"十七年文学"里，也有像《玉姑山下的故事》《长长的流水》这样非常优秀的永恒的作品。但是当年影响最大的不是这些作品，是《小英雄雨来》《鸡毛信》这样一些作品。因为当年有意图伦理的倾向，认为这样的作品更能反映我们的时代。我所说的这些优秀的作品确实在反映时代性上比较弱一点。作者没有直接去写最时髦的、最响当当的一些东西，都是悄悄地写一些永恒的东西。我们现在也面临着这样的选择，要写最能畅销的东西，最能够受领导表扬的东西，最能够轰动的东西，还是写用审美的眼光来看是最真实的、最深刻的、最美的，写出来会觉得非常幸福的东西？后者就是审美的眼光，是一种审美的要求。

　　这里我举例的是战争题材的小说，其他的作品道理是一样的。像《玉姑山下的故事》《长长的流水》，像《海滨的孩子》那样的作品，是有点主流之外的。最好的作品往往并不是最畅销的，也往往并不是最轰动的，不是最当红的。但是它们最永恒、最美。这里就牵涉到一个作家自己的选择。最近几年，我看到北京的李东华写了《少年的荣耀》。她写完初稿，就说："你能不能帮我看看，我非常想听到你的意见。"当时看完以后，我蛮激动。李东华的父亲是战争年代的，她的小说写完，她父亲也去世了。她没能把那部小说给她父亲看，她很伤心。但写小说以前她就盯着她父亲讲小时候的事。好多好多年，她一直盯着她父亲讲。她听得非常细，当时的很多细节、氛围、民谣、课本，当时上课的环境，她全都要了解，外围材料也积累得很多。就这样一声不响，忽然之间拿出这样一部作品。我一看这作品，就感觉她是一个大作家了。她把战争年代童年的生活非常真实地写出来，而且也有很好的故事。小孩没有直接参加战斗，老是在逃难，逃了几次逃出了战争的旋涡中心，但也有卷到旋涡中去的时候。始终是奔跑中、躲避中的孩子，他们也有欢乐，一旦躲开了危险，孩子的天性又出来了。但是接下来又有很多悲剧的故事在等着他们。这部作品抓住了最重要的东西，那就是生活的真实，它的文学性也很强。这部作品还不成熟，有些地方我觉得需要好好改。

　　我后来又看到了曹文轩的《火印》。关于这两部作品，他们给我看的时候，我心里都在打鼓：都是朋友啊，要是他们又把鬼子带进包围圈，我怎么办？怎么跟他们说？我最关心的就是有没有把鬼子带进包围圈，拿到书先翻一翻，从头到尾，没有，我先松一口气。曹文轩的《火印》也是不错的，不过里面也有弱点，弱点就是他写的马有一点沈石溪的动物小说的痕迹。他的《火印》里的马的灵性比较多了一点，但还是讲得过去。这是个很传奇的故事，这里面的传奇是符合生活规律的，也看得出曹文轩是在用审美的方式把握整个故事，把握战争，把握人。

　　我们中国的儿童小说其实还是充满了希望，因为我们有好的传统，包括刚刚说的《长长的流水》《玉姑山下的故事》，包括《大林和小林》《宝葫芦的秘密》，等等。我们也有不好的传统，我们如果能够真正认清用意图伦理来创作是怎么样的，用审美来把握创作又会是怎么样的。如果对这些有一个清晰的认识，那么我们应该可以在审美的道路上走得更远，肯定可以创作出更好的小说和童话。

第四篇　儿童文学中的思想和艺术

朱自强

学者、翻译家、作家。现为中国海洋大学教授、博士生导师、儿童文学研究所所长。中国儿童文学研究会副会长。出版《朱自强学术文集》（10卷）、《儿童文学的本质》《中国儿童文学与现代化进程》《儿童文学概论》《小学语文儿童文学教学法》《日本儿童文学导论》等著作。获第二届"蒋风儿童文学理论贡献奖"。

　　我想就儿童文学的思想和艺术的问题和大家做一些探讨。

　　思考儿童文学的时候，它前面有一个大问题，就是关于儿童的问题的思考。我有一个观点，儿童研究应该先于儿童文学的研究。我们来看整个人类的文明史和思想史，对儿童的态度是一个非常大的考察点。我们今天说到的儿童，包括今天说到的儿童文学，其实都是人类思想史发展到特定的阶段时出现的一个奇迹。

　　以前我们对儿童，并没有今天这样的认识。大家都知道，在中国古代有三纲五常，"三纲"就是"君为臣纲，夫为妇纲，父为子纲"。在"父为子纲"的时代，儿童是不被承认的。虽然也重视儿童，但实际上对儿童独特的心理，对他们具有和大人对等的人格是没有认识的。那个时代，二十四孝故事中的"郭巨埋儿"是典型。郭巨有个两岁的儿子，经常和他的老母亲争好吃的东西。这妨碍郭巨尽孝，他就挖个坑把儿子埋了。挖坑的过程中，他挖到一个罐子，罐子上面有一张纸写着"郭巨孝子，这一罐黄金赠与你"。你看那个时代，为了尽孝挖个坑把儿子埋了这样的行为是一个美德，要给奖赏。鲁迅当年批判过这样的故事，但是这种思想在今天还没有绝迹。

　　今天我们说对儿童进行教育，要把传统文化、传统美德传递给他们，结果二十四孝故事又出来了。在马来西亚，二十四孝故事是给孩子的重要的儿童读物，在中国也是一样。我有一个博士生所住的青岛的小区要继承传统文化，立了好几个石碑，其中有一个石碑上赫然写着"埋儿奉母"，就是"郭巨埋儿"这个故事。这在今天居然还作为美德来提倡。

　　有些学者在今天还不加辨析地宣扬所谓的传统文化。中国海洋大学有一个很有名的论坛叫"人文·科学·未来"，请来的都是中国顶尖的科学家，基本都是院士水准的，人文学者也请了很多。去年把钱文忠也请来了，他在上面讲儿童教育问题的时候，就讲到妇女都要回来相夫教子，现代社会要恢复以前那个传统。有学生问钱老师，"解决中国教育弊端您认为应该怎么做，自上而下还是自下而上？"然后他就讲，那当然要自上而下，因为资源都在上边。他表达了这个观点，我听了很不同意。第二天有一场论坛我做主持，我们请来了朱永新教授，他提倡新教育，我就借题发挥，说朱老师的这个新教育是草根运动，是民间教育运动，是"自下而上"的。只有自上而下，我们很可能是臣民，而有了自下而上，我们是公民。还有，钱文忠鼓吹儿童读《三字经》《弟子规》，主张强制的教育，我觉得都是有问题的。

我们今天关于儿童的那些现代观念，是清末民初这个阶段出现的。在中国发现儿童的是了不起的人物，最有代表性的就是周氏兄弟——周作人和鲁迅。这两个人，一个是在思想和学术上发现儿童，就是为中国奠定了儿童文学思想和理论基础的周作人；还有一个用文学的方式，用小说和散文的方式发现儿童，这就是鲁迅。

周作人对儿童的发现，是和整个中国新文化运动连在一起的，是思想革命的一部分。周作人当年倡导新文学的最有影响的一篇文章，用胡适的话说，是新文学的宣言式的文章，就是他的《人的文学》。这篇文章一出，大家一下子明白了新文学之"新"到底是什么，新文学运动才算拉开了序幕。实际上我们看周作人《人的文学》这篇论文，它要树立"人的文学"理念的时候，有一个非常清晰的划分。它说人的文学要表现人的道德，有两个方面，一个是为妇女争权利，还有一个就是为儿童争权利，这就是以儿童为本位的思想。人是由男人、女人、孩子组成的，在这三种人里面，周作人只为儿童和女人争"做人的权利"，男人在他那篇文章里面叫"神圣的父与夫"，那已经是神圣的了，用不着为男人"争权利"。周作人是个人道主义者，他一直关注弱小，他有诗曰，"平生有所爱，妇人与小儿"，男人他是不爱的。新文化运动很多人批判传统的三纲，但周作人不批判"君为臣纲"，他只批判"夫为妇纲"和"父为子纲"。他认为"君为臣纲"也是由男子中心主义而来，"君为臣纲"不过是中国传统的"家天下"的思想投射，君王为"家长"，臣子为"妻妾"，人民为"子女"。所以说周作人堪称后现代思想的先驱，他的儿童本位思想直到今天还可以有效地解决我们中国的儿童教育问题。

儿童文学不是"小儿科"，不是思想浅近的东西。如果我们读周作人的著作，会发现他对儿童、儿童文学的论述，思想是有高度、有深度的。经过对《人的文学》的分析，我们知道它的根底是以儿童为本位，周作人不提"以妇女为本位"，这是他思想的高明之处。他提倡的是男女两本位的平等。而儿童就不一样，儿童必须要以儿童为本位，因为儿童太弱小了，他的生杀予夺的权利在成人手里抓着，如果不以儿童为本位，他的做人的权利就不能得到保障。儿童无法像妇女发动一场女权运动那样，为自己发动一场童权运动。也就是说，儿童与成人之间，有着其他任何人际关系都没有的特殊关系。我们成人需要以儿童为本位，考虑他们的权益、他们的幸福。这种思想在今天根本就没有过时，中国的儿童文学界有一些学者批评儿童本位论。我前年写过一篇文章，专门论述儿童本位论在当下的合理性和它的实践力量。

鲁迅发现儿童的方式，真是了不起。我们现代文学研究界，在谈论鲁迅对新文学贡献的时候，往往谈两个方面：一个是他对农民的发现，写农民的题材；还一个就是对知识分子的发现，写知识分子的题材。但是在我眼里，鲁迅还有一个重要的贡献，那就是对童年的发现，这个贡献我认为不亚于对知识分子和对农民的发现，这是更具有现代性的文学创造。写知识分子的题材，《儒林外史》也写到了，比如范进中举；写农民题材，《红楼梦》里面也写到过，比如写刘姥姥进大观园。可是写儿童的，在中国古代文学中实在是太少见了，儿童偶尔出现，也没有主体性。但是到鲁迅这里，大家想想鲁迅的名文《故乡》《社戏》《孔乙己》这样的作品，如果把童年的维度抽取了，最有价值的东西就没有了。

鲁迅从事新文学创作，有一个重要的因由，就是要"救救孩子"。很多现代文学研究者谈"救救孩子"的时候，认为这是一声有力的呐喊。其实不是这样的。我们读《呐喊》自序，就很清楚，鲁迅把小说集取名为"呐喊"，他说是因为新文学的主将们有这个要求，所以为了配合他们而作"呐喊"。鲁迅自己是一个具有虚无主义思想色彩的人，或者说是一个悲观主义者。你看《狂人日记》，他最后说："世界上没有吃过人的孩子，或许还有？""或许"表示不肯定，还有个问号，接着就是那句有名的"救救孩子"。如果是"呐喊"的话，"救救孩子"后面自然应该是个感叹号，但是鲁迅用的是省略号，省略号有语气渐弱或者说不尽、没有把握的意思。所以在鲁迅这里，"救救孩子"是一个非常犹疑的观念。但是如果没有这个念头，鲁迅很有可能不会参与新文学创造。

　　鲁迅通过写童年、写儿童表现他的人生哲学。《故乡》是失乐园的一声叹息,人生的乐园在哪里?《故乡》告诉我们在哪里。一开始"我"回到故乡,看到一片萧条,这不是"我"记忆中的故乡。当"我"回到家,听到母亲说闰土要来看"我",脑海中马上出现了神异的画面,"在海边的沙地上,一轮明月,一个少年项戴银圈,手持钢叉,一只猹从胯下钻过去",这时候"我"童年的故乡一下子闪电般复活了,然后就回忆童年的种种生活。大家都说鲁迅小说色彩很冷峻、灰暗,其实他小说中有很多亮色,亮色就是来自对童年的描写。《社戏》也一样,大家在读他的散文集《朝花夕拾》的时候就知道。鲁迅的作品如果没有童年的这个维度,如果他不是对儿童还抱有依稀的希望的话,我觉得他不可能参与新文学运动。"救救孩子"尽管不是一个呐喊,但这是他从事新文学写作的最重要的一个原动力。

　　中国当时思想上数一数二的周氏兄弟对儿童和儿童文学有开山的贡献,他们没有看不起儿童文学。我一直觉得中国在面对儿童、儿童文学的问题上是有很多退化的。《爱丽丝漫游奇境记》是世界儿童文学的经典,这本书在中国很早就翻译过来了,给这本书起名的是胡适,给这本书做翻译的是赵元任,清华大学四大导师之一、语言学的天才,给它写书评的是周作人。中国当时社会最顶尖的三个人物在做这样的工作。

　　我们能了解到关于童年、儿童、儿童文学,思想上并不是浅近的。安徒生在《皇帝的新装》里写成人为了种种私利,面对事实都不敢说出真相,最后说出真相的是一个小孩子。安徒生是根据西班牙的一个民间故事创作的,在那个故事里面,说皇帝什么也没穿的是一个马夫。安徒生为什么要改过来？他认为孩子比大人有希望，这就是他的儿童观。《皇帝的新装》是教育成人的。在20世纪五六十年代，中国的儿童文学理念是教育的工具。到了九十年代，鲁兵这样的儿童文学作家还在坚持"教育儿童的文学"这一立场。因为"教育儿童的文学"这一理念包含着教训性、说教性，所以我不赞同。为了消解这一理念，我曾说，儿童文学不是教育儿童的，是教育成人的，是解放儿童的文学。有学者说 "美国的全部的现代文学就起源于马克·吐温的《哈克·贝利芬历险记》"。《哈克·贝利芬历险记》是一部少年小说，少年哈克和当时整个成人社会的蓄奴制抗争，帮助黑奴吉姆逃跑。马克·吐温通过这个故事批判黑奴制，同时也批判资本主义社会的种种弊端，这是思想很深刻的作品。还有像塞林格的《麦田里的守望者》，"垮掉的一代"的文学，在我眼里，它是儿童文学。在美国，它在中学里面是学生的必读书，这样的作品是走在时代前边的，是触摸到时代的脉搏的文学。还有米歇尔·恩德的《毛毛》《时间窃贼》对当时资本主义社会存在的危机的批判是很深刻的。

汤素兰的《阁楼精灵》是一部思想非常深刻的作品，它作为幻想小说，故事非常好看。我更看重的是背后的思想。精灵的存在、精灵和大自然的联系、精灵和我们早期人类的联系以及和我们人类今天的精神世界的联系，它存在的危机感。城市化让精灵家园丧失、无处安生，要进行远离人类的逃亡。但是在远离人类的过程中，他们突然发现自己越来越衰老，后来才发现衰老的原因是离开了人类。这个设计在思想性方面我很钦佩，最后故事设计精灵要返回城市、返回人类的身边，这和卢梭主张"历史要拨回零度"的思想就完全不一样，也比盲目地拒绝现代性在思想上来得深刻。当然，这样的问题，任何作家都没有解决的办法，但文学就是提出关乎人类未来走向的深刻问题。对这些问题的思考，是我们生存必不可少的东西。

儿童文学里面还有哲学思想。儿童可不可以进行哲学思考？可以。有一个很生动的例子，一个男孩在家看电视，他母亲的朋友领着三个孩子到他家来玩，那三个孩子都比他大，不喜欢他看的电视节目，就说换一个节目，他争不过，只好很委屈地换台。他母亲看他不开心地来到厨房，猜到原因，就对他说，"你想想三个人的快乐是不是比一个人的快乐更重要？"然后小男孩就说，"妈妈，为什么三个人的自私就比一个人的自私好呢？"儿童文学是会涉及这些非常深奥的哲学问题的。

我从一个非常浅显的幼儿文学的小故事来谈哲学在儿童故事里的表现。德国有一个著名的幼儿系列故事叫《拉拉和我》（又名《我和小姐姐克拉拉》），里面有一个故事叫《鲜奶油蛋糕》。有一天，五岁的姐姐拉拉和弟弟"我"看到冰箱里面有一个大蛋糕，妈妈说这个蛋糕是要招待两个姑妈的，你们不许动它。妈妈上街去买咖啡了。他们就去看蛋糕，小弟弟说蛋糕不能动，小姐姐拉拉就说"可是我们不知道这个奶油蛋糕坏没坏掉，所以我们应该尝一尝"，然后拉拉和"我"一人尝了一口蛋糕的两边。尝了之后发现没有坏掉，小弟弟"我"说蛋糕没有坏掉，两个姑妈不会中毒，拉拉说"这两边没有坏掉，可是我们不知道那两边有没有坏掉"，然后他们就尝了那两边蛋糕，发现也没有坏掉。拉拉又说"可是我们知道外边没有坏掉，那我们不知道里边坏没坏掉"，于是他们把蛋糕剖开吃里面的东西。这时妈妈回来了，一看蛋糕坏成这样气坏了，可两个孩子都无辜地看着她："我们不希望爱玛姑妈和可瑞姑妈中毒。"妈妈生气地说："你们这两个馋鬼，都给我吃下去！"既然妈妈这样说，两个孩子就照着做，吃完了整个蛋糕。过了一会儿肚子疼了起来。在故事的结尾，拉拉对"我"说："你看，蛋糕果然是坏掉了吧。"

就是这个故事，里面有哲学吗？经验主义哲学认为，人们的观念和知识都来源于经验，这样的一个哲学观点用毛泽东的话说就是"要想知道梨子的滋味，就得亲口尝一尝"。你要亲自去尝试一下，然后才得到你的知识和观念。你观察到的结论可不可以作为你没有观察到的东西的证据？这是归纳法里面的一个哲学问题。到了最后，他们肚子疼是为什么？是吃多了撑的还是蛋糕坏了？有没有可能是吃最后一口的时候蛋糕坏掉了？你看，这就是哲学问题了。

中国现在图画书的创作开始崛起，许多过去写少年文学的儿童文学作家比如曹文轩、梅子涵、秦文君，都来写图画书。日本的一位绘本大师叫五味太郎，在他的观念中，知识是什么东西？他在《我是大象》这本图画书中这样写，"我不喜欢上电视，也不喜欢照相"，为什么呢？因为在电视里，"我比猫咪小，这是可能的吗？"在照片里，"我甚至比小鸟还小，真是太令人生气了。""如果真要帮我照相，至少应该找大卡车一起来照，这样大家才能看出我真正有多大。在电视上出现的时候，应该把动物们全找来一起上场，这样马上就可以显出我有多雄伟了。"这个图画书的绘画设计非常高明，给小孩子写东西，你需要有深刻的思想，你需要对很多重大的问题有真正的认识。"如果还有人不知道我有多雄伟，这个办法如何？大家可以各自量量自己的身高和体重。对于那些不会看尺也不会看秤的人，这个办法如何？这样一来我有多高有多重应该马上就知道了吧。"他太了解孩子了，这种讲知识的方式是非常高明的。"我不止又高又重，还是个大力士呢，而且我跑得也很快啊。还有我的鼻子，你绝对找不到一种动物拥有像我这样壮观又灵巧的鼻子。接下来看我吃东西，大家一定会吓一跳，因为我的食量实在太大了。我感到骄傲的事还有呢，那就是我的祖先。无论如何我是了不起的大象，不管别人怎么说，我都是了不起的大象。"如果这本书写到这，它还不是一本杰出的作品，往下还有——"不过再怎么自夸也没什么意思，因为这本书实在是太小了，它根本容不下全部的我，充其量只能容得下你的小脸蛋和小手罢了。"说了半天又回到开始，"这本书里的"我"还是太小了。"但是最了不起的是下面这句话："哪一天，你们一定要到动物园来看看真正的我哟。"这句话太了不起了，我觉得有了这句话，《我是大象》就是一部伟大的作品。如果是一般的作家，写到前面那一句就差不多了，但是最后一句话太重要了。如果没有这句话，你就不是在讲正确的知识，你就是在告诉孩子，对于大象的了解读一本书就可以做到。但是五味太郎明确地告诉我们，哪一天你一定要到动物园去看看真正的大象。我们的知识不可能都来自身体的实践，我们的知识一定有相当大的部分来自书本，但是我们人类知识的起源来自哪里？来自身体的实践的生活。我们现在的应试教育有点本末倒置，就是膜拜书本知识，忽视学生身体实践的生活。在五味太郎看来，对于一个幼儿来说，最初的知识的获得一定是在身体的实践生活中得来的。关于大象，书本上讲得再好，你也不会得到真正的关于大象的知识，还是要到动物园去。

接下来我们再看看关于儿童成长的观点。很多作家都认同，儿童文学是成长的文学，它要表现儿童的成长。这个儿童的成长，既包括幼儿，也包括儿童和少年。当然，到了高年级，写成长的文学就更有质感。因为要建构自我意识，要发现自我，这对人的一生来说是最为重要的心理的生活实践，这个事情做不好，一生都会在精神上出问题，所以儿童文学关注这个问题。我们来看《小乔逃跑了》这本图画书。"小乔，过来整理你的房间，我跟你讲过多少次了？"袋鼠妈妈说。就跟所有的袋鼠宝宝一样，小乔的房间就在妈妈的口袋里。这个时候，房间里所有的东西都堆得乱七八糟，小乔几乎连转个身都没办法。小乔叹了一口气，进去整理房间。但是一看到这些乱七八糟的东西，他觉得逃跑还比较简单，所以他逃跑了。"小乔，你可真是安静啊，你房间整理好了没有？"妈妈听不到任何回答。她往口袋里看，怎么都找不到小乔。妈妈看到一小张纸，上面用蜡笔写着几个字：我逃跑了，再见！妈妈出发去找小乔。消息传得很快，大家都听说小乔的妈妈有个空房间，好几个家伙都来打听。"这个房间不出租。"妈妈说。在这个时候，小乔正在想办法找个新地方来住。每个袋鼠妈妈的口袋里都客满了，不过小乔找到一只鹈鹕，他的口袋是空的，于是小乔搬了进去。这里非常舒适，不过有时候也是蛮吓人的。小乔决定再去找找。第二天，邮差先生出发去送信的时候，觉得他的邮包好像比平常重了点。邮差先生一路蹦蹦跳跳，小乔觉得这里一点都不像妈妈的口袋，他好想家。快到傍晚的时候，邮差先生送信给小乔的妈妈。

邮差先生把信交给她。"哦，对了，我想这个也是你的。"他一边说着一边把小乔从邮包里拎了出来。小乔又回到家了，他觉得好高兴。这个故事可以结束了吗？我到小学给孩子讲这个故事都会在这里停下来问他们，孩子们马上会说不能结束，说还得写小乔去整理自己的房间，这个猜测和故事写得一模一样。这就是儿童文学写作中编故事需要的本领。成长的问题还没有解决，小乔最初是因为房间乱出走的。房间不收拾，妈妈还得唠叨，问题没能解决。故事结尾是这样的："这里只需要整理一下就行了"，于是小乔立刻动手清理了起来。到这里小读者就放心了，他们会设身处地地来感受这个故事。我们都看到了小乔的成长，用我们大人或老师的话会说"小乔进步了"，这个进步的动力来自哪里？来自小乔自己的内心。当然也有妈妈对他的爱。

我刚刚在读这个故事的时候，就会想到汤素兰写的《笨狼的故事》，里面有很多精彩的儿童成长会经历的故事，比如笨狼把自己弄丢了。那里边也有很多哲学的东西，尤其是心理学的。我认为儿童文学作家应该是儿童心理学家。从审美角度说，我认为儿童文学应该是感性心理学。我们都知道《小乔逃跑了》这个故事中成长的动力来自小乔本身，而不是来自妈妈的耳提面命。所以有时候大人在孩子耳边唠叨"你要看书你要学习"，往往是没什么效果的。儿童的智慧应该由儿童自己去发现和体验，那个时候才能够真正实现他的成长和所谓的进步。但是我这样讲，并不是说在儿童成长过程中，我们大人、社会是没有用的，反而正是因为这样，给孩子提供的教育的环境才非常重要。比如说《小乔逃跑了》，他自己出去体验，鹈鹕那儿很舒适，但有的时候又不安全，老牛那儿很不舒服。有一句重要的话，"那个背包蹦蹦跳跳的，一点都不像妈妈的口袋。他好想家。"他有一个温暖的家，一个关爱他的妈妈，这非常重要。对儿童成长来说，失去成人社会，特别是爸爸妈妈的爱，他眼前是一片黑暗，成长会出现很多的问题。别林斯基说过，对儿童文学作家来说，当你拿起笔为儿童进行创作的时候，你不要把眼睛盯在孩子的缺点上面，你要给孩子爱。因为有了爱，一切缺点甚至包括恶习都会消除。我相信这样的话，任何人都渴望美好的生活，像小乔，尽管他嫌整理房间麻烦，但是他还是依恋这个家，依恋妈妈。妈妈说"这是小乔的房间，这个房间不出租"，这种对孩子的爱，对小乔来说非常的重要。孩子如果在成长中出现问题，有些成人就把一切都归到孩子身上，什么孩子本能的欲望太强烈，什么孩子太自私。要让孩子爱大人，大人首先得爱孩子。学校的教育出了问题，会不会是因为孩子在学校得不到乐趣？在网吧比在学校学习快乐，是不是在家里太孤独了？教育是大人的责任，需要我们成人社会的智慧。

我个人的很多对人生的看法是在读图画书中得来的。比如说这本书《我一直走》，这是二十八年前我第一次去日本留学带回来的一本图画书。我们来看看这本书提供了什么样的一种思想。"去奶奶家？现在吗？我一个人去吗？怎么走啊？沿着家前面的路一直走，沿着乡间小路一直一直朝前走，乡间小路不可怕吗？可是我也不知道哪一座房子是奶奶家啊？嗯，知道了，朝里头看一看。沿着这条路，一直一直朝前走。沿着乡间小路，一直朝前走。这是什么呀？是可怕的东西吗？真好闻啊，把它送给奶奶吧。一直朝前走，就是这边。哇，这是什么呀？是可怕的东西吗？一动不动地站着，它们就不见了。一直朝前走，这是什么呀？是可怕的东西吗？嗯，好甜，给奶奶留一个吧。哎呀，这可怎么办呢，要是一直朝前走，鞋会打湿的，（把鞋脱下来蹚过小河）这样就不怕了。我一直朝前走，到这儿也要一直走吗？真够高的呀，再高我也不怕。一直走就遇到了这样一间大房子，这是奶奶家吗？也许这儿是奶奶的家？啊，奶奶！到奶奶的家，果然要一直朝前走啊！"

读这个故事，我们成人都知道他并没有一直走，奶奶告诉他沿着家前的大路一直走，再沿着乡间的小路一直走。奶奶肯定没告诉他离开乡间的小路，从野地里走，但是他以为自己就是一直走一直走，这样的走法能走到奶奶家吗？这个故事告诉我们能走到。在我的阐释里，这个故事是关于一个成长的模式，是关于一个孩子怎么度过他的一生的问题。读这个故事我就联想到应试教育，比如"狼爸""虎妈"规定孩子"一直走一直走"，一定要考进清华北大，家务也不要做，也不要跟朋友出去玩。出生后进一个好幼儿园，然后一直走，进一个好小学、好中学，最后考上一个好大学，找份好工作，买汽车买洋房，这往往是我们大人想的"一直走"的一个人生。可是这样一直走的人生是一个丰富的、完满的、美好的人生吗？这个孩子没有一直走，我们假定这个孩子一直走的话，他这一路上会缺少什么东西？他就不会知道花儿很好闻，很多遇见都没有了，然后自己克服困难的智慧也没有了。遇到小河怎么过？遇到小山怎么过？没有这些东西，人生多苍白啊。但最重要的就是，大人总说自己爱孩子，为了孩子考一个好学校包下所有家务，最后连亲情都没有了。可是你看这个故事最重要的是亲情，孩子在路上采的花儿已经枯萎了，奶奶却用水杯把它养起来。奶奶非常珍视这朵花，她知道这朵花里包含着孙子的爱意。实际上奶奶家里不缺花，为什么这朵花这么珍贵？是因为爱，这就是不一直走的好处啊。这本图画书不只对小孩子童年的成长有教育意义，对我们大人也有启示意义。我们大人一生怎么过？我们把人生比作一场旅行的话，你是跟"一直走"的旅行团，还是进行一场"不一直走"的自由行？《我一直走》蕴含着的这种关于人生的思想，是不动声色地表达出来的，所以说儿童文学是大巧若拙、大智若愚的艺术。看起来是一个小故事，实际上提供给我们的思想很根本。

图画书看似浅显，却能对人类前途和命运进行深刻的思考。比如有一本书叫《森林大熊》。写一只大熊在山里面冬眠，可是当它一觉醒来，发现眼前景色变了，它很奇怪。原来人类在大熊冬眠期间，开来掘土机建了一个工厂。大熊一出来就到了工厂的大院子里，这时候工长出来了，问："你这个大懒虫，你为什么不去干活？""可我是一只熊啊。""什么熊，我看你就是一个大懒虫。"最后工长把大熊领到董事长那儿，这个董事长就什么都不干，坐那儿看报纸喝茶。董事长说要带着大熊去动物园，"如果动物园的熊说你是熊，我就承认你是熊。"到了动物园，一只熊指着大熊说："如果你是熊，你就应该像我们一样关在笼子里，你不是熊。"到了马戏团，一只小熊对大熊说："你会像我一样唱歌跳舞吗？"董事长就说："你看你不是熊吧。"于是大熊只好像人类一样换上工装，去打卡上班。到了秋天要冬眠的熊感到又累又困，早上爬不起来，就被工厂开除了。最后，大熊到了山里，这时候下起了漫天的大雪。"我应该忘记了什么重大的事情，这件事情是什么呢？"大熊坐下来想。

大雪慢慢把它覆盖了。封底有一幅画，画了一个月亮，月亮下面有一棵树，树下有个山洞，树洞前面有一行脚印，树前边有一棵小树，小树上斜靠着大熊的棍，棍上有它的包袱和棉袄。这个画面有什么寓意？它想起自己是一只熊了吗？它应该是找回了自己，它想起了自己是一只熊。那为什么不要衣服了？因为衣服不是它的，衣服象征着人类的文明。

这个关于异化的故事深刻地洞察了我们这个时代的问题。我们往往忘了自我、忘了我们人类存在的本性。我觉得《森林大熊》触及了这样的问题。

关于儿童文学的思想，我举了很多好作品。但是儿童文学中也有很多成问题的作品。在上世纪八十年代的时候，我曾批判中国儿童文学的教训主义传统。在今天这样的时代，通俗儿童文学作品中有的已经不只是低俗了，思想性也出问题了。我的《中国儿童文学与现代化进程》，对中国儿童文学的百年历史做了一个研究。我认为上世纪八十年代是向文学回归的时代，就是摆脱"儿童文学是教育的工具"，试图获得儿童文学的文学性，那是很多作家一致的追求。到了上世纪九十年代，开始出现向儿童性回归，出现了一批贴近儿童心理的、表现儿童成长的好作品。比如说当时影响比较大的秦文君的《男生贾里》，它不再是缥缈的文学，真正回到了儿童生活，是一个标志性的作品。给低龄段的孩子写的作品，有《大头儿子和小头爸爸》《笨狼的故事》等。

到了2000年以来，中国儿童文学的状况应该用什么语汇来表述，很多批评家用"商业化写作""类型化写作""市场化写作""媒介时代"等来表述，但我对这些表述都不太满意，因为成人文学也面临着这类问题。儿童文学自身的特征是什么？后来我就提出一个"分化期"的概念，我认为2000年以来，中国儿童文学进入分化期。我举出了四大现象。一大现象就是图画书从幼儿文学中分化出来。过去图画书就是幼儿文学中的一个小门类，但是现在图画书几乎成为幼儿文学的代名词。还有就是幻想小说从童话里分化出来，比如说张天翼《宝葫芦的秘密》，在上世纪五十、六十、七十年代，大家把它叫作童话，但现在我把它称为幻想小说。幻想小说创作的自觉是在上世纪九十年代末，出现一批作家写幻想小说。我认为汤素兰以前主要是童话作家，但是现在她也是处于国内前沿的幻想小说作家。此外，还出现了通俗儿童文学。以前我们对儿童文学的认识就是按照艺术儿童文学的标准来看，但现在因为上世纪九十年代中期以来的市场经济，出版产业变成了文化产业，出版社变成了企业，儿童文学出版物变成了商品，这个时候通俗儿童文学应运而生。

我们会在通俗儿童文学作品里面看到这样的描写："安琪儿三岁还不会讲话，看见人就傻乎乎地笑。她的两只眼睛分得很开，塌鼻子，厚嘴唇，是个笨女孩的长相。"这段话，不是作品里人物的话，而是作家的话。"是个笨女孩的长相"，这已经不是客观的叙述、交代，而是主观评论，反映的是作家的思想立场和情感倾向。这里面分明表现着作家对所谓的"笨"孩子的人格歧视，对长得丑的孩子的人格歧视。

通俗儿童文学也是文学，它也需要原创性，不能总让人一看就觉得似曾相识。有一套发行量非常大的通俗儿童文学作品，我觉得原创性就不够。举个例子，这套书里的"宝贝孙子和宝贝罐子"这个故事的主要情节就涉嫌抄袭林格伦的儿童小说《淘气包艾米尔》的故事"艾米尔怎么把头卡在汤罐子里"。这两个故事实在太像了，像一对孪生兄弟：都是煲汤的罐子；两个都叫作"淘气包"的孩子都没有喝够汤，都把头钻进罐子去喝剩的那点儿汤；都把头卡在了罐子里；为了把罐子拿下来，都被人连罐子带人提了起来；都有人要把汤罐子敲破；都被人阻止；都去找人帮忙（一个看医生，一个看"神仙"）；都要收费；都要对人鞠躬；都把罐子碰到了桌子上；罐子都碰破了。出现了这么多的完全相同，还是构思的"巧合"能够解释得了的吗？

我认为儿童文学是朴素的艺术，不施脂粉、素面朝天。为什么儿童文学敢这样？因为它的质地好，它有货色，不用掩饰。儿童文学中有这样一种创作，叫作"好为艰深之辞，以文浅显之说"，就是说质地货色不行，就弄点虚的。上世纪八十年代好多"探索儿童文学"，好玩弄叙事，现在就在渐渐回归。我给大家举一些短小的诗歌作为例子。有一首诗《笑了》："哥哥饿了，弟弟尿了，妹妹哭了，爸爸急了，妈妈说'我来了我来了'，大家都笑了。"这是很朴素的、没有好词好句的诗歌。我们小学语文教育总把"好词好句"作为教学的中心，这是违反语言表现规律的。好的文学家、大诗人，比如余光中就说，形容词对写诗不会有什么贡献，你要用好动词；小说家老舍就反对用形容词，他认为动词写得好才算本事。我们整个语文教育从根上就是错的，关于工具论的这个最基本的语文观就要推倒。我现在就致力于做这个工作，给我启发、智慧和根据的就是这些优秀的儿童文学作品。薛卫民有一首诗叫《缠》："藤儿去缠树，藤儿去缠草，藤儿去缠谁，是想和谁好。草木都怕他，可惜没长脚，要是长了脚，个个都想跑，不是不友好，缠得受不了。"很精彩的短诗。还有一首诗《全世界有多少人》："全世界有多少人？嘻嘻哈哈。全世界有多少人？去数吧去查吧。全世界有多少人？数得比比画画，查得直拍脑瓜。全世界有多少人？我告诉你，我不用数不用查。全世界有多少人？就仁：你，我，他。"这是很有奇思妙想，很有哲学意味的。还有一首诗叫《南瓜花》："南瓜藤，开黄花，没人爱，没人夸。不爱，不夸，照样结大瓜。"非常朴素的语言，也没几个字，但是它唤起了我们的共鸣，也唤起我们的思考，艺术形式上也是美的。所以我在《儿童文学概论》中这样说，儿童文学"自然但不是无为，本色但是不苍白，简约但是不空洞，单纯但是不简单，率真但是不幼稚"。儿童文学这种朴素的文学拥有的是高超的艺术世界。对儿童文学来说，简单是金，复杂是银。对于儿童文学来说，要做到简单，是非常不容易的。

我在 1995 年的时候写过一篇论文《故事的价值》，我认为儿童文学就是故事文学，儿童文学写一首儿歌也是在讲故事。"鹁鸪鸪，要做窠。早上做，露水多，晌午做，天太热，晚上做，蚊子多。想想不如明朝做。"它不像成人诗歌的《明日歌》，《明日歌》没有叙事性和故事性，直接讲道理。我自己的体会就是，儿童文学作家一定要写好故事，故事写得好，就一定会得到孩子们的喜欢。当然故事有各种风格和类型，好的标准都不一样。在我眼里，中国儿童文学在以前的一段时间，不太开始重视幼儿读者、小学生，一些优秀作家多数都是写少年文学，现在大家都回来给小学儿童写作品。越是年龄小的作品越难写。刚才说到的缺乏原创性的那些作品，它没有故事，光有事情，像是用电视图像在写作，每三秒钟换一个镜头，互相之间没有紧密的关联。一个好故事要有开端、发展、曲折，要有出人意料的结局。我与我妻子写过一套书《属鼠蓝和属鼠灰》（后来改名为《花田小学的属鼠班》），那里面有一个故事叫《属鼠灰丢了牙》。属鼠灰是个贪吃的孩子，他有一颗牙要掉了，摇摇晃晃的。有一天他和属鼠蓝比赛立定跳远，他一直跳不过属鼠蓝。他观察属鼠蓝摆动手臂所以跳得远，于是属鼠灰也模仿他。这时一群小女孩从旁边跑过，属鼠灰拉过属鼠白让她当裁判，结果属鼠灰这次真的超过了属鼠蓝，他要属鼠白宣布冠军，这时有人问他："属鼠灰你的牙哪去了？"原来属鼠灰跳远时一用力，下巴磕到膝盖，牙就掉了。属鼠蓝说："我姥姥说了，上牙要扔在床底下，下牙要扔在房顶上，牙才不会长歪。"于是大家帮属鼠灰找牙，可是到处都找不到。属鼠蓝就说："你看，叫你贪吃，你连牙都吃到肚子里去了。"有人说，赶快去找医生开刀。属鼠灰想起自己吃进西瓜子又便出来的事，就说自己能解决。第二天上语文课，老师给大家读谜语歌，属鼠灰猜不出来就摸口袋里吃的东西，他数左边口袋里的花生米，1、2、3、4，又去数右边口袋里的牛肉粒，1、2、3、4。咦，摸到一个方方的硬硬的东西，这是什么吃的呀？掏出来一看，他大喊一声"是牙！"结果老师不但没有批评属鼠灰，还表扬他，"恭喜你，猜对了！"原来老师正在说一个牙的谜语呢。属鼠灰歪打正着，心里很高兴，他决定，这颗给他带来好运的牙既不扔到床底下，也不扔到房顶上，要把它带在身上。巧合和偶然性是故事和小说的一大法宝，所以要给故事设置难度。如果写属鼠灰在晚上脱衣服的时候，牙当啷一声掉在地板上，这样找到牙，就没有什么难度，也没有趣。

写故事还有一点，就是尽管儿童故事是写给年龄不大的孩子看，但也要有点高度，作家也要有点思想表现在里面。我们在写《属鼠蓝和属鼠灰》的时候，虽然主要是想要写得有趣，但同时我们还想建立一个理想化的学校，老师和校长不会教训人，会采用一些有智慧、有趣的方式对待学生。

中国儿童文学在 2000 年前后进入了史无前例的分化期。我讲过，一个重要的分化就是图画书从幼儿文学中分化出来。我第一次到日本留学的时候，我的导师有一门课叫"幼儿教育与幼儿文学"，他每次上课讲幼儿教育问题都会拿绘本讲给大家听，然后讨论问题。那是我第一次看到绘本。后来留学结束，我又在藏书丰富的大阪国际儿童文学馆做了一段时间研究。那里给孩子的阅览室，有大量的图画书。我的房东正好也在办一个儿童文学的家庭文库。在这一段研究生活中，我了解到图画书的魅力，以及它对于儿童文学的重要性。回国后我就持续地研究图画书。现在图画书的出版开始崛起，创作上也出现好的局面。

这里跟大家交流一下我自己创作图画书的体会。我写的这个故事叫《老糖夫妇去旅行》。紫丁香盛开的时节，老糖夫妇有了一个长假，他们想好好度过这个假期。"我们出门去旅行吧！"老糖夫妇不约而同地说。去哪里好呢？他们开始兴致勃勃地讨论旅行计划。终于，他们决定去两千公里之外的旅游胜地日光屿。住哪一家酒店好呢？老糖夫妇去网上查看酒店信息。这家酒店不错，三面海景，一面山景，还有露天观景阳台，快看看网友怎么评论的，可别上当了！网友评论：这家酒店风景是好，可是它在山上，岛上禁止机动车行驶，我提着行李走了半小时山路……啊，太累了，那就看看山脚下有没有合适的旅馆吧，他们在网上查到一家很不错的旅馆。"到达这家旅馆要经过一片可怕的森林"，那就别去了，还是留在人烟稠密的地方吧。他们又在网上查了查，找到一家不错的宾馆。"晚上太吵了，睡不好觉"，那就别去了，还是留在安静的海边渔村吧。可是"那天上岛遇到了风浪，晕船晕得厉害，在岛上什么也没玩"，那我们就不上岛了，住在对面的镇子上也不错，可以远远地观赏日光屿的全景。"到达这个镇子需要坐长途汽车，并且那条路上发生过一次抢劫"，那就留在城里吧，城里很安全，还有很多大商场，购物很方便。可是"到达这座城市，要坐长途火车，在长假期间，卧铺车票很难买到，坐硬座实在太辛苦了"……于是老糖夫妇取消了所有行程，选择留在家里。

我个人的体会是，图画书故事和一般的文字故事不一样，我在写这个故事的时候，写一段我要想到怎么翻页，配合这一段应该出现什么画面，然后这个画面一结束，下个画面应该是什么，语言应该怎么表现。每个场景都要配合翻页的叙事节奏，还要给绘画留出空间。图画书具有"少字化"倾向，不能写得太满，本来画面要表现的东西都用文字表现了，画家没办法画。还有一点就是，图画书故事要尽量地意味隽永，它的故事文字并不多，如果没有什么内涵，可能就有问题。有一位美国教授听了我这个故事，说她自己就做过这样的旅行，在座的也有人做过这样的旅行吧？其实这个故事说的是人生的一个普遍境况。我写这个故事的时候，也有一些人生的感触在里面。

　　我和朱成梁老师还合作创作过一本图画书《会说话的手》。我有一篇文章叫《创意为王——论图画书的艺术品性》。我认为对图画书来说，创意极为重要。创意表现在三个层面：一个是写故事的创意，一个是画家做美术设计的创意，还有一个是文字和图画之间形成互动、交融的设计创意。如果没有什么创意，可能往往就变成了插画书，但图画书不是这样的书。《会说话的手》在创意上我觉得它有自己的特点。不是讲一个故事，只是用手的语言来做一本书，是有一些创意在里边的。我想挑战自己，给年幼的孩子写一本图画书。大家看题目能想到是写什么题材的吗？可能第一页就能看得出来——这就是我，有人问我几岁了，我就这样告诉他（"五"的手势）。我一直很喜欢小狗，妈妈真好，她答应我请乡下的奶奶给我带来一只。妈妈，你可要说话算话啊（"拉钩"的手势）。我帮爸爸喜欢的球队加油，爸爸一高兴，把我的手拍疼了（"击掌"的手势）……这个故事选取了幼儿生活中的一些片段，它不是一个有头有尾的故事。在构思的时候我花了心思，既想手能说什么话，又要让幼儿成长的心理和情感在其中得到表现。我以前写过一篇探讨儿童教育哲学的论文《儿童身体哲学初探》，我认为儿童身体实践的生活在儿童教育中是第一位的，我也认为人的身体语言对表现心灵非常重要。身体语言对幼儿来说更是极为重要。幼儿在生活中的经历，比如闯祸、被批评、上课说话、小小矛盾争斗都是他要面对的。写这些文字的时候，我要设计场景，才能和语言配合出来。所以出现手势的时候，手说的话就不要把它写出来，然后读者去体会不同的手势是什么意思。

在这样的过程中，我体会到了图画书创作的难度。有一次我听人讲，有一个出版社一次跟一位作家签了六十本图画书，我就很吃惊，如果要写真正的图画书，这几乎是不可能完成的任务。对我来说写一本两本都很费劲。可能对图画书的理解不同吧，他说的那个图画书可能不是我理解的图画书。

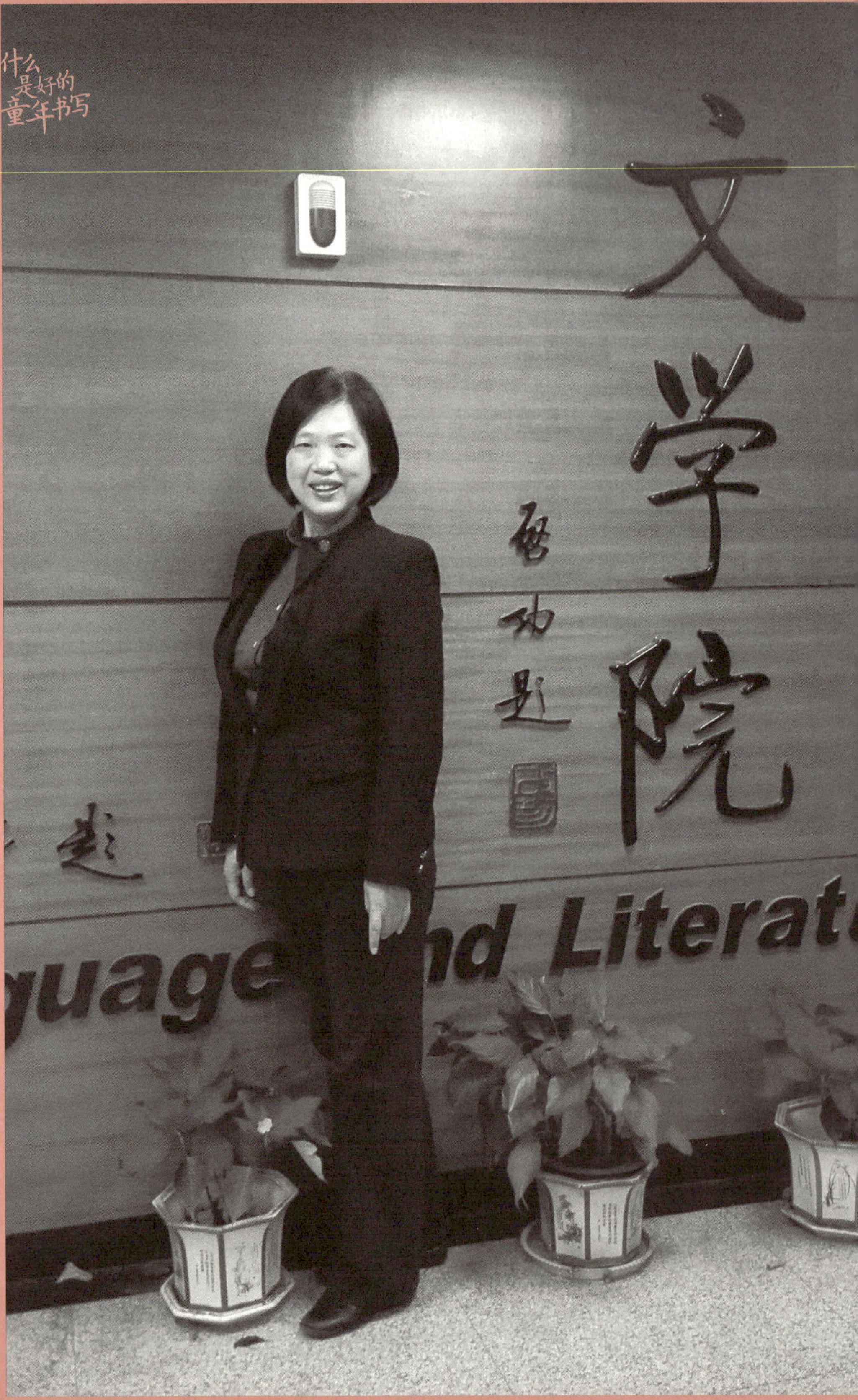
文学院
启功题

第五篇　图画书的故事主题及其表达

陈　晖

北京师范大学文学院教授、博士生导师，中国图画书创作研究中心主任。主要从事儿童文学理论及教育应用研究。出版有《通向儿童文学之路》《图画书的讲读艺术》《儿童的文学世界——我的阅读课》等专著，主编有《儿童的文学世界——我的文学课》《阅读世界儿童文学经典》等儿童文学及图画书阅读指导用书，创作有《小小的天空小小的梦》《我的名字叫豆豆》《豆豆的风车转啊转》《小小的花儿一朵朵开》等儿童文学作品，《家书》《虎子的军团》《归来》等图画书。

　　关于图画书，我想结合本土原创作品的状态特别是它的发展阶段展开。除了学理性的解说，我还会侧重于示例的描述，希望我们的作家通过这样带有技术性的分析，更多地理解中国图画书十多年的进程和现在的状态。我举的例子相对比较幼稚、青涩，甚至是简单许多，并不是因为我对当下引进的最高水准的图画书没有了解。我的《图画书的讲读艺术》2010年出版后曾四次重印，这个月已经完成修订交予出版社，即将重新出版。书中详尽解析了在中国出版的三四十种世界各国经典图画书。这说明我对国外的图画书艺术，也包括作为经典作品的图文形态是有了解的。为什么今天的课我不重点讲它们呢？是因为中国图画书的原创在现在及未来相当长一段时间，都会是一个重要的领域，在未来的儿童文学创作中，在中国文化的对外推广中，会占到非常重要的权重。"五个一工程"奖，未来有可能设立原创图画书的奖项，希望我们的作家在图画书原创方面也能够有所关注，尽快尽早地实现文本和图画作家的合作。我今天讲的例子中，也会把自己的一个刚完成的图画书原创作品拿出来给大家看，包括它最早的创意、文字稿本的呈现状态、图画绘制完成后的文本状态。这样，大家会看到一本图画书从无到有的创作过程。

　　图画书是当前最受儿童欢迎的读物品种，是用图画配合少量文字讲故事的书，有的作品完全没有文字，大多是有文字也有图画的，在读图时代受到孩子的欢迎和喜爱。大家都知道，现在学校已经非常重视图画书这种阅读资源和课程资源。李少白老师提到图画书的故事创作、文本创作，跟传统文学相比有比较大的差异，阅读其实更有难度，作为课程资源却有很多方面的优势。可以说，图画书不仅受到孩子欢迎，也是受到教师和家长广泛认同的一种读物品种。梅子涵老师翻译《猜猜我有多爱你》引进到国内后，销售总额已经达到惊人的数字。我曾经到北京丰台的一个社区小学上课，也准备了一些图画书文本例子，到具体上课时，我却做了很大调整。因为进入这个社区小学后，我发现它一楼走廊作为阅读园地布置出来的是美国图画书大师希尔弗斯坦的作品。这就说明许多"高大上"的图画书经典已经成为城市儿童及学校普遍阅读的读物。

图画书到底是什么？到底有什么？简单地说，它是图画和文字两个符号系统共同完成的读物形式，从内容和表达看，它兼容着文学和艺术、哲学和文化、想象和游戏、创意和设计，还包含作家和画家独具个性的审美趣味和风格，所以它是一个对儿童多元智能，特别是对他们的语言（言语）的发展具有意义的读物品种。因为图画书是图画和文字共同描述和表现的读物，读者需要采用相对特殊的阅读方式，比如亲子阅读。成人和儿童共同阅读一本图画书，他们会参与故事的建构，将图和文合成为一个故事，特别需要调动读者的想象力、理解能力、观察能力、思考能力，也包括他们的言语能力，这几种能力都会在图画书的阅读过程中发展和得到锻炼。家庭和学校重视这种阅读资源的原因首先在于此。

图画书是否是文学作品，学界一直有争议。有的图画书是"无字书"，它都没有字，还能说它是文学作品吗？文学作品是以语言文字形式表现的。无字书其实也不是绝对的无字，书名是不是字呢？所以没有绝对的无字书。无字书虽然没有字，却有故事，故事就是文学，有了故事就有了文学作品的性质。我们应该特别强调图画书作为文学作品的性质。我们说图画书是哲学的、文化的、文学的、艺术的，但它首先更多是儿童的、儿童生活的，它跟自然有关系，跟社会有关联。它是多元文化的，是民族的，它是有思想的，有生活情感的，有艺术风格的。它从内容上看，可能是深刻的，它从表现上看，往往是优美的。它丰富、生动，充满想象力，充满趣味。

图画书受到欢迎，图画书具有以上的优势，与它表现的先进的儿童观和教育观有关。我们阅读图画书肯定会发现，它有很强的儿童性，描绘儿童的生活跟心理，或者从儿童的视角来表现自然与社会。我们喜欢一些国外的图画书，有异域的文化，有生活的情趣，有普世的价值，说到底，都是把先进的思想观念融入到图画书的故事里，表现对儿童的关怀。好多品质优良的图画书，比如婴儿的图画书，它的边角是圆的，有些打开后，能直接呈现出一个立体的模型，像玩具，也像游戏，这里面其实就包含了先进的儿童观和教育观。《小莲游莫奈花园》是一本介绍莫奈绘画艺术的图画书，它采用的方式是让一个孩子进入一个情境，用这样一种结构和方式来介绍莫奈的生平和艺术成就。书里有画家的作品，又有摄影的场景，把画家生平等大量资讯通过故事性线索融入整部作品中。这种结合内容的精彩设计，是贯彻了现代甚至是后现代的图画书理念的，显示出图画书广阔的艺术空间和无穷的艺术表现力。理解图画书，首先要理解到图画书的这种特质。

在我看来，我们的儿童文学都有着先进的儿童观。从理论上说，这就和图画书有了思想和艺术精神上的一致性。我个人认同在有文本的基础上创作图画书，对文字作品进行图画书形式的移植和艺术再创作。也许我们的图画书还在路上，还不全部一开始就是图画书的文字和故事创作。在现阶段，需要作家特别是优秀的作家从事图画书的文本和故事写作。中国三五年之内，这种基于优秀作家的文本、题材、素材生发出来的图画书，应该会是未来优秀作品的重要来源和方向。当然，图画书和文字的文学作品大多都由教育、艺术、生活、文化这几个内容构成。但图画书会以视觉艺术的基本形式去呈现，展现出视觉艺术的创意和设计。《小莲游莫奈花园》的媒材和技法特别具有多样性。画出了许多孩子在场的场景，有点像林明子的绘画风格，与《第一次上街买东西》的小姑娘造型十分神似。这本书还包含很多莫奈的原作，作为资料呈现。书中还有摄影，像莲花池塘的影像、人物肖像照片等，这本书从创作之初就被设计成一本具有多媒材组合特色的图画书文本，是一个整体的视觉艺术的文本。它的成功在于与众不同的创意和设计，这大概与文学作品改编的图画书完全不同。这样纯粹的、有探索和实验意义的图画书，未来我们也会有同样优秀的原创图画书。

　　现在我们进入今天主要讲的内容——中国原创图画书的创建。基于图画书的文化属性，图画书一直在力图呈现多元文化。图画书之所以是课程资源，受到家长特别是教师的认同，是因为它有很好的文化底蕴和文化表达能力。我们中国的文化是博大精深的，特别是现在作为中国文化软实力必须彰显的情势下，中国文化必须向世界讲述和表达。而中国文化在图画书中呈现，是必由之路，也是当务之急。正因为这样，中国原创图画书就有可能获得比较多的资源投入和政策扶持，有可能在出版方面迎来发展的机遇。图画书由于它的创作过程，包括它在印制上特殊设计的要求比较高。一般情况下，一本图画书的定价会比文本高出不少。或者我们不应该过多地关注商业，但儿童读物的创作出版是一个系统工程。在电商低折扣销售的影响下，定价高的图画书显然更具有商业利润空间。就拿我自己写作的"小小豆豆"系列三本书为例，我用心写了二十余年的文本，画家沈苑苑还贡献了一百幅原创插图作品，一套书定价为45元，电商销售价最低的时候不到30元。可是一本图画书的单价是32元，即使是折扣价，也会超过20元，几乎是一套文字书原本的价格。所以，即使我们从出版业态来讲，图画书的市场地位也会越来越重要。当然，在读图时代图画书本身就更能够得到读者的青睐。我们已经看到，图画书的星星之火正在以燎原之势扩展开来。出版界的各位专家，比如海飞先生就特别指出，中国原创图画书即将迎来黄金时代。这是因为刚才我所提到的我们的文化交流也需要文化输出，需要我们中国文化的国际化表达。还因为从阅读上来讲，我们也不能让我们的孩子只读西方的图画书，哪怕是经典的图画书文本。毕竟从文化的接受而言，不是所有的图画书都对中国的孩子具有适切性，包括题材与定价。比如说，我们不能说中国农村的孩子就不必要读这样的书，但从学校图书资源配置的角度来看，定价32元，打折后花二十七八元买这本书，从价格上来说就会有取舍。假如不选择文本的话，我们可以更多地选择自己的图画书，因为我们中国原创的图画书会更适切我们自己的孩子。中国图画书的需求是可以预见的。中国原创图画书的创作道路也已经走过了十几年，《荷花镇的早市》是最早的一个代表性文本，这是周翔的作品，中国和日本同时出版，引起过不小的轰动，曹文轩曾评价它是"中国图画书最美的开端"。而曹文轩本人的作品《菊花娃娃》也是一部很成功的原创图画书。2013年我到台湾讲学，讲课时用《菊花娃娃》

举例，曹文轩曾于 2012 年被同一个基金会邀请讲座，他曾经介绍自己的创作缘起及创作构思，当时作品并未出版。我去讲的时候，无意中将《菊花娃娃》的图画书呈现给了到场的听众，引发了强烈的反响。还有一本图画书《躲猫猫大王》，这本书带着乡土的气息，向孩子传递友爱与平等的观念。它写一群乡下孩子的躲猫猫游戏，一个孩子总躲在一个地方，大家每次都能找到他。他的朋友帮助他，指点他躲在某个特别的地方，结果大家都没找着他，还推选他为躲猫猫大王，这孩子特别高兴。可这以后他又老躲在那个地方。后来，与他相依为命的爷爷去世了，爸爸要把他接走，他不愿意，躲了起来，谁都找不到他，好像他们在玩躲猫猫游戏似的。于是大家一起喊他，他出来了，跟着爸爸一起走了。最后的结尾是非常动人的，这个孩子走了一段路突然回过头来，他第一次在作品中露出了灿烂的笑容。整部作品从头到尾都没说这孩子的特殊之处——他是一个智力发育迟缓的弱智儿。作品传递出的人文情怀，是世界的，也是中国的。与其他一些原创图画书相比，显现出不一样的思想艺术品质，在中国乡村儿童生活表达方面，尤其具有代表性。还有《北京——中轴线上的城市》这本图画书，由专业的作者介绍古都北京的建筑风貌和历史，题材内容、版式设计、艺术技法及效果都独树一帜，让人印象深刻。这里列举的几部作品，在一定程度上代表着中国图画书走过的这十来年，它们从不同的方面反映出原创图画书的中国内容、中国主题、中国素材以及中国式的表达。

概括地叙述之后，我想详细介绍几部原创图画书作品，我挑选的是《妖怪山》《进城》和《葡萄》。我想用这三个例子，讨论图画书的主题、故事，还有文字表达，这些跟我们作家创作关联的主要部分。我们结合这三部作品来看一看，中国原创图画书在主题、故事、表达上有哪些方向，包括创作的方法和可能的策略。如果大家有志于图画书的文本创作、加入中国图画书的原创阵营，我们可以从怎样的构思入手？

首先来看题材和主题。图画书主题鲜明有教育意义。图画书有一些共同的主题，或者说有适合于图画书表现的题材和宣扬的主题。大家可能会说你这违反了创作规律吧，我们得先有自己的灵感和创作冲动，生活中素材的触发，才可能开启创作完成作品。一般创作确实是如此，但图画书有一点点特殊。首先，文字跟图画要结合，要图文共同讲故事；其次，图画书的故事或许有一些特殊的结构和呈现方式，与构思小说等叙事文学作品相比，图画书真的有些不一样，所以主题表现也不一样。

图画书有一些基本主题。看看世界经典作品，也包括当下的中国原创作品，哪些是主题的重点呢？首先是爱与成长、家与父母、同伴与游戏。这些内容来自孩子的生活环境和生活经验，幼儿园和学校，还有社区，国外的社区概念很突出，比如说荷兰的图画书《奇怪的一天》，你要是不了解西方的社区文化，你可能就觉得书中那么多人物他们怎么彼此都认识啊？再有就是游戏，比如《躲猫猫大王》，深刻的主题思想是由一个躲猫猫的游戏贯穿始终，并且是一个国外也有的儿童游戏。要想中国图画书走向世界，就要用其他国家孩子也能理解的方式或兴趣点去讲述中国的故事，游戏里更有着童心与童趣。有没有道德方面的主题内容？当然有，诚实、善良、友爱、平等、尊重、责任等，在世界各国图画书中都有宣扬和表达。具体到教育，涉及更多的题材领域，心理的、生理的、情绪的、行为问题的。还有哲学的、科学的、艺术的和美学的。再有就是与大自然相关的，像生态保护、爱护动物，都是基本的题材。再有就是人类文化与文明，特别是多元文化，各个国家各个民族，包括土著居民，非洲、美洲，各地区有代表性的文化源流与脉络。

说到文化，我特别要提到湖湘文化。我们需要思考，儿童文学及图画书怎么去表达湖湘特有的地域文化，我们怎么把我们的乡土情怀在原创图画书中寄寓和呈现，怎么样从这个题材和角度去切入。湖南有很多古老的乡镇，儿童文学有彭学军的《腰门》。和沈从文的作品一样，写湘西，那方山水那里的人真有着特殊的美。湖湘文化的好，可能有特别能在图画书里表现的元素。我们有桃花源的故事吧，是中国式的也是现代的表达。我们有一部《北京——中轴线上的城市》，怎么就不能有一部《岳阳楼》呢？"先天下之忧而忧，后天下之乐而乐"，那么好的一个名胜古迹，还有儒家思想、古代士大夫精神境界浓缩其中。我们湖湘文化里有很多可以吸取和发掘的素材。

讲到图画书题材与主题，应该注意到，其中有一些是相对敏感的、尖锐的。图画书关注儿童教育，关注儿童情感、态度、价值观的培养，也会触碰到一些儿童成长过程中无法回避的内容。比如说死亡。国外的图画书有《爷爷有没有穿西装？》《獾的礼物》，写实手法或幻想拟人，都是在讨论死亡，还有纪实类的《一片叶子落下来》等。还有战争主题，比如说大家都熟悉的《铁丝网上的小花》《敌人》，这两本都是比较有哲学意蕴的战争主题绘本。另外，离婚等家庭关系题材，对离异或单亲家庭里的孩子身心状态的表现，比如《我的爸爸叫焦尼》《妈妈的红沙发》等。题材方面还有生理教育和性别教育的，《朱家故事》里妈妈什么事都做，最后爸爸和孩子有点荒诞地都变成了猪，还有《顽皮公主不出嫁》，带有些女性主义的立场。这都是的一些图画书比较敏感的内容与主题。

彭懿最近自己在努力推广他的原创图画书《妖怪山》。作为资深的翻译家和研究者，彭懿作品展现了他对图画书艺术基础及技术元素的深刻理解。在作品主题方面，《妖怪山》也有重要的突破，他试图表现儿童的道德错失与自我重建。这样的一个主题，就当前而言，既是敏感的，也是重大的。这本书不仅在艺术上，也在题材和主题上，或者在构思之初就有一定的顶层设计和设置，包括儿童观意义的思考与定位。

《妖怪山》的环衬页上有这样的题词："每个孩子的心中都有一座妖怪山。绕开它，还是超越它？""在去年夏天，一个小女孩失踪了。小女孩叫夏蝉，没有人知道她的下落，除了她三个最要好的朋友。那年他们都九岁……"

图画书作品写作需要在创作时要有些牺牲精神。在某种程度上，我们在为画家写作，我们也写不了太多，因为图画书没有空间放文字。本来文本能让我们的表达更自由、更充分，更贴近我们的愿望和能力，那我们为什么要写一本图画书呢？可是假如我们必须写，我们该怎么写？这种写是完全不一样的。彭懿是很能写的作家，他的几个幻想系列天马行空，很自由，挥洒自如。可是在图画书写作的时候，他就必须节制，因为他想写的内容，更多要靠画面，要以画来表达。

回过来说《妖怪山》吧。他们四个好朋友发生了什么事呢？他们玩了一个游戏，妖怪抓小孩的游戏，玩得很开心。玩得正高兴的

时候，叫夏蝉的孩子出了状况，她像是被妖怪抓住了。夏蝉拼命地
挥动着胳膊，大声呼救：救救我！我的腿被卡住了……快把我拉出
来……三个孩子就吓坏了，他们跑了，没有去救她。他们回家去了，
也没有找人来救。夏蝉的爸爸找了来，三个孩子就说夏蝉是被妖怪
抓走了。没人相信孩子说的话，大人也没有找到夏蝉。直到第二年，
三个同伴收到了一封信，是夏蝉写给他们的："我是夏蝉，一年过
去了，你们都长大了一岁，野狐十岁了，笛妹十岁了，虎牙十岁了。
我没有长大，妖怪没有年龄。我真的好想你们，你们想我吗？真的，
我一点都不怪你们。又到夏天了。明天，你们来妖怪山，我们把去
年那个游戏做完好吗？要是我赢了，我就能重新变回一个人类小女
孩，就能回家了。我想回家。"这三个孩子当然没有忘记，在过去
的一年里，他们一天都没忘记。他们到妖怪山去了，他们不能不去，
尽管他们还是害怕妖怪。去年夏天，他们把夏蝉一个人丢在妖怪山，
她才被妖怪抓了去。这虽是一个幻想的故事，但它有内在的真实，
有孩子的生活和情感，有孩子内心对友爱和责任的理解与认同。因
为恐惧与软弱，这些孩子中出现了错失，他们感到了愧疚，他们需
要自我的救赎。三个孩子来到了妖怪山，夏蝉出现了，在幻想故事
的情境中，出现在他们面前的她已经变成了一个会飞的妖怪。"她
没说话，就那么微笑着，轻轻地落到了他们面前。"他们开始玩去
年玩过的游戏，玩着玩着，夏蝉不见了，如同迷宫游戏一般，他们
发现自己置身于一个陌生而奇怪的地方，让他们觉得危险而迷乱。
他们开始经历夏蝉去年的历程，心理的，还有环境的。"这时，他
们正站在一个三岔路口上。三块大石头上，分别刻着他们三个人的
名字"，指向三个路径，"夏蝉是要他们把去年的那个游戏做完。

只要夏蝉找到并抓住他们，大喊一声'我吃掉你了'，他们就能战胜妖怪山"。他们虽然害怕，但为了夏蝉也为了自己，他们勇敢地走向各自的方向，走进妖怪山。最后，当三个孩子走过这三条路，战胜了各自的恐惧，经历身心艰难的考验，夏蝉变回来了，到了下山回家的路上，大家向夏蝉表示了歉意："夏蝉，对不起，那天我们太害怕了，我们丢下你，逃下山去了。"夏蝉回答说："换作是我，我也会吓得逃下山去的。"说完她就第一个欢快地朝山下冲去。

　　我们已经从图画的角度观察了作品的艺术形态，我们还可以看看从作品的主题，它为什么成为了原创作品中非常热门的一个文本？在中国图画书现在的发展阶段里，它象征地代表着什么？这本书的主题相对敏感，包含着严肃而重大的儿童教育方面的价值观念，作者让孩子们进行道德也包括心理的自我调节，让他们亲历成长的蜕变。图画书的各种元素，如迷宫的、游戏的元素，我们前面说到的所有元素都成功地在这本书中加以了运用。《妖怪山》以有文本基础的故事再变为或者蜕化为图画书的过程，让我们看到作品通过图文结合，最后与文本形成对照的、完全不同的作品效果。我这里没有说文字表达的效果一定比图画书弱，实际上，如果以文字和文本讲同一个故事，可能会有更多的想象空间，可能会有更多的基于文字的、真切的描绘和表达。我说的意思是我们要了解图画书，它是以另外一种形式来讲故事，来表达一个内容和主题，它让我们看到图画书和文字书之间的区分以及它们在各个方向的艺术张力的呈现或者说构建。假如说汤素兰或者周静，想拿自己的素材，在创作文本的同时创作一个绘本，在某种意义上会很有实验性，很有基于创作本身的有意义的比照和观照。不是说《妖怪山》这本图画书尽善尽美，只能说在现阶段，它已经完全是一个有图画书性质的文本，在基于图画的、以图文合作概念来表达一个故事，证明在中国我们已经走到了这个阶段。《妖怪山》受到追捧，尽管离不开营销手段的大力支持，基础还在于其艺术本身达到了一定的水准，我个人觉得它还是有一定的艺术水准的。至少图画书的元素方面，包括内容主题故事等各种元素的呈现和运用，都达到了艺术上一个可接受的好状态。夏蝉下山分别的时候说的最后一句话是"谢谢你们，我三个最好的朋友！"我们都知道这里面有包容和理解，"如果是我，我也会吓得逃下山去的"，没有道德指责或者身心受到伤害后激烈的反应。作者在儿童观和教育观上表达了自己的思考与见解，认为儿童行为可以有错失，这种错失可以被原谅，最重要的是可以被他们自己修正，孩子们可以在这个过程中完成其精神心理和道德的成长。对于这部作品，我们可能还是需要从主题上给予它足够的关注与评价。一部图画书作品在主题和教育观上的表达，会赋予图画书价值和意义。我之所以先讲《妖怪山》，是因为它同时是一个成功作家的图画书创作。

　　图画书的故事对于我们创作者而言，有哪些地方需要重视或注意？我不想用一些比较学术的话语来讨论图画书是如何的好，我更多地想跟大家讨论我们到底该怎么写，或者通过几部作品讨论我们可以在写作上借鉴些什么，哪怕是一些技法的归纳和提示。我讲课有一点讲求"实用"，这里的"实用"加引号，现在的"实用主义"基本上是一个批评的词汇，我个人还是觉得当年胡适主张的"少谈主义，多研究问题"，就是比较实用比较务实的研究。我特别想使大家达到想写、能写的目的，我是从这两个角度来构思这次讲座的。讲课的目的不在于让大家知道我是不是好，而是希望我讲的东西对大家有一点点用，大家从这个意义上去理解"实用"。作家都特别擅长用文字去表现、用文字去展示自己的风格和多年的文学积淀，还包括能力，但在图画书中你要节制文字，特别是节制你擅长的文字表现能力。

儿童图画书的故事不能完全等同于文学文本表达的故事，不具有完全的一致性。比如说你在准备写的时候，就要考虑它是一个能够以图画来说的故事。过去经常说一个人的作品非常有画面感，用了一些具体的意象或者具体的物象，图画能够画出来的，其实这两者不是一个概念，不是说仅仅文字表现有画面感。真正好的图画书，总的来说，它还是想主要用图画来讲故事的。不是说文字没有用武之地，而是你的"用武之地"，包括故事构思、文字表达，有可能会被限制，甚至是用来作为图画书的文字脚本、构思出一个故事基础。大家可能会说："那不是让我牺牲吗？"说到底真的就是让你做出一定的牺牲。那为什么要做牺牲？牺牲了有什么意义？我拿自己的创作来解剖一下。我通过尝试，通过技法的摸索，有了自己的理解和体会。图画书中文字和图画可以共同讲述，但是也要分别讲述。在某种意义上讲，这个"分别"是你讲你的，我讲我的，讲完之后你会发现：哎呀，我写的是这样的，但是它在画里是那样的。有时我们往一个方向讲，有时我们故意反着方向讲，这种"反向"的配合就有反讽的意味在里边，有悖反的幽默的讽喻性，图画书的艺术是建构在这样的基础上的。往往在一开始构思的时候，这个故事就得有图画书的创意，就要考虑这个故事要怎样共同和分别讲述。我想要提醒大家特别注意这一点。有的图画书我们常常觉得它故事戏剧感很强，比如著名的图画书经典文本《母鸡萝丝去散步》，特别像一个戏剧，文字就讲了母鸡萝丝干了什么，一直没说狐狸在干什么。一页一页翻下去，就像一个幽默喜剧在演出，最核心的倒霉狐狸的故事是通过场景画出来表现的。这是特别而经典的作品。那么一部普通的作品，我就写了一部比较普通的作品，或者说是一个中等水平的本子，如果用分数衡量，只能打 75 到 85 分。我知道写这部作品一定要有某种特殊的写法，我重点还不是考虑文字，而是考虑戏剧冲突和高潮。我有一个日本博士生，叫中西文纪子，她曾经在蒲蒲兰公司做原创图书，她在中国十年，一直做原创图书，大家知道的好多作品都出自她的编辑，包括《荷花镇的早市》。她认为故事性的图画书在某种意义上说就是一种戏剧，它的空间是有限的，比如四十页，那么你的故事就得在这四十页内有冲突、有高潮地讲完。我们曾经具体讨论过故事的高潮在哪儿，一般来讲，故事的第一个小高潮出现在第四页、第五页，大高潮一般出现在倒数第四页、第五页，最后结尾的时候还得是一个小高潮，就像张爱玲所说的"反高潮"，戛然而止，引发回想。图画书戏剧性很明显，空间固定，甚至它的页码经常是八的倍数，它更像是一个技术化的程式化的创作，有某种规定性的流程。我想大家会质疑，这个是创作吗？或者我们要更多从视觉艺术、图文艺术设计的角度去看待这种创作。它跟文字的文学创作还真有些不一样，它可能是填词式样的创作。

　　几十页的图画书，翻页变得很重要。好的图画书的戏剧性是与翻页相互配合的，因为看图，每翻一页会要停下来，停下来的时间可能还不一样，翻页需要考虑再翻一页是不是进展中有意外的，给读者惊喜的，或者牵动读者继续翻动的内容，关系到这四十页里怎样把故事有节奏地流畅地讲完。故事和文字写作需要考虑到翻页，每一次翻页都要适当地设计一下翻过去会发生什么，翻之前需要让人能停顿下来想想下一页会怎样。文字就是不多，也需要有节奏感，有戏剧性和故事性。图画书还是读者会参与故事构建的书，图画和文字是各说各的时候是有缝隙的，可能是故意留下的缝隙，这样的话，图画说了一个故事，文说了一个故事，读者就要去想这是怎么回事，是怎么发生的，这样他就会去参与这个故事的弥合和完成。所以，最巧妙的图画书和最有设计感的图画书，它会生成单纯的文字文本一些无法实现的效果和张力。

另外，很多故事细节都可以在图画里呈现。比如之前讲到的《妖怪山》，它的画面其实是很繁复的，有小妖怪藏在画里，它们在行动，它们在表达很多故事内容。这本书会得到孩子的认可，因为一打开书，有大量的东西是文字没有讲的，而是通过画面的细节都讲了。大家会觉得这是跟画家创作有关系的事情，其实它跟文字作者很有关系，因为很多时候，这些细节是你要先写出来、然后告诉画者它们要被画出来的。有些画者特别有经验，合作好的情况下会主动画出你文本没有点出的细节，但很多时候他们没有能力这样做，这对他们的功力和表现能力很有挑战。回到文字和故事作家这里，你要是愿意写的话，你其实也有舍有得，舍了你的文字，你得到图文共同讲述。如果你掌握并运用技法，你舍的同时，反而会收获意想不到的表达效果。有的功力深厚的作家，文字表现力特别好，可他作品很难进行插图的匹配，更不用说转化为图画书文本了。为什么？因为画不出来啊，所有的内容都让他写完了，如果都写完写尽了，画家就没办法画了，或者说你的细节都被你讲完了，有趣的也都被你讲了，那图画讲什么呢？那就不用创作图画书了，还是写文本出文本吧。所以，作家要有意识地让出故事空间给画者，让画者发挥得特别好，哪怕小朋友看了会说，文字那么少，图画却讲了这么多！这样，你的作品才真正达到了图画书设计的初衷和目的。

我们拿《进城》这本图画书来作为例子。这部作品先后获得了丰子恺儿童图画书奖等多个奖项。我拿这本书示例，是因为它有中国元素充分的吸纳和表达。我之前讲到过图画书为何需要呈现多元文化及中国文化，这里我们重点来看它怎么把握图画与故事内容做到巧妙的衔接。怎样阅读图画书的故事？如果我们把图文分开，把文字抽出来，没有图画书阅读经验的读者也许这样做过。假如文字讲的故事也是完整的，干脆直接把文字故事单独讲一遍算了，这么做阅读肯定会丢失很多的内容，特别是这本书。如果把图画舍去或者遮蔽，它会是一个基本的文字故事，一个简单讲述的民间故事，这相对来说就平淡很多。但是它通过图画来讲了什么呢？这本书用孙悟空的图像作为环衬，是因为里面会出现孙悟空的形象，其实它还有别的意思在里面，回头我们再来讨论。书名页，又叫扉页，扉页中间的部分是一个小男孩在抓一只鸡，用到了剪纸的图画风格，于是中国乡土、中国文化、中国元素都有了，这时图已经开始讲故事了。扉页里有故事前奏，男孩在抓赶集的鸡，这里有书名页的设计，用专业的术语是"故事从扉页讲起"。大家注意这只鸡，它是配角儿，但是整本图画书中这只鸡可没少折腾，而且藏在图画中还不容易被发现。小虎儿与这鸡关系密切，这是他赶集的主要工作，要卖这只鸡，一开头他就要捉鸡，要把这鸡放在笼子里带上。这就

进城

文／林秀穗　图／廖健宏

明天出版社

从小虎儿的家到城里，
要走很远很远的路。
一路上，小虎儿最喜欢听老爹讲故事。

是只在图画里讲的鸡的故事，文字没讲。文字开头讲的这一句，"从小虎儿的家到城里，要走很远很远的路。一路上，小虎儿最喜欢听老爹讲故事"。这句话并不简单，讲故事本来是平时大人和孩子走路时经常做的事情，就像我们边走边听音乐一样，但这个不是，它字虽少，却包含了另一层意思，跟整个故事结构有关联。小虎儿和老爹一路行走，文字的故事一直在讲，如果你仔细看图画，这儿画着什么呢，一个土地庙，土地庙里还有"有求必应"四个字。这四个字放在这儿，有某种中国民间的信仰意味在里面。他们走到这里，旁边一棵树上坐着一个小男孩，谁啊？是孙悟空，文字并没有说那是孙悟空，说了就不好玩了，说了大概就不是图画书了。小男孩一见小虎儿老爹就"扑哧"一声笑了出来："哎呀，天底下怎么会有

走着走着，天气越来越热，
旁边的一棵树上，坐着一个小男孩儿，
小男孩儿一见到小虎儿和老爹，
就"扑哧"一声笑了出来：
"哎呀，天底下怎么会有这么笨的人呢？
有驴子不骑，居然自己走路！"

这么笨的人呢？有驴子不骑，居然自己走路！"画中不仅有孙悟空，还有猪八戒，猪八戒旁边还躲着牛魔王。这树上是什么啊？人参果。这里面包含好几个故事桥段，如果孙悟空、芭蕉扇和牛魔王相关，猪八戒和人参果的故事比较密切，那牛魔王跟人参果没有关系吧，居然也躲在这儿。前边说老爹讲故事，《西游记》的故事就在这里了。"老爹一听，'对呀，对呀！'小虎儿也这么觉得，于是小虎儿赶紧让老爹坐到驴背上，父子俩继续往前走。"在文字故事中，孙悟空没有直接关系，所以就说是个小男孩，一个推进故事的角色而已。通过图画，它造成了一种趣味，也勾连着作品表现中国文化传统的主旨和意蕴。接下来的画面中，树下站着一个小姑娘，小姑娘一看坐在驴背上的老爹就生气地说："天底下就是有人自顾着骑

前面的树下，站着一个小姑娘。
那个小姑娘一看到小虎儿和坐在驴子上的老爹，
就生气地说："天底下就是有人自顾着骑驴，
可怜这孩子，有爹似没爹，
大热的天，还得牵着驴子走路！"

驴，可怜这孩子，有爹似没爹，大热的天，还得牵着驴子走路。"
这又是谁啊？是林黛玉。林妹妹这个人多愁善感、嘴上多少有点儿
尖酸刻薄，由她说出这番话合情合理吧，她很好辨识，正在林中葬
花呢。这个也是图画中画出来的，文字中说的小姑娘是林黛玉也是
要读者根据图画联想、猜测的。老爹已经觉得很不好意思了，赶紧
从驴背上跳下来，换小虎儿坐到驴背上去，父子俩继续赶路。这一
路上那只鸡一直在扑腾。突然，传来了打雷一样的吼声："真是个
不孝子，自己骑驴，却让年迈的老爹走路。" 这时候又来了一个
角色，声音大得差点儿让小虎儿从驴背上掉下来，画面上一个唱戏
的大叔，可能是谁呢。打扮像关羽，他很讲义气，坐怀不乱？要来
伸张他的伦理孝道，这是张飞。张飞是大孝子，能吼断一座桥，还

突然，传来像打雷一样的吼声：
　"真是个不孝子！自己骑驴，
　却让年迈的老爹走路！"
那吼声吓得小虎儿差点从驴背上跌下来——
原来是个唱戏的大叔。

小虎儿和老爹还来不及反应，
那个大叔已一把抓起老爹，
把他放到了驴背上。

有他的兵器也提供了线索，文字却没有明确说。小虎儿的老爹还没来得及答应，那个大叔一把抓起老爹，就把他放到了驴背上。不跟人啰唆，符合张飞的行为方式。他们都坐上去了，这下不会有问题吧。这时候一个队伍远远地走来，大家如果熟悉民间故事的话，就会知道这是老鼠娶亲的队列，老鼠是动物的一员，它会说什么？"真是虐待动物呀，驴子已经背了那么多东西，你们竟然还好意思坐在上面。"于是父子俩只好又赶紧下来。再往前走，他们真不知道如何是好了，正发愁，一群人走了过来，他们七嘴八舌地建议："你们轮流骑啊""可以牵着驴子跑步嘛"，还有人说"可以像我一样，倒着骑驴呀"。谁倒骑驴大家都知道，这是八仙，这又把八仙的故事组织进来了。这一路，图画里一直在植入不同的故事人物和场景，

小虎儿和老爹心想：
现在两人都坐上了驴子，
这样肯定不会有问题了！

远远地，一组迎亲的队伍，朝他们走来——

"那，该怎么办呢？" 小虎儿和老爹发起愁来。
这时，刚好有一群人路过，
他们七嘴八舌地给了许多建议：
"你们轮流骑啊。"
"可以牵着驴子跑步啊。"
甚至还有人说：
"你们可以像我一样，倒着骑驴呀！"

这下子，小虎儿和老爹更不知道该怎么办了。
正在此时，一个壮汉扛着一只老虎走过来。
那群人看见了，都大声拍手叫好。
小虎儿和老爹想：
或许我们也可以像他一样！

但都是中国传统的。在父子俩更不知道怎么办的时候，一个壮汉扛着一只老虎过来了，那群人就拍手叫好，小虎儿就说："哦，我们应该像他那样把驴子扛起来的。"故事在推进的过程中开始往荒谬的方向发展，故事高潮自然形成了。"他们就把驴子扛起来，走一步，退两步，摇摇晃晃"，重心不稳当然就会这样，于是他们惊恐万状，就摔了下去，戏剧性达到高潮。文字到这里，图画是什么，掉进了池塘里的小虎儿和老爹。注意，小虎儿在干吗？小虎儿一点也没闲着，他抓了一条鱼，老爹还赶紧护着鸡。另一个故事桥段植入了，池塘边上的老爷爷在这儿干吗？原来是姜太公钓鱼，可那鱼钓不着了，鱼被小虎儿抓了。这里又有另外的故事，巧妙构思出的故事单元，有好玩的儿童趣味在里边，完全是在图画里展开的故事。掉进了池塘的小虎儿和老爹全身湿透了，又生气又懊恼。这时候，小虎儿突然发现池塘边上钓鱼的老爷

陈 晖

小虎儿和老爹把驴子扛起来，
他们走一步，退两步，摇摇晃晃的……
突然，一个重心不稳——
"啊……"

掉进池塘的小虎儿和老爹，
全身湿透了，又生气又懊恼。
这时，小虎儿忽然发现，
池塘边有一个钓鱼的老爷爷。
"老爷爷，您这样是钓不到鱼的！"
"钓鱼线应该放进水里，
还要有鱼钩才行，还有……"

爷，他热心地提示："老爷爷，您这样是钓不到鱼的，钓鱼线应该放到水里，还要有鱼钩才行。"你看，他也开始给人出主意、想办法，就如同前边一群人给他们出主意一样。这个故事到这里，大家可以看到，生活智慧与哲理，都在把故事的底蕴推向深厚的层面。这时那位老爷爷会怎样，老爷爷对着小虎儿和老爹笑了笑，什么也没说。老爹和小虎儿互相看了几眼，也笑了起来："哎呀，我们不过就是要进城，赶集嘛！"文字的故事归结了，图画里也在做了结，小虎儿把鱼放归

老爷爷对着小虎儿和老爹笑笑，
什么也没说，继续钓鱼。
老爹和小虎儿互相看了一眼，
忽然恍然大悟，笑了起来：
"哎呀，我们不过就是要进城，赶集嘛！"

池塘，这个故事是在图画里讲的，没有在文字里提到。这就是我们前面说到的图文共同和分别讲述，通过这部作品详尽展示了出来。小虎儿和老爹重拾了好心情，高高兴兴地赶着驴继续往前走。这时他们的情形和故事刚开始的时候一样，不骑驴，没有分别骑，也没有一起骑，回到开头，一个故事循环完成了。这回没有孙悟空了，是他们带着鸡、

赶着驴。后环衬还有什么？前面我留了一个扣没有解开，前环衬是西天取经，九九八十一难，这父子俩去赶个集像取经般，真难！这里多少带一点生活的讽喻，或者这是我们对作品主题的一点儿带主观性的解读吧。我拿《进城》做例子，是想说明我前面提到过的图画书讲的故事与文字作品讲的故事不一样。图画书如果把图画拿掉，它就是一个民间故事，但作为图画书，赶集的故事只是故事基础的一部分，与图画部分合成后才完成一个图文共同讲述的故事。有没有戏剧冲突？有。有没有高潮？有。每一次翻页都有新的角色进入，提出新的建议，生成新的故事趣味幽默。翻页的节奏配合着戏剧的高潮，读者会不断地发现，比如那只鸡、那条鱼，都有故事，图画细节中讲的故事。大家会问，图文作者是怎么做到这一点的？这里面，文字作者承担的是什么，画者凸显的又是什么，他们怎样进行共同建构？如果作品的作者和画者不是同一人——作者恐怕就要和绘画者很好地去沟通。图画书的创意经常不是绘画者一个人的，有可能文字作者在开始构思这个故事的时候就有了，也可能是在写作和绘画过程中自然地生成的。图画书《进城》一开始创作，可能就不打算简单讲一个民间故事，作者要中国文化的中国表达，要植入更多的故事，要有图画呈现的更多的故事层次和空间，创作者应该是一开始就想到要这样讲故事。假如是创作图画书，作者一定是与画者充分沟通着，先后、分别、共同完成。顺便跟大家说说稿费，业界对图画文字给予版税的分割标准是五五开，百分之十的版税会是图画作者和文字作者各自百分之五，很难说谁更合算，文字占多少篇幅，怎么画，多或少，容易或难，很难分割图文作者在文本中的贡献，也包括文字作者对故事的贡献，图画书主要是图画，但作者或文字创作者的贡献，哪怕就写了八十个字，甚至更少，比如三十多个字，他也得同样的版税，通过什么得的？他对故事和作品的贡献在哪里？

　　我们具体看一看文字表达，基于图画书叙事的文字表达是一个什么状态。我们阅读很多经典的图画书作品，大概能够归纳出一些文字表达上的状态——作家节制文字表现以后的状态。如果文字有特别多的描绘语句，很优美，像曹文轩的图画书《菊花娃娃》，假如素材取自文字故事，是要省略很多的。曹文轩的文字比较有个人风格，唯美、精致，有深刻的意蕴，意境高远，可他的图画书《羽毛》，文字就极为精练俭省。曹文轩曾跟我表达过他的观点，他反对降低图画书的文学性和文学地位，他甚至反对一种流行的说法——最好的图画书是文字最少的图画书。他自己进行图画书创作实践的时候，有很多文字比较多的图画书。但是我认为，相对于曹文轩的文字功力和文字表达习惯来讲，他创作图画书文字还是有所节制。比如说他在《草房子》等作品创作时描摹一幅风景，他可以将一个场景一处风景，写上千个字，到图画书这里，一定不能提供这么多文字篇幅的空间给你，图画书的表达至少受这个空间限制，还是要简略，没有地方放下。比如《进城》这本书的开本，算是中等尺寸的开本，一幅图一个对页，只能放这么多文字，从整体的视觉效果看也必须这样安排。它文字节制到三十来个字或者六七十个字，这一页最多，一百字左右吧，不节制的话，文字最充分叙事，四十页可能也讲不完。有时候图画书还有一个对页或多页没有字。如果开本小，字也不能特别小，读者年龄小的话要阅读大些的字，简略叙述是基本的。不仅因为空间局限，图画书的文字通常还不应是完整叙事，需要图文关系设计、分配后展开叙事，图画能说的你不一定要说，需要文字说则必须说，文字叙事从根本上是建立在图文关系上的一种配合叙事。有时候它是碎片式的叙事，比如说它可能是几个字，是一两个词，最多的情况是一个或几个句子，也有一个字一个标点符号的，总之是碎片化的，对习惯了文字创作的作家确实有点儿难以想象和接受。我自己也写过作品，比如我写"小小豆豆"系列的时候，很投入的、很享受。可是写图画书的时候我知道我不可以那样写，我写了三本图画书，请方卫平写导读，每本字数都只有一两百。方卫平见着图文书稿当时就夸了一句："看着是行家写的。"也许曹文轩不会同意："谁说图画书字要少啊？"因为出版社编辑跟我说，据说是社长的意见："这儿一定要加一句！"我就跟方卫平讨论："编辑让加一句。"方卫平坚持按原文不做增加："你跟他们社长说，就说方卫平说的不能加！"我转述了这个意见，拿到样书一看，还好，出版社方面没有坚持。这就是一个比较特殊的例子，多一句，哪怕几个字都不行。图画书文字，有时候是没讲完的半个句子，它没讲完是为了推进到下一页讲，故意摁着讲半句话，有时还会用破折号告诉你翻页后寻找下半句。再一个，图画书会用感叹词"啊""哦""哇"，这样的感叹词或拟声词，作为一页或一个对页的文字，它是要表达一种情绪或制造一种气氛。你想一下，"哇"要画出来，啊，多不容易啊，你怎么才能画出"哇"这种情绪？你要是"哇"，那是因为没有别的办法才"哇"一下，或者就"哇"一下就足够了，不用说别的什么了。

个性风格的文字，我们通过图画书《葡萄》就能看出来。《葡萄》是获奖作品，我认为作品的文字很有特点，除了节制，还有一种文字意义的"任性"，或者因为跳跃、片段式，图画书的文字有条件更随性一点，不用那么圆融周正，可以追求某种特异的状态。还有就是它有时候是标语式的，放置在图画中或者以设计好的格式排列着。像《进城》中的"有求必应"，故意地放在小庙那儿，剪纸图案中，有时候可以起到很好的画龙点睛的作用。文字排列随着画面有时甚至是配合画中动物或物象的造型排列，像《小房子》那本书就是被文字放到画里面，完全与画融为一体。

其实在《葡萄》这本书中，文字的任性可能与作者的创作经历有关，相对于《妖怪山》和《进城》，它显然是更个人化更青涩的作品，是写作者更可以实现的创作。可以这样说，在座的作家如果愿意写，都可以写出来。它的完成状态、它所处的艺术阶段，比较适合我们今天参与讲座的写作者。它是一部相对大众化的作品，我没有贬低它的意思，相反，我很重视这部作品自在随意的状态。

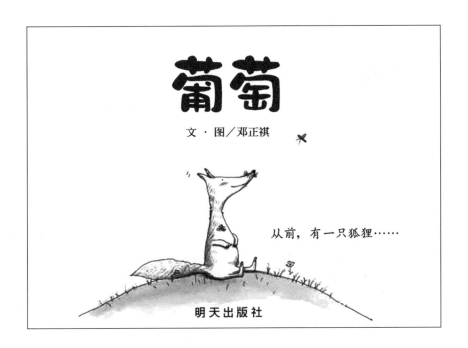

陈 晖

我觉得这样的作品多了，中国原创图画书就会进一步积累经验，进
一步往前发展。封面书名《葡萄》让人想到那句熟悉的谚语，"狐
狸吃不到葡萄说葡萄酸"，如果这本书就是要讲这个故事，那可以
不讲了。可是这个封面里包含题材的相关积累，与阅读的历史记忆
有一个勾连，葡萄的故事不多，但狐狸的故事不少，会让我们想到
很多狐狸的故事。作为故事题材和主人公，狐狸是比较亲切的，作
者图文风格偏于简练，造型与形象都是这个方向的选择。这又是一
本以扉页开始讲故事的书——也可以理解为有效故事空间的充分利
用。在扉页狐狸就出现了，并且有文字，"从前，有一只狐狸……"，
作品借鉴了民间文学的开头。我们在书里见的狐狸比较多，但这只

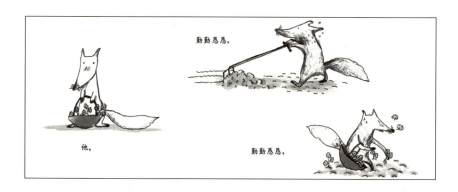

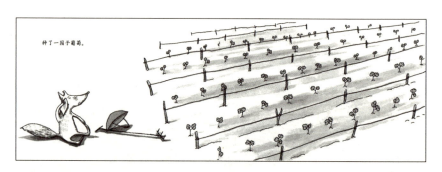

狐狸一看就不一样，是一只有一点小得意、小清新、比较自我、有当下时尚感的小狐狸。它不像是妖媚的狐狸，也不是狐狸精的狐狸，而是一只"个性狐狸"。我们甚至都觉得是一只小男孩狐狸，而不是一只小女孩狐狸。你看它，"勤勤恳恳，勤勤恳恳"，一个"勤恳"用了两遍，加标点符号一共十个字。"它勤勤恳恳，勤勤恳恳，种了一园子葡萄"，这画也省力，我们美术班学十天好像就能画了，有一点点小灵感、小天分、小兴趣就行，它真的是当下的年轻作者的状态，非美术专业的业余作者的状态。当然未必是事实，只是说作品中给人的印象是这样的。"种了一园子葡萄"，画面上只有七个字。"不用说，它最期盼的，就是葡萄丰收啦"，图画怎么表现它期盼？这狐狸不仅在做梦，还流了很多的口水，我们说"吃不到

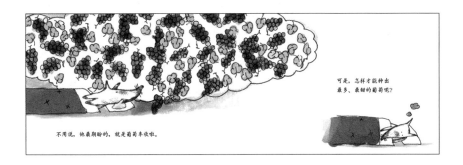

不用说，他最期盼的，就是葡萄丰收啦。

可是，怎样才能种出最多、最甜的葡萄呢？

葡萄说葡萄酸"，流口水，这里也有些这种意思。"可是，怎样才能种出最多、最甜的葡萄呢？"故事继续讲，睡着了做梦，醒来之后就得琢磨了：怎么才能美梦成真呢？故事符合逻辑，还有人物的心理活动，"怎样才能种出来呢"。接下来是翻页，问题与翻页相关，有悬念的推动，孩子阅读的时候这时会停一下："是啊，狐狸到底用什么方法才能种出一园子葡萄来吃呢？"翻过一页，"狐狸

狐狸又是跑图书馆，

又是在网上搜寻，

还特地拜访了葡萄专家。

又是跑图书馆，又是在网上搜寻"，这像当代的故事吧，幻想拟人故事的趣味也出来了。画面里的狐狸煞有介事背着包到图书馆查阅资料书，旁边还有一个女老师。虽然有一些惊诧，但是还是没有表现出大惊失色或惊慌失措：啊，那是一只狐狸！哦，它也来查书了呀，有一种特别的故事情趣在里边。"狐狸又是跑图书馆，又是在网上搜寻，还特地拜访了葡萄专家"，这提示读者一切都是有方法的，要想达到目的，要有充足的准备，狐狸最后获得了一条最权威的真理："要有爱！"因为书上、网上、专家都说要有爱。很当下很贴心的观念，种个葡萄要有爱，想吃葡萄是吧，要有爱哦。结论有了问题也来了，"可是怎样才算有爱呢？"翻页推动着故事不断发展，狐狸"决定去请教几位顶顶有爱的人"。"顶顶有爱"的说法，有一点生活化，有一点网络语特质，就是刚才说的语言和文字有一点任性。作品要评文学奖，"顶顶有爱"这样的话说多了说不定就会被打入另册的，但是图画书文字仿佛就可以这么说，就是要说"顶顶有爱"。"妈妈当然是最有爱的人了"，妈妈说了："怎样才算有爱，给它吃啊！"这是一个猪妈妈，它爱表达的就是吃。其实人类的妈妈也是如此，习惯用准备吃的、做吃的表达自己对孩子的爱。"狐狸不敢怠慢，一字一句地记下来"，好一只虚心的、

会学习的小狐狸！"爸爸也是最有爱的人了"，你不能只说妈妈啊，现在要肯定和推崇父爱，"怎样才算有爱"。画面是一个山羊爸爸，"保护它"，"狐狸就觉得大有道理，于是赶紧记下来"。虽然也是很短的文字，故事的节奏是我们熟悉的列举式，并列的排比，稍微有一点儿逻辑上的递进，先说吃，但是只有吃是不够的，还得保护它。"这个大哥哥一看就很有爱"，恋爱中的青年男女自然地进入了，"怎样才算有爱？""要给她依靠！"注意看看墙上有什么？结婚照，现在网络上怎么说的，爱她就跟她结婚，当下生活略带调侃意味融合在其中了。"这位老师一定也是超级有爱的"，还是这种文字表达，刚才提到过，这要是在文本中，"超级有爱"这种话说多了，文学档次似乎要往下降的，可是在图画书中，这个情调的作品，

好像就一定得用"超级"。"怎样才算有爱？""熏陶她们！""狐狸相当佩服，毫无疑问地记下"，这里的"相当佩服"，要"熏陶"，跟刚刚的吃啊，保护啊，给她依靠啊，拉开了距离，牵涉到了精神层面的培育，但还是在列举的格式中、故事有节奏的推进里。"这位伯伯听起来非常懂得爱"，这里指向了宗教，真是一部任性的作品，"爱是恒久忍耐"，"这回答有点文绉绉，狐狸觉得有点费解"，这里不仅是意思，"文绉绉"，这几个字对于孩子来讲，也够费解。我想过这部作品适合什么年龄的孩子读，幼儿似乎深了些，小学高年级又浅了一点。"文绉绉"这个词是比较不好解的，但是这个词又恰恰是个性化的表达。"爱是恒久忍耐"，这里是用对话气球泡

泡引导出来的，图画书有时候文字里必须有对话，对话多了要具有明确提示，会借用漫画的语言形式，比方说用泡泡吹出来，简单而便捷地处理与呈现。以后的故事进入另外一个层面，开始进阶。狐狸"毫不马虎，严格地按照笔记，给它吃"，给葡萄的"吃"肯定不是猪妈妈说的"吃"，图画上干脆写上了"肥料"两个字，不写的话读者可能理解不到这个意思。这个"吃"是不一样的"吃"，是多少有些趣味有些幽默感的吃食呢。假如作者跟画者不是同一个人，说出狐狸给葡萄"吃"，袋子上需要直接写上"肥料"两个字。如果是作者的构思或创意，作者就得提示画者：请在袋子上写上"肥料"。这个细节可能是你故事的一个组成部分，还是文字表达的，只是这文字要写在图里。后面说狐狸"保护"葡萄，大家仔细看图，狐狸抓了一条什么？虫子！这个图画的细节，如果也是作家的构

思，那你就要告诉画者：画"保护"的时候要画它用一个什么东西抓到虫。这个时候没有在文字上体现出来，但在构思的时候作者如果考虑到这样的内容，可以打个括号写下来告诉画者，告诉他这个解释，我不用文字写，但要画出来。作者、画者是一个人时，他其实也需要对图画和文字表达的内容做出分配和安排。《葡萄》的图文作者是一个人，显然表达上更自如更统一，"熏陶它"的画面就处理为狐狸自己在那里跳芭蕾舞，光放音乐不够！大家想象一下，小天鹅舞，猪八戒跳比较好玩，这里是狐狸在跳，借助形象的造型和整体的构图风格，画面表现出了作品特有的一种轻灵而清新的趣致。故事结构在这里是一个进阶同时也是循环的复述。"慢

慢地，它理解了让人费解的恒久忍耐"，这是高潮，哎哟，葡萄长大也需要一个过程。对想吃葡萄的狐狸来说是真不容易，要忍住吃的愿望不容易，特别符合孩子的心理，很有想象力，更有情趣。"终于终于"，这里的叠词，跟前边呼应了，"勤勤恳恳，勤勤恳恳"，还有破折号，连缀起片段性的、碎片性的语言。哎呀，真好啊！"一

颗也没剩下"，画面看心满意足的狐狸，看见它鼓起的肚子没？大家想，那么酸，至于都吃了吗，作品是想表达果实的甜美吧，心愿达成的喜悦，劳动的成果。我们在做儿童阅读实验的时候，也有孩子不满意，他们被过去的阅读经验训练，会说："哎呀，应该把动

物朋友都召集来，大家一起分享。"可能作者本意要表达，就想自己吃，享受自己劳动的成果。不知是不是这个意见比较强烈，这位作家创作了另一本以狐狸为主人公的作品，叫《烟花》，讲分享。一个人看烟花，一个人看有什么意思，还是大家一起看比较好。关于这部作品，除了我们刚刚印证的创作理论外，我最想告诉大家的是：每一个人都可以写。

比如说我，我尝试过创作，图画书研究久了也想试着创作。我跟汤素兰有一个同学任职于解放军文艺出版社，要出版纪念反法西斯战争胜利七十周年的绘本书系，让我们支持一下，我想着可以试一试，于是试着写了三本。

这三部习作，都是方卫平撰写的导读，我这里用了"习作"，用这个词是想让大家看我是怎么写的。我以前写的是文字的文本，而且我首先是一个图画书研究者，我从我的日本博士生那里学到了一个很好的模式。因为"小小豆豆"系列出版后，她曾经把其中一两个故事改成图画书，我改了两稿，一直在寻找合适的画家。我的"小小豆豆"系列改成图画书的时候运用了这个模式，我把"小小豆豆"的图画书"脚本"原文删了，留下页码，利用进行过页码切分的模式来写图画书作品。我把它称为脚本，黑色加粗字体的字是我准备以文字形式呈现的，也就是图画书上要印出来的文字，括号里的是我构思的，要画家画出来的画面内容。页码从一开始的时候就设计分配好了，我计划图画书作品为四十页，八的倍数，我会考虑好会有多少对页，对页和什么情景或场景有关系，怎样跟作品叙事节奏和戏剧化高潮有关系，跟图画构图方面的变化有关系，这都是设计上的考虑。比如，我把对页一开始就设定了，二到三页是，四到五页、六到七页也是，第八页就不是了，第九页也不是，然后第十、十一页是……大家可能觉得这样的写作不自由自在，模式化、技术化写作不可取，但是我就是这么做的，从日本经验来看，至少可能是图画书创作方法的一种。重点不是给大家看这个故事的内容包括图画呈现后作品品质的高下，我只是告诉大家我是如何完成的。我把能想到的所有故事内容，用括号的形式写出来，其中包含有比较多的细节或者我关于人物和故事的理解及构思。这里我举一个例子，《虎子的军团》这个故事，第二十二页、二十三页，因为作品要反映战争，基于主题

表现上的考虑，它要表现战争的场面，所以我设计对页画面的内容，会写上："道路上停着各种车，逃避战乱的人流，远处废弃的农田，凋敝的村舍……"这些说明文字，不会以图画书文字的形式出现在书中，但是它的场景描写，是故事内容方面的构思，是我完成的或者我和画者要在书中完成的，它会以图画的形式来呈现。这就是我们图画书构思写作的一种可能方式。比如说这里画面给出的文字是"卫兵哪里去了？"但我提供给画者的画面文字却是

"人群拥挤中，虎子发现卫兵不见了，大惊失色的他东张西望"。这确实没有写作的灵感迸发的那种快感体验。尽管如此，我还是要告诉大家，最早写在练习本上，这本图画书的草稿是什么样子。图画书创作的真正"牺牲"可能是在这儿，大家可能会觉得，已经不是在写文学作品，而是在写舞台剧的脚本或电影的分镜头剧本。大家看能不能接受或者在尝试中试一试，它确实是相关写作方法的一种。还有这里，"轰！"，第三十页到三十一页的对页就这一个字，一个字加一个标点符号，但是我给画者的文字里补充写出故事："硝烟弥漫，断壁残垣，虎子扑向一个地方，妈妈也扑过去将孩子的身体护住"，这也是内容，我们不用文字而用图画表现的故事。

　　这就是从一个脚本（任务）变成一部文学作品的过程。我自己问过自己，这个是文学创作吗？我想告诉大家，在图画书创作的时候，我们要有一点清醒的认识，图画书可能就是这样的创作，因为时间的关系，我们没有办法重新画封面，而是从画面中截取制作的。我原来是想要画封面，时间来不及。画者是一对夫妇，美术学院毕业，业绩相对普通的从业者，并不是非常有名。像我

一样争取机会创作、资历相对较浅的年轻的作者，可能需要更多的创作或出版机会，完成初级的作品或者是尝试的作品，这是当前的现实。我觉得中国有功力的画家不少，但可能没有创作图画书的热情和兴趣。这两位的领悟力还不错，我多次在教室里和大家分享，他们至少没有打算把作品画成连环画。而我觉得假如作品写上"陈晖／文"时，恐怕也要顾虑到自己三十年的儿童文学工作经历，总不能太让人失望。作品的扉页选择了素色，考虑战争题材的严肃与肃穆。这是书名页——献给中国抗战中保家卫国的无名英雄。第一句，"虎子的爸爸是个军人"，我给画者提供的文字是："小城镇。小院落。温馨可爱的家庭。妈妈是受过教育的家庭妇女，美丽贤淑的模样。有民国范儿。爸爸的形象英武而朴实。男孩5岁，虎头虎脑。爸爸居家便服，照片或其他因素提示军人身份。""爷爷是木匠，所以爸爸会做木头玩具，虎子有好多好多的玩具"，"战争爆发，全国抗战，爸爸接到了上战场的命令"，"出发前一晚……"，"给你！"这里说一下，当时出版社的社长建议

陈　晖

会做木头玩具，虎子有好多好多……

战争爆发　全国抗战　爸爸接到了上战场的命令，出发前一晚……

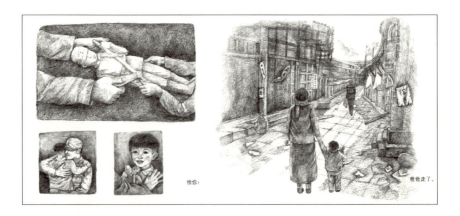

给你!

爸爸走了。

的就是在"出发前一晚"后面加一句"小屋的灯亮了一夜",但是方卫平认为:"第一,放不下;第二,小屋的灯亮了一夜,画面里看得见。"社长的理由是,后一页写着"给你","出发前一晚"怎么就翻过来一页就直接"给你"了呢。好在他没有坚持。再下一页,"爸爸走了——",爸爸走前给儿子的是一个木头的兵士。我的学生看见就说:"老师是不是用了《小锡兵》的概念?"其实还真不是,因为安徒生的《小锡兵》是国外的玩意儿。我小时候有很多木头玩具,我们小时候就有木头手枪、木头鸡鸭等小玩具,木头兵是因为这部作品肯定要跟军事、保家卫国有关。这里要注意文字的延伸性,"爸爸走了——",前后画面是独立的,也是要延续下去的,"留下木头兵士保护虎子",那么怎么保护虎子?陪伴,站岗放哨。这里为什么不是面对他,而是背对虎子呢?大家想,面对他是陪伴,背对他是保卫,抵御外侮。我为什么要这么写,是想写各种情况下的孩子,孤独的、不安的、紧张的、害怕的,看着或拿着兵士,或心里想着有这个兵士,爸爸留下的兵士,画出这样有细节的场景。战争期间很少能有信来,这里有标语,邮递员经过,很少能有信,

留下卫兵保护虎子。

没说不能有信来，因为我下面有跟通信方面有关的情节。"好长一段时间没有他的消息，突然有一天"，翻页，大家想会怎么样，"一封电报"，来了一封电报的"来了"都省了，图画书可以这么使用文字。"爸爸负了重伤，在临近战地的医院"，"我们去找爸爸"，"路途遥远，尽量多带食物和衣服"，你说这一个对页能不能节省？跟故事的节奏有关系，图画书叙事需要过程，节奏必须有张有弛、有舒有缓、有急有促，它需要有铺陈性的内容表现。带上食物和衣服，是妈妈会考虑的；男孩记得的是卫兵，保卫他的，更重要

好长一段时间没有他的消息。突然有一天——

我们去找爸爸；路途遥远，要尽量多带一些食物、衣服。

的是爸爸留下的，可见这个卫兵在前面一段时间成为了孩子内心的依靠，"汽车走走停停，一天又一天"，我研修图画书的学生们最喜欢这样的句子，"这种句子很有文学性，老师要多用这样的句子哦"，我被他们影响，这样的句子好，在专业读者看来很

文学，那我后来就再用一句。"走走停停"下一页，文字有提示，"桥梁塌陷，道路中断"。我继续写战争的破坏场面，"敌人的飞机来了，轰炸，一轮又一轮"，跟刚刚那个"走走停停"，不仅文学化，还营造了一种节奏感。"卫兵哪里去了？"准备写戏剧高潮了，"轰！"就一个字，还有感叹号，虎子去找卫兵，炸弹落下，危急时刻，妈妈去保护他，这是作品的高潮。下一页，两个

转折，第一个"虎子和妈妈没有受伤"，有读者告诉我这里他们好紧张，到底怎么了？他们没有受伤。为什么没有受伤？是给孩子的绘本，需要相对圆满的故事。第二个转折，卫兵受伤了，它是有生命的，它的腿断了，可它手里的枪没有折断，这里有隐喻，有意象，关联主题。"终于到了医院，爸爸一天天好起来"，他们去的目的是照顾爸爸，爸爸的腿断了，卫兵的腿也断了，爸爸一天天在好起来，虎子有特别的事情在做，他在修复他的卫兵。他修复卫兵的腿，心里也装着爸爸，所以是"一起康复出院"，卫兵和爸爸一起出院。我的儿子是个"90 后"，他最喜欢这个"一

终于到了医院。

爸爸一天天好起来。

一起康复出院。

我们回家吧，爸爸要抱你一个——

起"，说这个"一起"很有意思，很专业地建议说，给作品设计阅读方案，可以问读者这个问题，"一起"是什么意思。在作品即将结束时的这两句文字，我是用心想了的："我们回家吧，爸爸要给你一个……"爸爸的允诺里边有一层深的含义。他因伤离开战场，大反攻即将赢来胜利，他只得离开战场，他不能忘记曾经付出了鲜血也尽到了责任的战场，他回家，他要给他儿子的，不仅是一个父亲要给儿子的爱，他也是圆自己战地反攻的梦，所以不是更多的兵士，而是"战地军团"。爸爸回家，一个伤残军人，回复到往昔的生活中，每天在家，前文交代爸爸会做木头玩具，这儿就呼应了前面的铺垫。或者我们可以想象，孩子的妈妈告诉过他，儿子那么喜欢木头兵士，为了找回木头兵，这孩子还差一点丧生于炮火，他也看见过虎子修复卫兵。于是，这个结局，

对爸爸也好，对孩子也好，都是合情合理的，包含心理的抚慰、情感的寄托。这么构思与解说，当然是因为我是一个儿童文学专业的研究者和作者，实验写作会努力想赋予作品一些象征、隐喻，表现军人的家国情怀。我明白节制的需要，我的文字尽可能少，最后一页怎么办呢？这套书的主题是纪念抗战胜利，于是结尾构思是一幅无文的图画，一个老人在看一个当代的孩子玩一地的木头兵玩具。文字没有说，需要读者自己解读，这个老人是谁？虎子。孩子是谁？他的孙子或重孙。在作品出版的过程中，有一位资深编辑，也是一个图画书作家，建议为了让作品紧凑，拿掉前面有关虎子的木匠爷爷的片段，说不影响故事骨干，后来这个人物没有再出现。我不同意，虎子的木头兵，爸爸做木头兵玩具，与爷爷有关，中国人的家与国是休戚相关的，家国一体的。战争与和平中的爱国卫国情感，虎子家一代代传承下来。这就是我的图画书作品。

　　基于图画书的构思特点，文化和乡土都是适合的题材，我们湖湘的楚文化，少数民族的风土民情，湖湘大地的风情，可以在山川、城镇、街市的背景展开故事，会有很多特别好的元素适合绘画表现。民族的就是世界的。可是地域的有特色的才是中国的，我因此想将讲的内容归结到这一点上。我们写乡间和民间，过去和现在的儿童生活，都可以在湖湘文化、风情、景象中展开。

第六篇　　出版产业链中的儿童文学

孙建江

　　作家、文学理论家，出版社编审。浙江师范大学、浙江工商大学、云南大学兼职教授、客座教授，中国作家协会会员，浙江省作家协会儿童文学委员会主任，中国寓言文学研究会副会长。著有《20世纪中国儿童文学导论》等论著10余种，《美食家狩猎》等作品集30余种。有论著和作品翻译成英、日、韩等文字。曾获中国图书奖、国家图书奖提名奖、全国优秀儿童文学奖等国家和全国性奖项30余次。

我准备讲一讲出版产业链中的儿童文学，我的工作性质和爱好正好可以把这一块结合起来，我想给大家提供一种新的视角。因为是出版产业，这中间涉及的一些数据我会尽可能把它简化，加强一下文本分析、个案分析。

出版产业链有四个环节，即作者与作品、编辑与出版、发行与销售、购买与阅读。只有完成了这四个环节，出版产业链才能真正完成。我们的作家创作，如果没有到最后的购买阅读，从产业链来说是不完整的。就作家而言，如果你的作品没有经过市场的检验、读者的检验，我相信你这个作品也无所谓好或者坏。对作家而言，它就是考验作家的作品是否受到读者的欢迎，这个是非常重要的。

我想分几大块，一个是讲出版的大背景。讲大背景之前，我要引入几个概念。

一个是开卷数据，一个是零售市场。在出版社工作的朋友，对这个肯定是不陌生。但是对于纯创作者来说，就对开卷数据不太熟悉。开卷数据是由北京开卷信息技术有限公司提供的中文图书市场零售数据。实际上该公司创办于 1998 年，它最开始公布数据是 1998 年下半年，如果从一个完整年来说，1999 年，它开始提供全面的数据。像这样的第三方书面的数据提供商在国内也有几家，比如说上海的东方数据、深圳的前瞻数据。这些数据各有特点，东方数据主要集中于出版和发行，前瞻数据可能更综合一点，还有综述的一些数据。就这些数据来讲，采用率最高的还是我们讲的北京开卷数据。在出版社工作的朋友都知道，开卷数据是有偿服务的，基本上是定制的。每个出版社都需要购买。但是市面上还是不太容易看到，大家看到的数据可能就是前几年、前十年的。里面的详细数据是需要另行约定的。

还有一个是零售市场。这实际上是讲我们的图书到了出版的终端市场，读者经过了真正的购买。它不同于批发，像一级批发、二级批发，你一下就买了一大批，但实际上最后没有卖出，没有销售，它最后还是回到了出版社。只有真正的零售才是卖给了读者，才是真正意义上的消费。这就是我现在要说的一些数据。

现在我们出版产业零售市场的总规模有500个亿。2012年的地面店占了360个亿，网店是140个亿。2013年的情况大致相仿，网店略有提升，地面店略有下降。2014年，整个出版产业销售规模到了540个亿。网店销售增加得比较快，将近200个亿。今天早上我查了一下国家新闻出版广电总局刚刚发布的数据。我给大家通报一下2014年的新闻出版产业分析报告，出版产业的营业收入是19967.1亿，就是将近2万个亿的营业收入，总利润是1567.3亿，差不多就是1500个亿。这是最新的数据，也是官方的数据。这是实际上的规模，那么它的出书量呢，一年通常在40万种左右，今年是44.8万种左右。这是我们整个出版产业的规模。

现在给大家介绍一下出版业发展的态势。这个主要是来自开卷数据，不一定全部讲，但我给大家主要介绍几个数据。

1999—2014 年全国图书零售市场分类销售占比统计

统计单位：%；数据来源：开卷

年份	科技	社科	文艺	教辅教材	语言	少儿	生活休闲	综合图书	合计
1999	21.46	18.88	17.87	16.64	10.73	8.72	5.40	0.30	100.00
2000	22.27	19.12	16.03	16.74	10.92	9.27	5.45	0.20	100.00
2001	19.21	20.57	15.32	18.62	11.27	9.35	5.51	0.15	100.00
2002	17.30	21.09	15.01	20.03	11.67	8.89	5.88	0.13	100.00
2003	17.07	20.58	15.22	20.89	10.86	8.90	6.37	0.11	100.00
2004	16.36	20.63	15.47	21.13	10.35	9.30	6.61	0.15	100.00
2005	15.88	20.71	15.44	20.54	10.30	10.18	6.83	0.09	100.00
2006	14.90	22.11	15.59	19.90	9.85	10.39	7.15	0.11	100.00
2007	13.81	22.92	14.95	19.27	10.04	11.63	7.31	0.07	100.00
2008	13.08	20.97	15.52	20.14	10.19	12.07	7.93	0.08	100.00
2009	12.16	20.96	15.71	20.81	9.34	12.67	8.06	0.29	100.00
2010	10.86	20.40	16.11	22.01	8.86	13.77	7.42	0.11	100.00
2011	10.25	20.43	16.44	23.38	8.34	14.46	6.55	0.15	100.00
2012	9.10	19.14	17.40	24.13	8.34	15.29	6.38	0.13	100.00
2013	8.01	18.22	17.47	25.19	8.25	16.54	6.02	0.11	100.00
2014	7.40	17.97	18.27	25.49	7.35	17.65	5.47	0.11	100.00

　　1999 年，开卷数据刚刚有全年统计数据，少儿类占 8.72%。同年科技类图书占比是最高的，是 21.46%。社科类是 18.88%，文艺类是 17.87%，教辅类是 16.64%。从这个里面可以看到少儿类是最弱的三家之一了。2014 年，科技类降到现在的 7.4%，社科、文艺类还是基本不变，而少儿类增长了一倍还多。基于这一点，少儿类成长是最快的，科技类掉的是最猛的，社科、文艺类基本上是持平。

　　少儿类 2012 年快速增长，2013 年略增长，2014 年是比较高。少儿类连续一两年全是正增长，而且增长得非常稳健。社科类 2012、2013 年是负增长，科技类成了最差的板块。从 1999 年开始，

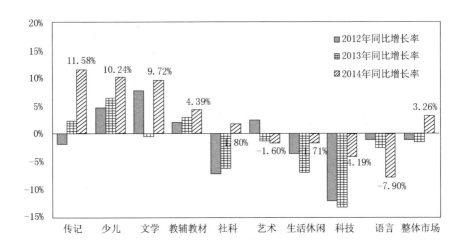

少儿类一直非常稳健，2003 年和 2004 年虽略有点迟缓，但都是一直在增长。2006 年少儿类的增幅是 12.96%，整个书业是 10.33%，也就是说 2006 年它的增幅是高于整个书业的平均值的。再跳到 2014 年，整个书业的增幅是 1.46%，而少儿类的增幅是 10.24%，2012 年、2013 年一起整个书业都是负增长，唯独少儿类是正增长，也可以说少儿类有力地拉动了整个书业的增长，或者说将整个书业的负增长值拉小了一点。2008 年是整个数据的分水岭，这一年是金融危机，而 2002 年图书整体销售就首次进入负增长时代。

2014 年在中国最受欢迎的 10 本书，或者说，读者最多的 10 本书中，领袖习近平的《之江新语》排在第 2，张嘉佳的《从你的全世界路过》排在第 6，《百年孤独》排在第 7，《追风筝的人》排在第 8。只有这 4 本是成人的，其他 6 本都是少儿读物。而且这 6 本少儿读物都是儿童文学作品，所以你可以看出少儿读物的影响力，即儿童文学的影响力有多么的大。这 6 本里面有 1 本是引进的，其余 5 本全是中国作家原创的。

以下是少儿图书细分市场表，可以看出儿童文学在少儿图书板块所占的位置。

1999—2014 年少儿图书细分类别占比（％）

分类／年份	少儿文学	少儿科普百科	卡通／漫画／绘本	低幼启蒙	游戏益智	少儿艺术	幼儿园教材	卡片挂图	少儿英语	少儿国学经典	青少年心理自助
1999	25.76	24.08	11.65	10.39	7.17	7.07	5.04	2.59	2.29	2.28	1.66
2000	28.35	21.39	12.19	8.97	8.63	6.64	3.85	2.58	2.90	3.04	1.47
2001	29.44	20.48	11.71	9.49	9.61	5.47	3.90	2.53	3.04	3.27	1.05
2002	32.37	17.52	11.77	9.90	8.51	5.52	3.27	2.22	4.26	3.58	1.07
2003	38.28	15.05	11.27	8.99	7.16	5.66	3.03	1.73	4.12	3.35	1.37
2004	36.82	14.09	11.76	8.91	7.38	5.25	2.98	1.81	4.20	4.26	2.53
2005	40.52	12.58	9.92	8.88	7.59	4.33	3.04	2.07	3.72	4.33	3.02
2006	39.87	14.39	9.97	8.25	8.15	4.17	2.47	2.32	3.72	4.00	2.70
2007	40.91	12.24	12.77	7.22	8.37	3.81	2.66	2.21	3.54	3.55	2.72
2008	40.27	12.62	12.40	7.54	8.76	3.66	2.43	2.33	4.31	3.29	2.39
2009	40.12	12.75	12.52	7.09	8.97	3.57	3.10	2.65	3.70	3.47	2.04
2010	40.94	12.79	11.52	6.59	10.68	3.32	2.75	2.59	3.46	3.40	1.97
2011	41.90	12.51	11.13	6.70	11.41	3.28	3.07	2.37	2.99	3.00	1.64
2012	43.66	11.85	11.83	6.41	11.39	3.26	2.63	2.53	2.50	2.45	1.51
2013	43.28	12.67	12.82	6.31	10.09	3.09	3.40	2.37	2.11	2.21	1.67
2014	43.84	13.29	13.16	5.72	9.50	2.95	3.42	2.24	1.80	2.16	1.92

从 1999 年以来，儿童文学正好占 1/4，跟少儿百科差不多，其他细分板块稍微弱点。2014 年，少儿科普百科已经到了 13.29%，卡通漫画 13.29%，少儿文学 43.84%。所以少儿文学的板块优势突出，其中最高的一次是 2014 年 7 月，占到 50.12%，就是完完整整占了半壁江山。

2015年7月，由中宣部和中国作协联合主办在北京召开了"全国儿童文学创作出版座谈会"，据称是新中国成立以来最高规格的儿童文学会议，总共有160人参会，有130个作家和评论家，30个出版人。主持人是中国作家协会书记处的书记钱小芊，会议结束时有中宣部的副部长庹震、中国作家协会的主席铁凝，然后有国家新闻出版广电总局的副局长吴尚之讲话。钱小芊说："我们现在开会的会场就是具有历史意义的第十一届三中全会开会的地方，在这样的会场开会，足以说明政府对这个儿童文学的重视程度。所以现在可以说是史上对儿童文学最重视的时期。从来都没有过，市场如此之好，国家政府如此之关心，儿童文学作家真是迎来了一个春天啊！"铁凝也说，在她的印象中，尤其是近些年来，所有的成人文学会议，或者说长篇小说、中篇小说、诗歌散文都没有像儿童文学这样被政府所重视。相信之后会有一大批对儿童文学倾向的扶持政策，包括以后的重点项目立项和评奖，儿童文学作品比重会大大地加强。这是领导在会场讲的，不是我讲的。所以儿童文学的春天到了，又一个春天。我觉得从事儿童文学创作的作家现在真的要感到幸运，要感到幸福了。因为原来或许重视，但绝对没有现在这么重视，政府提倡，市场又好。我所见过的几位成人文学作家，他们的书，除了顶级的几位可以卖到十几万，其他作家，可以卖到两三万都是好的。但是儿童文学作家里面，作品印到几十万，甚至上百万已不是一位两位了。

再谈一下儿童文学的出版为何如此之好。这主要有三方面的原因，一个是国家素质教育推行，一个是市场化的推进，一个是作家的努力和付出。

素质教育是非常重要。它是基石,没有国家层面的推进,想儿童文学的发展如此的好,是不太可能的。《关于教育体制改革的决定》发表于 1985 年,《中国教育改革和发展纲要》发表于 1993 年,《关于当前积极推进中小学实施素质教育的若干意见》发表于 1997 年,《关于推进素质教育调整中小学教育教学内容、加强教学过程管理的意见》发表于 1998 年。国家层面没有这样的政策出台,我们的具体的各个省市的教育职能部门,如何推进我们的工作?正是因为这些政策的出台,国家层面的引导,才使得我们的教育部门有了具体的抓手,因为有了这样的具体抓手,我们的儿童的阅读的具体空间才有拓展。如果在全是应试教育的环境下,大家试着想一想,儿童阅读有空间吗?儿童文学跟高考的关系不是很大,类似于一种闲书,就是不为我们的老师、家长、教育部门所认可的。有了这些政策的出台,儿童文学阅读才得到了一些拓展。当然,还存在很多问题。越小的孩子对儿童文学的阅读环境越放松,到了初中,由于要中考,时间就紧了。到了高中,由于要高考,时间就更紧张了。低年龄段,小学时期是最好的阅读时期,所以我们的作家进校园也好,阅读推广也好,最大的群体是在小学这一段。这是中国现今面临的问题,又是在不同区段呈现不同的阅读方式的问题。进入大学以后,韩寒、郭敬明等作家的青春文学作品非常流行。青春文学的读者基本是十八九岁,大学一、二年级,或者是刚刚考完试的高中生。现在的中国教育体制,考入大学后,很少有毕不了业的。青春文学阅读人群就集中在这一段。所以说现在的高中段和初中高段,也就是我们说的少儿读物的顶端那一块比较难做。很多作家的作品都集中到

偏低年龄阶段，而且一些作家的作品，本应是给比较高的年龄段
看的，因为低年龄阶段的阅读效果好，就往低年龄阶段读者发展。
这就是我们现在面临的问题，反过来也可以说素质教育的推行有
许多成功的地方，也有许多不足的地方。

第二，市场化的推进。儿童文学为什么会这么好，儿童文学的
出版发展得这么好，几乎很少有人从这个话题去切入，去探讨。因
为好像谈到这个问题就不崇高了，不高尚了。其实这是产业的一个
自然的形态，就是说这些东西的存在，跟你的创作和你创作品质的
高下在于你如何去看待两者的关系。如果你正确处理两者的关系，
那你的创作品质自然会高。如果你处理不好，你自然会被市场牵着
鼻子走，成为市场的奴隶。我觉得这还是由我们作家本身的高度决
定的。市场化的推进主要是三块，一个是版权意识，也就是作者的
权利意识；一个是稿酬意识，也就是版税意识；一个是销量意识。
这几块看上去都有点关联，其实各有侧重。最核心的是它涉及竞争
主体，就是作家的创作被保护，知识产权被重视对于作家来说是非
常重要的。因为你对作家作品的保护可能比你给他钱还重要。这就
是你尊重他的劳动，尊重他的创作。在过去，作家的创作连署名都
不署，现在这个现象基本上没有了。第二个是版税。你读者越多，
说明你的作品越受欢迎。版税是对你辛苦的付出的肯定，稿酬高，
说明你作品在市场上受欢迎，受欢迎说明你读者多，读者多说明你
影响力大。图书销量能检验你的作品有多少读者。从前的作家基本
不管图书销量。现在很少有作家完全不管读者，不顾读者存在。有
读者的存在，他可以验证、校正或者直接反馈给你，你的作品是不
是被读者所接受或被读者所认可。不是说他的读者多，他的这个作

品就好。但是有些非常好的作品也很受读者认可。读者检验对作家的创作其实是非常重要的，我一直是这样的观点，就是市场化的推进给中国的作家带来了以前或者说二三十年前从未有过的体验。原来的著作权是你的或者说又不属于你，现在谁侵我权的，我一定要跟他打场官司，这个就是市场化带来的效果。

第三，作家努力付出。首先是童年观的确立。童年观就是以童年为立足点的文化观。中国儿童观确立即儿童本位意识的确立是非常艰难的一个过程。从上世纪初开始，周作人就专门提出一个儿童本位论，他是史上第一位提出儿童本位论的杰出前辈。周氏兄弟这样的前瞻性人物是极其少见的。到了上世纪的五十年代，陈伯吹提出了童心说，以儿童的眼睛去看，以儿童的耳朵去听，蹲下和儿童说话。他这个观点被提出来以后就被批斗，连他自己到了上世纪七八十年代都不敢提，反而自己检讨自己，深刻批判自己，说是资产阶级的思想，抽离了唯物论，等等。到了上世纪八十年代，新时期是一个非常特殊的年代。我们现在最活跃的一批儿童文学作家是在六十岁上下的，如曹文轩、秦文君等。我们回过头来看，那个时候，在上世纪八十年代初期，他们也就是三四十岁。再往前走，"文革"是 1966 年爆发的，曹文轩是 1954 年出生的，"文革"爆发的时候他 12 岁，秦文君也是 1954 年出生的，"文革"爆发的时候她 12 岁。"文革"是十年，12 岁到 22 岁，换句话说，他们的青少年时代都是在"文革"时期度过的。当然，还有一些作家还要更小一点，像常新港，1957年出生的，"文革"爆发的时候他才 9 岁。方卫平 1961 年出生的，"文革"爆发的时候他才 5 岁。班马是 1951 年出生的，"文革"爆发的时候他 15 岁。这么一批重要的作家或评论家，他们的青少年完全是在"文革"中度过的。他们在上世纪八十年代新时期创作的作品绝大部分是少年小说，是对"文革"的控诉，是对个性的宣扬。我要的就是这份凝重，这份厚重，这份对时代的控诉，这份对过去年代的反省。你说要他写得很轻松，不可能。这是时代决定的。这就是为什么当初有一批探索意味的文学作品，比如班马的《鱼幻》非常深刻，也很难解读。上世纪八十年代风起云涌，许多作家的作品、多少理论家的观点都是在那个时代迸发出来的。像上世纪八十年代末进入学术界的理论家，上世纪九十年代出成果，基本上每个人写的书在自己的领域都是第一的。像方卫平写的《中国儿童文学理论批评史》（1993 年出版），汤锐的《现代儿童文学本体论》（1995 年出版），我的《二十世纪中国儿童文学导论》（1995 年出版）。当年湖南少年儿童出版社组织出版的一套"世界儿童文学研究丛书"，一共 9 部。1992 年，湖南少年儿童出版社在张家界开笔会，要求 1998 年写完，1999 年出版。我不懂意大利文，但是我要参与编写的是《意大利儿童文学概述》，现在想来真是初生牛犊不怕虎。后来我跟编辑说，我不行，我要退出这套书的写作，当时这套书的编辑刘杰英先生就狠狠地训了我一顿，说这个选题都列了，领导高度重视，你赔得起这么多吗？怎么办呢，我只能硬着头皮写啊。那个时代，你每做一个事情都是你的创造，包括理论创作也是一样。像曹文轩、秦文君、陈丹燕、程玮、班马、常新港，现在都是这个领域的走在最前面的人物。在"文革"特殊的情况下写的作品，大家回头去看，会很清晰地看到中国儿童文学演进的过程。

上世纪九十年代以后，市场化快速推进。市场化有诸多负面的东西，我们要一分为二地来讲。但是，我一直强调的还是一个市场观的问题。你是怎么来看待这个问题的，你是跟随、尾随，还是主动地介入、积极地引导。这个是非常关键的。到了上世纪九十年代，"文革"场已经消解了，市场进来了，经济的大餐进来了。作家面临一个全新的世界，他要面对读者，还要面对市场的反馈。原来，我们没有像现在有量化的指标衡量。现在随着市场化，对数据的统计使量化的指标出现了。在这个过程中，作家和理论家，也在调试我们对儿童文学走向的把握。我一直在调试本位与泛本位的问题，就是儿童本位中有一块泛本位。这两块东西都是我们需要的，有些可能是非本位的，有些可能不是特别地具有儿童性，但也是需要的。当然作为一个具体的个体的作家，你要自己来选择。进入了市场化之后每个人都有自己的选择。市场化的过程中也磨砺了作家的文字。你的书写，你对市场和读者的反应，是需要慢慢调试整个状态的。儿童本位的意识慢慢又回到了一个正常的状态。只有在一个相对宽松、相对自由，可以表达自己意愿诉求的环境下才能冷静而科学地面对我们这个世界，才会真正地分析儿童作品，判断哪些作品的儿童观是比较好的。

任溶溶老先生已经93岁了。现在他还健在，住在上海。任溶溶是天生的儿童文学作家，是一个儿童文学大家。我一直坚持的一个观点是，没有后天的努力成不了儿童文学作家；如果仅仅有后天的努力没有天生的儿童文学作家气质，永远不可能成为儿童文学大家。任溶溶说他自己天生就是为儿童服务的，天生就是为儿童写东西的。一个儿童文学工作者对儿童文学的写作，除了有一种使命感，更多的是一种本能的需求，一种本能的宣泄。因为在儿童文学写作中，他得到了快感，得到了幸福。这是很多普通作者很难体会到的。

任溶溶深谙世界经典儿童文学,他懂英、意、俄、日四国文字。中国的儿童文学翻译作家里有两位是大师级的人物,一位是叶君健,已经过世了,他主要从事安徒生作品的翻译,还有一位是任溶溶,他的翻译作品量最大,凡他熟悉的语种里面他都会去翻译。我们现在知道的一些著名的外国儿童文学作家大师的名字,像安徒生、罗尔德·达尔等,都与任溶溶的名字紧密相连。甚至有些作家的作品是通过他的手首次引入中国。他翻译的作品太多了,数不胜数。这么一位具有儿童本位意识的先天儿童文学作家。他非常知道世界儿童文学的长处在什么地方,中国儿童文学最短缺的是什么。还有一位天才的儿童文学作家是张天翼。我在《二十世纪中国儿童文学导论》里面对两位都有分析,这两位是最具天才本质的作家。从广义上讲,两位都是热闹派,但是细看张天翼和任溶溶两位还是有区别的。张天翼的代表作是《大林和小林》,他的作品中更多的是讽刺,任溶溶的作品中更多的是幽默。张天翼的作品主要发表于上世纪三四十年代和新中国成立初期的五六十年代,任溶溶的创作是从上世纪五十年代开始。他的代表作是《没头脑和不高兴》,2010年他获了全国优秀儿童文学奖的诗集《我成了个隐身人》,这两部作品之间有六十年的跨度,而且现在他还在创作。童话《没头脑和不高兴》讲没头脑这个主人公做什么事情都是丢三落四的,他后来当了科学家,设计了一座300层的大楼。到了250层的时候,电梯坏了,到顶楼要背着干粮,爬一个月才能爬到。中国的幽默儿童文学,任溶溶绝对是一个重要的人物。"热闹派童话"这个词,还是1982年任溶溶在文化部召开的一个儿童文学讲习班里提出来的,他说国外的童话有一种叫热闹派。任溶溶喜欢词语功能的创造性,比如说大和小、胖和瘦、高和矮、少和多、新和旧等。还有对叠词、谐音字、绕口令的音乐性展示，你看：《我牙，牙，牙疼》，这是他一首诗歌的标题。再如《这首诗写的是"我"，其实说的是他》《请你用我请你猜的东西猜一样东西》，这完全是绕口令。小孩子最喜欢的就是这种东西，绕来绕去的。还有一种对汉字视觉美的构筑，《大王，大王，大王，大王》、《大大大和小小小历险记》。我跟他有将近三十年的忘年交了。他给我稿件的时候，每次还会这样说，"这个标题请你一定要帮我这样排出来啊"。他为什么要关注这个形式呢？这是有原因的。

中国儿童文学最缺少的东西就是 nonsense（有意味的没意思），任溶溶深谙世界儿童文学的精华，深知最经典的儿童文学最吸引人的东西是什么。我们很多的儿童文学作家，不能体会到里面的意蕴和意味。这样的人要做一个真正的儿童文学作家，我是要打一个问号的。我希望没有这种意识的人补补课，多看一些外国的经典的儿童文学作品。只有你有这样的思想，这样的理念，你的作品才会本能地流露出对儿童文学的亲切感和对应感。所以讲儿童本位的确立是非常艰难的。有些人意识不到，有些是因为他的水平，有些是因为他根本就没有这个意识，有些是因为他固有的成人观。儿童本位意识不是说你想有就有的。有些人天生就有，而儿童文学作家你是必须要有，否则你怎么为儿童创作呢？所以有些东西你写出来，好像也有思想，也有品质，但就是没人看，我觉得写得很好啊，你看，思想性、文化性很深刻，什么大道理都有了，但是把儿童就丢到一边去了。为什么呢，就是因为没有儿童观、没有儿童本位意识。我觉得这个是中国儿童文学作家尤其要注意的。

有些人说这个 *nonsense* 有意思吗，这不单单是有意思，只是大人觉得没意思，儿童觉得非常有意思。这就是儿童文学作家和成人文学作家的一个重要区别。2005 年，安徒生诞辰 200 周年的时候，香港教育学院和香港教育研究所举办了"想象的飞翔"的教育研讨会，内地请了任溶溶先生和我，台湾请了陈卫平先生，香港请了霍玉英女士。那次我们去广东、深圳，然后才去香港，正好是我陪着任溶溶老先生。当时老先生 83 岁了，他跟我说这是他最后一次出远门。然后，我们到了广州，班马来看我们。我们当着老先生的面说："任先生，您好像不应该出现在中国呢。"他听完后哈哈大笑。像他这样天才的，这么大师级别的，讲究 *nonsense*，对儿童的形式、儿童的意味，对儿童有独特理解的人，在中国实在是太少太少了。任溶溶的存在，在中国是一个很独特的现象。在长达六十年的写作过程中，他有自己亲身的创作实践和大量的优秀翻译作品的实践。在中国，对任溶溶这样的人多一点认可度是中国儿童文学之幸。

2013 年他出版了最新的童诗集《我成了个隐形人》。

这本书里面有一首《写字桌》：我在写字桌上写东西 / 孙子多多到桌子边上画小鸡 / 他跪在凳子上画得入了迷 / 我把桌子让给他三分之一……

还有《狗叫》：难道对门家养狗？ / 我忍不住往外瞅瞅。 / 不，不， / 养狗的只一家， / 其他叫的， / 是小朋友。……

如果碰到了这样的事情，成人诗人不会太在意。但是作为一个儿童诗人，你看他的关注点在什么地方？不是人学狗，而是狗在看人。真正有童心的人才能发现生活的奥妙，才能跟儿童融合在一起。只有小朋友才会想，哎呀，怎么是狗听人叫，不是人学狗。

大楼掉下一个蛋

任溶溶

在二十层的高楼顶，
鸽子妈妈在大叫：

"不好了！不好了！
我的宝贝鸽蛋落下去了！"

十九、十八、十七、十六、十五、十四……
蛋嘟噜噜一直往下掉；

十三、十二、十一、十、九、八……
小鸽子怎么出了蛋壳在伸脚？

七、六、五、四、三、二
一楼小鸽子可没有到——

它已经会飞，
飞回楼顶和妈妈拥抱。

这首诗非常绝妙，最绝妙的是在最后两句。最后两句话出来以后，整首诗完全峰回路转，在这样的一个悬念之中，我们体会到了母亲对孩子的那份记挂，那份温暖。母亲对孩子的记挂完全融入在诗歌里面。大师的写作往往是不经意的。

任溶溶从上个世纪五十年代开始创作，作品《爸爸的老师》选入了小学课本。他创作了一系列优秀作品，但创作的量不多，主要集中在翻译成就上。他抵达的高度鲜有人与之齐肩。因为他又创作又翻译，大家重点都会放在他的翻译成就上，有意或无意忽略了他的创作对中国儿童文学的巨大贡献。

我相信能够意识到任溶溶的重要性和他的重要贡献的人是有的，但是不多。也许在十年、二十年后，大家对他的认同不会像我们现在这样，而是认为任溶溶老师就是一个大家，是最优秀的儿童文学作家中最重要的一个。任溶溶的创作绝对是超前的，他的儿童观已经远远超前同辈的人，甚至超过诸多后辈儿童文学作家，包括我们在座的年轻一辈。像这样一位九十多岁高龄的老作家，他是独步前行走在前面的。他的同时代里，有多少人理解他，他的后一时代里，有一部分人理解他，但是很多人还并不理解他。他是土生土长的中国人，也是受过"四书五经"熏陶出来的中国人，也是在中国传统文化的熏陶下走过来的。我相信，再过若干年，他作品的意义和价值一定会被更多人所认同。

我们再从出版市场的角度来讨论。我想说说三套书，一套是江苏少年儿童出版社出版的"中华当代长篇少年小说创作丛书"，一套是浙江少年儿童出版社出版的"中国幽默儿童文学创作丛书"，一套是二十一世纪出版社出版的"大幻想文学丛书"。创作和出版的关系是一个非常复杂且微妙的关系，很多时候出版只是创作的一种呈现，绝大部分时候作家的创作成果交由出版社出版而已。这个时候出版是被动的，但有的时候出版又会显示出强大的引领性和主导性，它可以有效地聚合起充沛的创作资源，集中呈现将要出现而未出现的创作景观和潮流。出版行为比如选题、内容、愿景本身很有意义，但对创作并不起什么实际的作用，有的时候出版行为本身并没有伴随着口号和宣言，但实际上促进了创作的繁荣。有些出版社提出一些口号，但跟实际是脱钩的。有的时候你什么口号也没提，你就默默地做了一本书、一套书，但这套书正好是社会需要或市场需要的时候，它就会成为你对创作的贡献，所以创作跟出版的关系非常微妙。要把握这种微妙是不容易的，只有你对出版、对创作这两个行业都非常了解的情况下，你才有可能在这样的高度提出选题，正好是将要出现的东西被你发现了，被你捕捉到了，而且这个选题是可以完成的，可以实现的，这就是我们讲的出版的意义所在。

从现在的眼光看，"中华当代长篇少年小说创作丛书"一点也不稀奇，它就是长篇小说结合在一起。但是我们把时间倒回到1989 年，倒回到二十五六年前，当时在出版行业还没有人做这样的书。它是第一套文体分类的书；这套书由江苏少年儿童出版社出版，一直出了 6 年时间，总共推出 18 种，这是上世纪九十年代中期之前规模最大的原创儿童文学丛书。在这之前，上世纪二十年代，商务印书馆出版了孙毓修编选的《童话》丛书，因为当时对童话的理解是凡是给儿童读的书，文学的、非文学的、原创的、翻译的、古代的、当代的、神话的、寓言的，全部都归在童话里，这也是当初非常有影响力的一套丛书。"中华当代长篇少年小说创作丛书"是一套以中青年作家为主体的中长篇原创丛书，除了有一两位年纪比较长，其他全都是中青年作者，他们现在都是我们最前沿的一些作家了。现在看来，这套丛书不怎么稀奇，关键是中青年为主体的原创，这点是不容忽视的，这是一种新的代际传承观念转变的标志。在那个时候，中青年作者，很少有人出过单行本，在当时提出这套丛书，给中青年作者每人出一本单行本，这个转念的改变是非常大的。正是有了这样的背景，中国当时一批最优秀的儿童文学作家的创作积极性爆发出来了。那个时代出书非常不容易，这套丛书对推动儿童文学创作的发展起了非常大的作用。在特定年代，不管你是大出版社还是小出版社，只要你能出版这样的书，所有的资源都能集中到一起。

第二套"中国幽默儿童文学创作丛书"是我做的书，这套书目前还在陆续出版。这应该是中国有史以来出版时间跨度最大的一套书。通常一套丛书的出版是几年时间，一般都不会超过十年，这个已经二十多年了。在当年，出这样的一套书是非常艰难的，最艰难的是要做幽默儿童文学这样一个品牌，首先碰到的问题是中国有没有幽默儿童文学作家。除了有些作家的创作有幽默特质，如任溶溶、孙幼军，当时很多人根本就没有写过这样的作品，像汤素兰当时才大学毕业。好在当时我相信一批人能写出这样的作品。比如说董宏猷，他写的是非常凝重的东西。当时我请他写幽默的东西，他非常直接地问，"怎么会叫到我？"我说，你肯定可以写。因为我们经常有交流，他很风趣，爱开玩笑，我了解他，也相信他。然后他就写了。他经常写到半夜三更，诗兴大发，打长途电话给我，说给你念一段啊。然后弄得我兴奋得整个晚上都睡不着觉，有时候又唱又跳，还吹口琴给我听。他的《胖叔叔》就是以他自己为原型的。汤素兰当初写《笨狼的故事》的时候，最早在《小学生导刊》刊出，刚好我看了一个台湾的征文启事，觉得她有希望。她就把笨狼的六个故事寄了过去，后来就得奖了。后来我做这套丛书，觉得她的《笨狼的故事》不错，就把它扩展为一个系列长篇放进了这套丛书里。现在汤素兰已经是知名作家了。杨红樱也是一样，我约她的时候，她还在成都的一个小学生的杂志上做编辑。我记得那时我们经常通电话讨论书稿。现在她是中国最畅销的作家之一。这套书，先是第一批以5本，后来第二批以12本呈平面地铺开，再到后来就是纵向地深入。比如汤素兰，我做过汤素兰的系列；周锐，我做过周锐的系列；任溶溶，我做过任溶溶的系列。后面我们出的书，都是后一种模式，那么到现在为止，这个品牌一直在做，一直在延续。做这套书，也有很多感慨，有很多故事在里面。刘健屏是一个很棒的出版人，他在1995年出版了"中华当代儿童文学理论丛书"，里面有方卫平的批评史，汤锐的本体论，韦苇的一本外国童话史，金燕玉的一本中国童话史，还有我的一本"二十世纪中国儿童文学导论"。我在梳理中国儿童文学整体状况的时候，发现幽默儿童文学非常缺乏。我想，如果有这样一套幽默儿童文学丛书，一方面对中国儿童文学结构是个弥补。第二个方面，我是一个出版人，我知道这类图书还有市场。这套书在1993年出版了第一批，第一批5本，但反响一般，因为当时整体的文学氛围还不够。1998年推出第二批12本时，就成气候了。但当时创作幽默文学的人才，也特别零散，这就需要你对学界和创作界的了解，把这些人东南西北地聚合起来，组合在一起。

　　1993年出版社没有进入市场，虽然我认为这套书非常好，但也就印了两次，印数也就两万套不到。当年，儿童文学是所有少儿出版门类里面最弱最不被看好的一个门类，我们出版社儿童文学编辑部是被社里取消的。往后来，就是出版社全部推向市场。我就把原来最开始的 5 本图书做到了 17 本。第二批 12 本的作者从任溶溶、孙幼军、高洪波一路下来到最年轻的杨红樱、汤素兰。书做出来以后，首先是正面的反响，积极的一面，获过许多许多奖，《笨狼的故事》获过中国作协全国优秀儿童文学奖，《胖叔叔》获了文化部蒲公英金奖等。这是最初反馈，没有统计数据。当然它的出版印数无法跟现在比，现在印数几万、几十万的已经有很多书了。比如说汤素兰的作品单本已经过百万了。

　　"中国幽默儿童文学创作丛书"从品质来讲质量来讲都是比较成功的，是一个比较有代表性的案例。我曾在韩国首尔一个会上讲儿童文学的发展，主要的核心观点是说艺术的儿童文学与大众的儿童文学是两种不同的类型，各有各的存在价值。艺术当然是更注重纵向的深入，大众的更注重横向的接收，其实两种是不同形态的。我认为最理想的儿童文学是既艺术又大众，既有品质又有市场，既让儿童喜欢，又让成人喜欢，既有横向的阅读效应，又有纵向的阅读接收能力，这样的作品才是我们一直要追求的。比如《小王子》《夏洛的网》等就是这样的作品。我一直坚守这个观点，也把这个观点融入到实际的出版过程中。因为工作比较独特的关系，我比其他的学者、儿童文学家多了作品在出版方面的思考。很多评论家一概不屑于市场，但有市场、畅销的作品就一定是差的作品吗？销量好的图书里面有一些是水平不怎么高的，这是事实，但是也有一些很有品质的作品。这就是说你对市场不要害怕，而是看你怎么去把握它。对于我们儿童文学作家来说也是一样的，你不要被市场牵着鼻子走，你要俯瞰这个市场，要有抱负，有雄心，有胸襟，有思想的高度才能打赢这场仗。我建议儿童文学作家要善于吸收学习，对于那些读者非常多的，你可以研究它为什么有这么多读者，你可以研究它的特点，然后再来把它吸收好，把你优秀的品质融进去。这才是真正的有担当的有抱负的儿童文学作家应该做的事情，我觉得很多人观念不对，心态也不对。你要有你的追求，你要跨越市场，这是我们应该确立的比较正确的写作态度。

接下来介绍第三套书，"大幻想文学丛书"，它对中国儿童文学的推动是非常重要的。这套书总共 15 本。"大幻想文学丛书"出现也有其背景，什么叫幻想？上世纪八十年代初就有学者在关注这个问题了，陈丹燕在 1982 年曾经发表过一篇论文《让生活扑进童话——西方现代童话创作的一个新倾向》，题目中的这个"生活"指的是现实生活。安徒生、格林的作品都是幻想世界。从上世纪五十年代开始，很多作品是在幻想世界里直接加上写实的成分。比如说《小王子》《指环王》等，这样的作品有一种非常新的童话创作元素。上世纪九十年代朱自强在日本留学期间以"小说童话"来论述日本这类强调"写实"性的幻想性作品。后来朱自强把这类幻想性的作品改称为"幻想小说"。此后，是班马、彭懿两位对这类作品的大力倡导、呼吁和举荐。班马把这类作品的艺术特色归纳为"小说—童话互融"，称之为"亦真亦幻"；彭懿则干脆把这类作品叫作 fantasy（幻想），或幻想文学。

在这个期间，J. K. 罗琳的《哈利·波特》2000 年出版，这套书和国外的大潮流很吻合。而幻想文学出现在中国的儿童文学中是迟早的事。但是在什么时候出现，这个我们谁都不能控制，这个时候我们出版的力量就显示出来了。

上世纪九十年代末，班马和彭懿两个人将一个策划的"幻想文学"的文案交给了二十一世纪出版社，曹文轩写的序。二十一世纪出版社果断地采纳了这个文案，为此还开了一个会，题目是"跨世纪幻想儿童小说研讨会"，为这套丛书造舆论热身。班马和彭懿在总序里面有这样一段话，我念给大家听听："我们不想掩饰这一场中国少年小说'世纪突破'艺术行动的成功性。我们更感念这一场中国少年小说作家'主力集结'的共识性。由此，我们也欣慰于这一场艺术嬗变发生在'1997年'的时机性。有的大事件不但必须要发生，而且常常发生得恰到好处。因此，我们还有幸于这一次由二十一世纪出版社召开'跨世纪中国少年小说研讨会'的历史时遇——这件大事最终发生得实在很精彩，遇合美妙，达成了我们的精彩配合。这件事情的做起，是长期准备和历史时机的结果。"刚才我们讲到了，这件大事是一定要发生的，关键是什么人来推动，在哪个时间节点推动。这样，出版的力量就显示出来了。试想没有出版社的参与，结果会是如何？如果没有出版社的参与，上世纪九十年代中国儿童文学界就不可能齐集性地出现一批幻想作品，我们今天的儿童文学就不是现在这个样子了。

所以在这个历史节点上，出版对创作的意义在此凸显了出来。我们作家的创作也是同样的一个道理。在某一时间节点上市场需要出现哪种类型、哪种品质的作品，其他人还没有发现，被你敏锐地捕捉到了，被你敏锐地意识到了，你创作了这样的作品，你就创造了历史。也许你有了品质，市场也未必认可，这些都没有关系，关键在于你有没有创作，有没有给这个社会、这个时代贡献了你独特的价值，而不是在其他作家的背后，亦步亦趋地跟随、尾随。

　　所以我觉得，有担当、有抱负的作家应该是在前人的基础上做出自己的贡献。尤其是青年儿童文学作家一定要有这样远大的抱负和雄心，尊重前人，又不为前人所累，有自己的自信，要有自己坚定的信念，相信我对这个世界，对儿童文学界，对这个社会有自己的独特贡献。我们的青年儿童文学作家要有这样一种理念，这样一种胸怀，这样一种气度。

第七篇　新世纪儿童文学的创作现象与多元共生的发展脉络

王泉根

北京师范大学文学院教授，成都大学特聘教授，博士生导师。中国作家协会儿童文学委员会副主任，国家社会科学基金评审专家，国家出版基金评审专家，终生享受国务院政府特殊津贴专家。从事中国现当代文学与儿童文学的教学研究。著有《担当与建构（王泉根文论集）》《现代中国儿童文学主潮》《儿童文学的精气神》《中国儿童文学概论》《中国人姓名的奥秘》等十余种著作，以及散文随笔集《北京的"学术气场"》《那年那月的游戏》。曾获国家图书奖、首届（1995）与第三届（2003）中国高校人文社科研究优秀成果奖二等奖等。

二十一世纪的到来，对中国文学的发展具有变革性意义。"新世纪文学"已成为当代文学评论领域的一个热门关键词。儿童文学也是如此。进入二十一世纪以来，中国儿童文学的原创生产与发展潮流显示出前所未有的活跃，也催生了一系列新的儿童文学现象。那么，迈进新世纪以来的中国文学究竟经历了怎样的变化，这些变化又在怎样的意义上触动了文学系统的整体性变革呢？与上世纪八九十年代文学的外部生态环境相比，新世纪中国儿童文学外部生态环境的变化集中于以下三点：

第一，文学生产机制的充分市场化与不断拓展。更为宽松自由的外部社会文化生态环境，使作家的创作有了更多的审美选择与自由。在经历了新时期以来的"纯文学"的狂欢之后，文学越来越显示出其作为"商品"的属性。进入新世纪以后，"市场经济"在文化领域加速度发展，包括书刊出版机构和文联作协系统在内的国家文化事业单位，不断深化体制改革和社会化转型，文学的独立的市场运作模式日益加速发展。作品的生产到编辑出版，再到传播推广，包括读者的选择与阅读等，都深受市场经济和文学商品化的影响。"市场的逻辑"正在缜密地对接着"欲望的逻辑"，"大众"也日益成为"无差别的大众"，文学的经典与非经典、好与坏的界限变得模糊。与过去的"计划经济"时代的文学突出的意识形态性相比，市场经济时代的文学表现出多元化、世俗性、娱乐化等倾向。在市场经济的宏大背景下，新世纪儿童文学无论是在文学精神、审美趋向、功能追求等方面都呈现出有别于上世纪的风貌。

第二，传媒手段的日益多样化。进入新世纪以来，新的媒体不断涌现，尤其是互联网的影响日益扩大、深化，媒体文化日渐成熟。今天的人们尤其是青少年儿童，对文化已有多种便利的选择，"文学"在多媒体的冲击下，面临巨大的挤压与挑战。无孔不入的影视、动漫、网络游戏使青少年儿童远离了文学文本带来的阅读体验。同时，以互联网技术支撑起来的文学空间，急速膨胀的网络文学等各种新媒体文学，对中国文学的整体格局带来了震动。网络不仅仅是提供了一种文学创作的新载体、新介质，而且提供了一种触及文学深层的、基于文学系统整体的新的存在、组织和运行方式。许多作家和文学书刊出版单位都主动调整状态，走上了网络和纸媒并重、线下和线上兼顾的双介质、双向度互动的道路。

第三，作家群体的分化与重组。对当前文学形势的判断，评论界虽然众说纷纭，但有一种观点似乎比较集中，即作家群体出现分化与重组。新世纪以来，由于文学环境传播机制的改变与读者的分化，当前文学正被商业化、数字化、复制化、网络化的汪洋大海所包围，从而使中国作家队伍的构成发生了前所未有的变化。环顾今日之中国，作家队伍主要有四股力量：一是传统意义上的"纯文学"作家队伍，他们依然坚持传统文学的路数并努力创新，作品主要通过传统的文学杂志发表与出版；二是网络写作队伍，作者至少在 10 万人，主要以博客文章的互动性、开放性、共同性吸引大约超过 5000 万的网络读者；三是 80 后、90 后的青春作家，他们以惊人的发行量和全新的文学特征正在改变着传统文坛的状况；四是"自由撰稿人"式的草根作家或"非职业作家"，他们的创作并不面向市场，只是出于情感或爱好的需要、倾吐和呐喊的需要。（参见雷达《作家群体的分化与重组》，《文艺报》2010.6.14）。

新世纪以来的短短 10 余年间，新生创作主体力量的加入不容忽视。70 后、80 后出现的新一代作家对文学价值、文学观念有他们自己的理解，正统文坛之外的新生代力量正在开辟拓展新的文学版图。1999 年《萌芽》杂志社举办首届"新概念"作文大赛，2000 年韩寒长篇小说《三重门》的出版等文学现象，带动了一大批新生代青春文学作家走上文坛。1997 年"榕树下"汉语原创网络文学网站创办。网络写作构成了文学的生活化局面，颠覆了作家的职业化地位。个人化写作、自由撰稿人已成为一种常态。

新世纪文学包括儿童文学正是在对以上这些文学外部生态环境的种种变化的不断抗拒、磨合、适应、互动中发展演变的。与上世纪八九十年代相比，新世纪儿童文学已发生了重大变化。一时代有一时代的文学。正如人们在上世纪八十年代不同意用五六十年代的眼光来看待和要求八十年代的少年儿童与儿童文学一样，身处二十一世纪的今天，我们同样应警惕用 80 年代的眼光来看待和要求新世纪的少年儿童与儿童文学。应当用发展的眼光、与时俱进的姿态来观察和审视今天新世纪的儿童文学。作为文学研究者或文学阅读者，参与当代文学的进程，参与当代文学经典的筛选、淘洗和确立过程，是一种义不容辞的责任和使命。可以这样判断，新世纪中国儿童文学已经走出了九十年代后期以来的低谷与困境，一个多元共生、充满希望的儿童文学新格局正在生成。

下面，我愿从两个方面，多维度地谈谈新世纪儿童文学的创作现象与多元共生的发展脉络。

上篇　新世纪儿童文学的创作现象

进入新世纪，中国儿童文学的原创生产与出版传播进入了跨越式发展的阶段，我国正在从童书出版大国向强国迈进。中国儿童文学原创作品呈现出良性发展、多元共生的态势。年轻作家迅速崛起，新的创作热点逐渐形成，儿童文学出版格局不断调整，中国原创儿童文学呈现出勃勃生机与更为复杂的局面。

一、第五代儿童文学作家崛起

综观百年中国儿童文学的发展历程、时代规范与审美嬗变，我们大致可以将儿童文学作家分为五代：第一代作家是"五四"新文化运动前后文学启蒙的一代，代表人物有叶圣陶、冰心、茅盾、郑振铎等，这些儿童文学的开拓者本身由均为中国现代文学的开拓者，因而一开局即为大手笔。第一代儿童文学拓荒者的功绩主要在于开创之功、奠基之功。第二代是上世纪二十世纪三四十年代战争环境中革命和救亡的一代作家，代表人物有张天翼、陈伯吹、严文井、贺宜等，他们以文学之笔，直接切入现代中国的社会形态和革命救亡等时代命题。第三代是共和国"十七年"语境中的一代作家，代表人物有任大霖、葛翠琳、洪汛涛、鲁兵以及孙幼军、金波等。他们创造了当代中国儿童文学原创生产的第一个黄金时期，同时在文学配合"中心""运动"的复杂背景下进行着不懈的探索与民族化追求。第四代作家是经历过"文革""上山下乡""恢复高考"，进入"改革开放"的一代，代表人物有曹文轩、秦文君、张之路、黄蓓佳、沈石溪、班马、常新港、董宏猷、周锐、冰波、郑春华等，他们的特殊人生经历铸就了他们对儿童文学的文化担当与美学品格的执著坚守。无论是"追求永恒"还是"感动当下"，他们都在努力地践行着用文学塑造未来民族性格，打造少年儿童良好的人性基础的文学理念，他们不但是上个世纪八九十年代，也是新世纪初叶中国儿童文学的中坚与核心力量。

建构新世纪儿童文学繁荣发展的新局面需要后起之秀与后备力量源源不断的补充。使我们深感欣慰的是，那些"60后""70后""80后"以及在"低龄化写作"中涌现出来的年轻作家，正在踊跃地加入到儿童文学中来，有的已在儿童文学界崭露头角，并逐渐构成了中国当下的"第五代"儿童文学作家。他们正在成为中国儿童文学最具创造力、影响力与号召力的群体。

第五代作家的创作大致是在上个世纪90年代出道的，他们的成长经历和文学道路与前四代作家截然不同，他们的成长岁月正值中国改革开放的年代，是在一个安定和开放的社会环境当中，是在市场经济、传媒多样化的环境中长大的。新世纪以来一些儿童文学创作实力强劲的地区，已形成了自己的第五代年轻作家方阵，其中最具影响力和特色的是：

由殷健灵、陆梅、张洁、萧萍、李学斌、郁雨君、唐池子、张弘、周晴、周桥、金建华等上海作家群（又以女作家居多）以及祁智、韩青辰、王巨成、李志伟、胡继风、饶雪漫、苏梅、顾鹰、徐玲、龚房芳、沈习武等江苏作家群；汤汤、毛芦芦、吴洲星等浙江作家群组成的"江南方阵"；由李东华、孙卫卫、杨鹏、保冬妮、张国龙、汪月玲、安武林、翌平、葛竞、吕丽娜、英娃、左昡、韦枫、熊磊、周敏、史雷、段立欣、余晋、黄序等组成的"北京方阵"；由薛涛、黑鹤、老臣、车培晶、刘东、王立春、于立极、常星儿、满涛、萧显志、李丽萍、商晓娜、许迎坡、宋晓杰等组成的"东北方阵"；由汤素兰、牧铃、邓湘子、林彦、谢乐军、皮朝晖、萧袤、周静、陶永喜、陶永灿、毛云尔、邓一光、陈静、唐樱、宋庆莲、杨巧、谢然子等组成的"楚湘方阵"，由张玉清、肖定丽、周志勇、赵静、兰兰、翟英琴等组成的"燕赵方阵"，由郝月梅、张晓楠、李岫青、鲁冰、刘北、刘青梅、周习、杨绍军、代士晓、王倩等组成的"齐鲁方阵"，由杨红樱、钟代华、汤萍、余雷、湘女、曾维惠、蒋蓓、简梅梅、李珊珊、雷旦旦、肖体高、骆平等组成的"西南方阵"，由李利芳、赵剑云、曹雪纯、张琳、张佳羽、苟天晓、刘虎、张元等组成的"甘肃儿童文学八骏"以及赵华、刘乃亭等西北作家群。2007 年 5 月 8 日至 8 月 8 日，中国作家协会鲁迅文学院举办第六届中青年作家高级研讨班（儿童文学班），来自全国各地的 53 名中青年儿童文学作家参加培训，他们正是第五代儿童文学作家中的佼佼者。第五代作家中的杨红樱，以其将近 7000 万册的图书发行量与全球全语种版权的输出，创下中国当代文学的神话，为中国原创儿童文学走向世界赢得了巨大声誉。

从整体上看，第五代作家正处于创作的攀升阶段，未来前景十分看好。他们的创作紧贴时代社会生活，紧贴当代少年儿童的精神生命成长与审美接受心理，注重作品的时代性、可读性以及作品被转化为其他艺术产品（如影视、动漫）的衍生性；由于他们大多接受过高等教育，同时又是网络写手，有着比前几代作家更为突出的知识优势、信息优势、传媒优势，从而使他们的创作能及时与世界儿童文学潮流融为一体，具有明显的先锋性、时尚性与创新性。但是另一方面，由于他们是在市场经济环境下长大的，因而容易滑向商业写作，容易浮躁，缺乏精雕细刻，和前几代作家那种具有使命感意识的写作相比有一定距离。当然第五代作家有他们的优势、特色。他们带着更为青春、滋润的灵气，更富先锋、张力的姿态，更加紧贴、把握新世纪少儿世界的行动，正在日益成为新世纪儿童文学创作新的生力军。他们中间，寄予着中国儿童文学的希望。

二、原创大于引进的格局逐步显现

1990 年代后期至新世纪初，中国儿童文学的出版状况一直是引进大于原创，《哈利·波特》《鸡皮疙瘩》《冒险小虎队》以及日本、韩国的动漫、卡通，还有口袋书，可谓铺天盖地，国内原创作品出版艰难，儿童文学一度面临迷芒，不知风从哪里来，该往哪里去。当时有不少专业少儿出版社甚至撤销了儿童文学编辑室。经过广大儿童文学工作者的艰苦打拼，从 2003 年起，这一局面终于得到了扭转。据国内权威的图书发行调查机构"北京开卷信息技术有限公司"的统计（开卷公司的"开卷全国图书零售市场观测系统"，涵盖了全国绝大多数大中型书店，每月动销图书品种 40 多万种。

开卷公司的每月全国畅销书排行榜由这些书店的所有图书零售数据汇总整合而成，具有很强的权威性、代表性、完整性和中立性），2007年国内本土原创少儿类图书在中国内地小读者中受欢迎的程度已高于国外引进版，国内原创儿童文学的图书码洋已经占到整个少儿图书市场近半的比例。

"开卷"数据显示，自2010年之后，引进版儿童文学的在少儿类年度TOP30榜单的席位日益收缩。至2014年的少儿类年度TOP30榜单中，引进版儿童文学仅存3席，其余27席均为本土原创儿童文学作品。尤其值得一提的是，近几年原创图画书的发展非常迅猛，曹文轩的《羽毛》，彭懿的《不要和青蛙跳绳》《妖怪山》，梅子涵的《麻雀》等作品陆续推出，并逐步得到世界的关注与认可。

正是因为新世纪以来十余年间儿童文学创作涌现了大量优秀的作家作品，逐渐带动了原创儿童文学的全面复苏。市场的需求、阅读推广的日益成熟与儿童阅读量的不断提升，都与本土原创优秀儿童文学作品形成了更为积极的良性互动，带来了持续增长的发展空间。

"东风压倒西风"，这并不意味着中国原创儿童文学的质量也已经超过西方。但是，没有一定的数量也就没有所谓的质量。在原创作品数量持续攀升的情况下，追求质量自然应是我们持之以恒的方向，儿童文学作家尤其是那些畅销书作家，特别需要集中精心打磨经得起时间检验的精品之作。

三、创作重心的定位下移

儿童文学是为 18 岁以下少年儿童精神生命健康成长服务并适应他们在不同年龄阶段审美接受需要的文学，因而在这个文学内部又可以分为：为中学生年龄段服务的少年文学，为小学生年龄段服务的童年文学，以及为幼儿园小朋友服务的幼儿文学。上个世纪八九十年代，在儿童文学三个层次（少年文学／童年文学／幼年文学）的创作中，少年文学（以少年小说、少年报告文学为重心）一马当先，名著名篇层出不穷，幼年文学也佳作可观。中国儿童文学创作长期存在着"两头大、中间小"的不平衡现象，即少年文学与幼年文学创作势头强劲，作家较多，优秀作品也多，而适合小学生年龄段阅读的童年文学则相对要薄弱得多，尤其是儿童小说可谓长期稀缺。值得庆幸的是，进入新世纪以来，儿童文学创作有明显的"定位下移"趋向，即服务小学生的童年文学与幼儿园小朋友的幼年文学，从原创、引进到出版，已越做越大、越做越强。尤其是童年文学原创生产出现了重大突破。回溯我国现代儿童文学的自觉历程，儿童文学在"五四"时期，即被称为"小学校里的文学"，童年文学理应成为儿童文学创作的主要关注对象。新世纪的这一定位下移，可谓回归了儿童文学的常态。

这种"定位下移"的趋向，体现在三个方面。首先是作家的目光下移，主动转身。当年一批擅长少年文学的实力派作家，近年创作了一批品质不俗的小学生题材作品，如曹文轩的《我的儿子皮卡》系列，张之路的《弯弯》、彭学军的《奔跑的女孩》。二是幼儿文学创作佳作不断，郑春华的低幼童话《风铃小屋》《香喷喷的村庄》，董宏猷的长篇幼儿小说《"好大胆"与"好小胆"》《一年级的小豆包》，苏梅的《恐龙妈妈藏蛋》等作品，李珊珊的幼儿散文《丘奥德》《今天明天》以及吕丽娜、肖定丽、英娃等作品，他们在拓展幼儿文学的艺术空间与审美表达方面下了不少工夫，丰富了幼儿文学的创作经验。第五代作家杨红樱的"淘气包马小跳系列"为代表的儿童小说创作是其中的重要代表。

　　杨红樱是中国儿童文学三个层次（少年文学／童年文学／幼年文学）中童年文学创作的杰出代表。杨红樱1981年开始创作，系列儿童小说《淘气包马小跳》先后入选新闻出版总署向青少年推荐的优秀图书（2004）、首届"三个一百"原创出版工程（2007）。她的《巨人的城堡》获得中宣部第十届"五个一工程"入选作品奖、首届中国出版政府奖（2007）等。杨红樱为小学生年龄段孩子们创作的小说《女生日记》《男生日记》《漂亮老师和坏小子》以及系列童话《笑猫日记》等，也都深受小读者欢迎。杨红樱为新世纪儿童文学塑造了一个叫"马小跳"的鲜明形象，与马小跳一起，还有唐飞、毛超、张达、路曼曼、夏林果等系列儿童形象。这与九十年代后期秦文君塑造的男生贾里，女生贾梅以及小鬼鲁智胜、小丫林晓梅等系列儿童形象颇有相似之处，他们都是属于"热热闹闹，开开心心一天天长大"（秦文君语）的当代孩子。坚守"儿童本位"的写作立场，选择"儿童视角"的叙事方式，倾注"儿童情结"的诗性关怀，践行"儿童话语"的审美追求，向往"儿童教育"的理想形态，使杨红樱的作品水乳大地般地浸透到孩子们的心田，她所创造的"马小跳"与"笑猫"已成为新世纪中国儿童文学的品牌。

　　或许是受秦文君、杨红樱作品走红的影响，或许是儿童文学界已经意识到服务"小学生年龄段"的童年文学巨大的审美空间与阅读需求，2007 年以后，为小学生年龄段的孩子们"量身订做"作品越来越多，最有影响的如：河南周志勇的"臭小子一大帮丛书"，赵静的"捣蛋头唐达奇系列"，湖南汤素兰、河北肖定丽的"小学生校园派丛书"。曾经以创作幼儿系列故事《大头儿子与小头爸爸》饮誉文坛的上海女作家郑春华，也推出了以小学生为对象的"非常小子马鸣加系列"。

　　同时，这类作品也出现了某种雷同化、脸谱化倾向，如写男孩必是淘气包、调皮蛋，而女孩则是鬼精灵、小辣妹。同时，几乎百分之百都是城市衣食无忧的孩子生活，看不到农村孩子，更看不到农村留守儿童、城里农民工子女、下岗工人子女等"苦难儿童"形象。因而如何拓宽题材、深化当代儿童生活的宽度与广度，塑造性格更为丰富的儿童形象，已成为童年文学创作的一个重要课题。同时，儿童文学创作重心的定位下移，使得新世纪儿童文学突破了"两头大，中间小"的格局，大量的童年文学作品不断涌现，又使得儿童文学创作呈现出"纺锤形"的面貌。与新时期相比，面对高年龄段儿童创作的少年文学作品的数量明显下滑，除了一部分"同龄人写同龄人"的少年作家笔下的少年文学作品外，成人儿童文学作家推出的少年文学作品数量有所萎缩。

四、"双轨并进"的创作态势

　　在传媒多元、网络游戏动漫影视争抢读者的当下，文学生产包括儿童文学必须将文学品质与读者接受作为自己的目标，坚持文学的多样化与艺术性，"双轨并进"正是当下儿童文学选择的清醒策略。所谓"双轨"，一是指主要为中学生年龄段服务的典型化文学，二是指主要为小学生年龄段服务的类型化文学。当然两者之间没有绝对的区分，但儿童文学作家与出版人"为谁写""为谁出"的读者定位意识已是越来越明确。

所谓"典型化"的儿童文学，实际上坚持的是我们久已习惯了的"传统"精致化创作路数，以坚守作家主体意识为标榜，以文学素养较高的初中学生为主要读者对象，青春、校园、成长、情感是其主要艺术元素。近年原创出版物中，下述作品都曾产生过较大影响，有的发行量已超过数十万册。曹文轩的长篇小说《青铜葵花》《火印》，张之路的《千雯之舞》、黄蓓佳的《亲亲我的妈妈》《你是我的宝贝》、李东华的《少年的荣耀》、秦文君的《贾梅日记》、王巨成的《震动》、谷应的《奇遇淡路梦》、张国龙的《梧桐街上的梅子》、陈柳环的《萝铃的魔力》、牧铃的《影子行动》、邓湘子的《像风一样奔跑》、程玮的《少女的红衬衣》、汪玥含的《乍放的玫瑰》、刘东的《镜宫》、徐玲的《我会好好爱你》、翌平的《少年摔跤王》、赵丽宏的《童年河》、黑鹤的《黑焰》，张洁等的"小桔灯·美文系列"等，以及位梦华的科学文艺《独闯北极》、刘先平的《美丽的西沙群岛》等。长篇童话如张之路《小猪大侠莫跑跑》、金波的《追踪小绿人》、《开开的门》、刘海栖的《没尾巴的烦恼》、汤素兰的《奇迹花园》、李东华的《猪笨笨的幸福时光》、汤汤的《汤汤缤纷成长童话集》、左昡的《住在房梁上的必必》、萧萘的《住在先生小姐城》等，均是可以圈点之作。明天出版社打造的"独角兽丛书"已推出常新港的《五头蒜》、薛涛的《虚狐》、张品成的《有风掠过》、翌平的《早安，跆拳道》等；河北少年儿童出版社推出的"当代儿童文学作家原创书系"中张玉清的《地下室的猫》、李东华的《花儿与少年》、韦枫的《银杏树下》、袁枫的《火烈马》等，也值得关注。曹文轩的长篇系列新作《丁丁当当》（中国少年儿童出版社），围绕一对农村傻小孩子的独特命运展开绵长揪心的生活画卷，故事、语言、思想、情感并重，作家力图用纯正的精神图腾在恶俗世相中高擎大善大美旗帜的良苦用心力透纸背。儿童文学的一头接通童心世界，而另一头则连接着世道人心。上述作品，均为近年精品性儿童文学创作的重要文本。

儿童诗界推出了一批内涵深邃、力图拓宽儿童诗艺空间与审美表达的诗集，比如任溶溶的《我成了个隐身人》、商泽军的《飞翔的中国》、王宜振的《21世纪校园先锋诗》、安武林的《月光下的蝈蝈》、钱万成的《青春歌谣》、冬婴的《课本外的蓝天》、老柯的《指尖上的童年》等。明天出版社出版的一批年轻作家的诗集，如萧萍的《狂欢节，女王一岁了》、薛涛的《四季小猪》、王立春的《写给老菜园子的信》等，也堪称上乘。

这些作品坚守文学的高雅格调与人文内涵，注重人物形象的典型刻绘，讲究文学语言的精雕细琢，力求艺术性、时代性与可读性的有机融合，为打造精品儿童文学提供了新鲜经验。由湖北少年儿童出版社出版的"百年百部中国儿童文学经典书系"、中国少年儿童出版社出版的《〈儿童文学〉典藏书库》、湖南少年儿童出版社出版的"中国当代儿童散文诗精品丛书",江苏少年儿童出版社出版的"浅浅的海峡:两岸儿童文学佳作丛书"等意在使儿童文学精品艺术资源重塑新生的整合性中国儿童文学经典书系。这些书系无疑都是坚持精品性儿童文学的路子,出版以后效绩显著,尤其是"百年百部中国儿童文学经典书系"与《〈儿童文学〉典藏书库》发行量十分喜人。近年各地出版社在整合优质出版资源方面,都推出了一批令人瞩目的系列图书,如海豚出版社的"中国儿童文学走向世界精品书系",现代出版社的"百年中国儿童文学名家点评书系",湖北少年儿童出版社的"中国动物文学大系""全国优秀儿童文学奖获作家书系"等。

　　精品性儿童文学大多集中在少年文学(中学生)的层面。类型化儿童文学十分强调作品的可读性、幽默性、时尚性、校园、网络、情感、时尚文化是这类作品锁定的重要元素。相对而言,类型化儿童文学的主体读者对象则是小学生阶段的孩子。杨红樱的"马小跳系列"是一个突出的典型,因而杨红樱的"粉丝"也主要是小学生。由饶雪漫、郁雨君、伍美珍三位江南女作家组合创作的中学生"花衣裳丛书",以及周志勇、赵静等的作品,从整体上看也属于这一范畴。杨红樱的"马小跳系列"中的某些单本,杨鹏的科幻《校园三剑客》,郁雨君的《男生米戈》,周晴的"QQ宝贝"网络小说《紫衣云梦》等,是这类作品中的代表性文本,他们的创作姿态是需要加以重视和肯定的。

　　以小学生为主体接受对象的类型化作品有两种主要形式，一是"校园接龙类"，这类作品紧贴小学生的校园生活与心灵世界，注重"感动当下"的时代性、可读性、艺术性的融合，阳光、情趣、幽默、互动是其重要艺术元素，其特征是"糖葫芦串"的故事结构，围绕一个主角展开的"众星捧月式"的人物谱系，以多部连续性作品"接龙组合"的系列"小长篇"小说形式呈现。这方面的作品主要有：河北少年儿童出版社出版的"郝月梅幽默儿童小说系列"、外语教学与研究出版社出版的郁雨君的"辫子姐姐男孩系列"、葛冰的"异能小子乐小天系列"、王勇英的"捣蛋双胞胎系列"、赵静的"闹的都是小别扭系列"，福建少儿出版社出版的商晓娜"拇指班长系列"，二十一世纪出版社出版的杨筱艳"绿绿的小蚂蚱系列"，海豚出版社出版的张菱儿"糗事一箩筐：卜卜丫丫系列"等。

　　类型化作品的第二种形式是"题材规范类"，近年的代表性出版行为是中国轻工业出版社倾力打造的"中国原创冒险文学书系"。该书系将"原创冒险、魔幻、侦探、推理、探险、悬疑、科幻等多种类型文学作品"汇于一体，以"激发少年儿童的想象力，增强推断力，提升阅读兴趣，砥砺胆识勇气"为目标，已出版"李志伟冒险小说系列""萧萐魔幻小说系列""牧铃惊险小说系列"等。北京作家杨鹏和以"杨鹏工作室"名义创作出版的多种系列作品，也属于这一范畴。

　　2009年，对于中国儿童文学发展而言，是一个极好的历史契机。为迎接共和国成立六十周年，不少出版社以精品性、精致化、精制作的出版理念，出版了一批具有总结性意义的儿童文学作品。其中属于"重塑整合"性质的，以 2009 年外语教学与研究出版社出版的《中国儿童文学六十周年典藏》最为成功，该书系已连续加印数万套，被国家新闻出版广电总局评为"向青少年推荐的百种优秀读物"，并列入"农家书屋工程"。属于原创性质的，以张海迪的长篇纪实文学《我的祖国》（湖南少年儿童出版社）、商泽军的抒情长诗《飞翔的中国》（安徽少年儿童出版社）最具影响，文质兼美，激情四射，充满飞翔的灵动。由湖北少年儿童出版社出版的《中国儿童文学六十年（1949—2009）》是一部多维度、全方位梳理、评价、反思当代中国儿童文学发展历程、艺术成就与诗学内涵的大型理论文献专书，已成为研究中国儿童文学"绕不开"的必读著作。

下篇　新世纪儿童文学多元共生的新格局

多元共生的儿童文学新格局，需要作家践行多种艺术创作手法，多样文学门类的审美创造，为小读者们提供丰富的而不是单一的艺术作品。新世纪儿童文学在这方面表现出色。直面现实、书写少年严峻生存状态的现实性儿童文学与张扬幻想、重在虚幻世界建构的幻想性儿童文学，交相辉映，互补共荣，出现了一批有影响的作品。新世纪儿童文学创作中最为活跃的文体，当属小说、童话与图画书，同时，诗歌、散文等文体中也不乏优秀之作。

一、现实主义创作形成主导

新世纪以来的十年间，中国儿童文学逐步形成了新的以"现实精神"为主导内容的文学生态和形态。现实主义是百年中国儿童文学的主要创作思潮，这一精神即使在《哈里·波特》《鸡皮疙瘩》《冒险小虎队》等充满魔幻、惊悚、刺激元素的西方幻想类作品风行的当下，依然被坚定在定格在中国儿童文学的美学坐标上。新世纪以来，有一批作家依然倾情于现实性儿童文学的创作，引领小读者展开对社会人生与精神成长的思考。当下现实主义儿童文学创作的亮点有三：一是关注重大生存灾难，集中表现为对"地震"等自然灾难的儿童文学书写；二是关注"三农"问题，集中体现为为"农民工子弟文学"；三是关注抗战历史题材的儿童文学创作。

灾难题材作品是以震惊全球的四川汶川大地震、青海玉树大地震为背景的儿童文学作品，最初有高洪波、金波、王宜振、商泽军等的儿童诗与散文，诗歌发挥了快速反映重大题材的文学"轻骑兵"作用。经过时间积淀，小说与童话等叙事性文学接了上来。近年已有秦文君的《云棠》（春风文艺出版社）、谷应的《一个孩子的大地震》（天津社科出版社）和纪念唐山大地震30周年的长篇小说《二蛮漂流记》等长篇小说。来自四川地震灾区的杨红樱，接连创作了小说《小英雄与芭蕾公主》（接力出版社）、童话《那个黑色的下午》、《一头灵魂出窍的猪》（明天出版社）。前一部是杨红樱"淘气包马小跳"系列小说的收官之作，后二部则是"笑猫日记"系列童话中的原创新作。以童话的幻想艺术直接表现地震灾难、阐释当代中国的重大现实题材，杨红樱是第一人。

"农民工子弟文学"可以分为"农村留守儿童"与"进城务工的农民工子弟"两大类。此类文学，早在上世纪八十年代的儿童文学创作中已有体现，如曹文轩的小说《弓》《山羊不吃天堂草》等作品均已将视角投向了进城务工人员这样一个社会弱势群体。"留守类"作品关注仍在农村的孩子的教育问题、生活问题、心理孤独问题乃至由此诱发的社会问题，这有广东曾小春的长篇小说《手掌阳光》（明天出版社）、上海陆梅的长篇小说《当着落叶纷飞》（接力出版社）、四川邱易东的报告文学《空巢十二月——留守中学生的成长故事》（少年儿童出版社）、湖南牧铃的《影子行动》（中国少年儿童出版社）、重庆刘泽安的儿童诗集《守望乡村的孩子》（重庆出版社），江苏胡继风的短篇小说集《鸟背上的故乡》（黑龙江少年儿童出版社）以及长沙中学生唐天用笔和相机记录下来的长篇纪实文学《我的乡村伙伴——一个城市少年的乡村纪行》（湖南少年儿童出版社）等。这些作品紧贴现实的中国土地，揭示留守儿童的生存困境与精神挣扎，与他们一起歌哭嬉笑，有苦难，有困惑，有憧憬，有希望，也有温暖与阳光。

　　"进城类"作品更多关注进城务工的农民工子弟的教育问题，从教育机会的获得到教育资源的公平配置，从打工子弟学校的艰难生存到社会各界的无私援助。安徽伍美珍的长篇报告文学《蓝天下的课桌》（福建少年儿童出版社）、江苏徐州农民工子弟学校女教师徐玲的长篇小说《流动的花朵》（希望出版社），是"进城类"作品的优秀之作，2009年荣获中宣部"五个一工程奖"。"农民工子弟文学"是新世纪独具特色的励志读物，正在化为砥砺农村孩子意志的利器与奋发进取的动力。

　　关于现实主义儿童文学创作，近年还涌现了一批表现抗日战争题材的作品，这有薛涛以东北名将杨靖宇溶血抗战为背景的长篇小说《满山打鬼子》《情报鸟》，毛芦芦以江南水乡抗战为背景的《柳哑子》《绝响》《小城花开》小说三部曲，殷健灵以上海滩为背景的《1937，少年夏之秋》，张品成的革命历史题材小说《十五岁的长征》，和以南京大屠杀为背景的长篇小说《觉醒》，李秋沅的以抗战生活为背景的长篇小说《木棉·流年》、吴林以抗战时期犹太人在上海的传奇经历为背景的长篇小说《犹太女孩在上海》，童喜喜以南京大屠杀为背景的长篇童话《影之翼》。我们还应特别提出 2012 年由福建少年儿童出版社出版的"红色穿越"抗战小说《我和爷爷是战友》。作品以今日中国与 1938 年抗战时期战火纷飞的中国为"穿越"时空、以南京"90 后"高三学生与浴血奋战的新四军为"穿越"人物，勾画出了一幅气壮山河的"红色穿越"场景。两个"90 后"，一个成了抗日战士，一个为国捐躯，赋予"红色穿越"以感人的艺术力量。新近出版的曹文轩《火印》，李东华《少年的荣耀》等作品，更是以艺术性的笔触深刻审视了战争年代中人们的内心世界、尤其是儿童的内心世界，以深入的视角阐述了战争、死亡与人类生存、生命的内涵。爱国主义一直是中国儿童文学贯穿始终的思想主脉。虽然抗日战争早已远离了我们，但中华民族坚不可摧、凤凰涅槃的民族精神永远鲜活地流贯在儿童文学的艺术版图中，成为激励民族下一代精神成人的动力。

　　丛书中的重要成果是 2006 年出版的"辽宁小虎队儿童文学丛

书"。薛涛、董恒波、车培晶、常星儿、刘冬、于立极、许迎波等7位辽宁男性儿童文学作家的7部小说,涉及到当下农民工、下岗职工子弟,市场经济背景下的校园生态,当今社会人在金钱与信会、道德与良知之间的拷问和选择,同时具有浓郁的东北地域文化特征。七位作家不同的叙事风格形成了东北少儿小说一个非常有意味的多重叙事空间。

近年少儿题材的纪实文学与报告文学也出现了一批现实性力作。如江苏韩青辰的长篇报告文学《飞翔,哪怕翅膀断了心》,以未成年人的成长危机与挫折乃至扭曲人生为题材,满蕴著作家对这些未成年人"特殊群体"的深深关爱与期待,写得十分感人。上海简平的长篇纪实文学《阳光校园拒绝暴力》,以纪实的手法,详细记录了16起校园发生的暴力事件,简略记述达50余起,作品多角度多层次地揭示与反思了当下的校园暴力问题,堪称是一部不可多得的重磅现实性少儿文学。

上述作品,直面现实,直面少年儿童的现实生存状态,紧贴中国土地,承继了百年现代中国儿童文学的重要传统。"现实精神"成为当代儿童文学创作的主导力量之一。

二、幻想文学创作方兴未艾

新世纪幻想文学创作方兴未艾,幻想性儿童文学逐渐成为新世纪原创儿童文学的一道特殊风景线,并逐渐形成了中国儿童文学现实主义与幻想文学双轨并举的格局。

幻想文学,媒体称为玄幻文学、奇幻文学、指以超现实的创造性想象为基本审美手段的文学。中国现代原创儿童文学从"五四"

新文化运动以来，由于受时代规范与自身文学资源、艺术选择等多种因素的综合影响，形成了以叶圣陶《稻草人》、张天翼《大林和小林》等为代表的现实主义创作格局与思潮，并一直持续至今。这一文学润滋了数代中国孩子的精神生命，积累了丰富的艺术经验，对中国儿童文学作出了巨大贡献。但同时也存在着凝重多于轻灵、写实大于想像、成人意志重于儿童经验的另一面，与西方儿童文学相比，最大的差异是很难飞起来。在中国，尽管世纪之交曾有过"大幻想文学"的旗号与出版品，但真正出现幻热文学的创作热，则是在最近三四年间。其重要原因是互联网的超常规发展所带动的网络文学的勃兴，网络的虚拟性、互动性、即时性为如同夏雨后疯长的野草般生成的幻想文学找到了最合适的平台与契机。这也是为什么"大幻想文学"在世纪之交难成气候的原因，因为当时网络写作还处于起步与尝试阶段。新时期以来尤其是进入二十一世纪以后，由于受到以《哈利·波特》《魔戒》等为代表的全球性幻想文学风暴的冲击与互联网时代的到来，中国幻想文学创作正出现方兴未艾的势头，极大地拓展了儿童文学的艺术空间与想象世界。

当今我国幻想文学创作有以下四方面的特点：一是主体作家是70后、80后甚至90后的年轻人，其中大多又是在校的大中学生，现在也有部分有影响的儿童文学作家开始投入到幻想文学创作中来。二是以网络写作为主。从某种角度说，今天国内的幻想文学还是属于年轻人的事情，他们深受网络的虚空间、动漫的画面节奏以及美国好莱坞大片的影响。大量原创幻想文学作品都是由网络写手先在网络上线上写作、在线张贴，读者网上阅读走红以后，再由出版社出版的，因而也可以说是"网络幻想文学"，如点击率很高的《诛仙》《小兵传奇》等。三是与西方幻想文学相比，中国的幻想文学已开始与本土传统文化融合，更倾向于把奇幻、科幻、武侠甚至神仙文化、道家文化结合起来，骑士变成了游侠，巫术化为了道法，从而形成更加复杂而充满张力的中国化幻想文学世界。四是如同任何新生事物一样，在其发展初期难免泥沙俱下，良莠混杂。当前幻想文学存在的主要问题是：商业化、快餐化写作倾向导致某些作品善恶不分，价值观混乱，有的缺乏艺术性，只有幻想而没有文学。

幻想文学将成为中国当代文学／儿童文学的一种重要文类，并将产生越来越大的影响，这已是一种可以预见的必然趋势，根本原因在于喜欢这种文学，从事这种文学创作的主体是 70 后、80 后的第五代年轻群体，他们的文学观念、艺术兴趣、审美选择势必影响未来的中国文学格局，因为再过十年、二十年，中国文坛就是他们的天下。因而必须充分重视幻想文学。但存在的问题是：主流文学似乎还放不下架子，不予理睬，或是情绪化批评，简单地将幻想文学指认为"装神弄鬼"，缺少真正有说服力的学理批评。而其根子，则在于主流文学观念一向看重的是现实型文学，而视幻想型文学为时尚文学、大众文学或少年儿童文学，从心底里漠视甚至蔑视它们。在这方面，西方文学对幻想文学的重视态度可以作为我们的一个借鉴。据报道：全世界规模最大的《哈利·波特》学术研讨会于 2007 年 7 月下旬在加拿大多伦多市中心的喜来登中心召开，1500 余位各国学者在连续 4 天的会议中对《哈利·波特》进行了多种角度的学术探讨（《中华读书报》2007 年 8 月 8 日）。同样在西方，由哈佛大学、牛津大学等名校教授学者创办的《托尔金研究》年刊，已成为研究幻想文学的重要学术平台。

大批儿童文学作家投入到幻想文学创作中来，成功之作不断涌现，如上海殷健灵的 4 卷本长篇《风中之樱》，辽宁薛涛根据本土传统神话演绎的《精卫鸟与女娲》《夸父与小菊仙》《盘古与透明女孩》，云南汤萍的"魔界系列""魔法小女妖童话系列"。特别是一向以现实主义儿童小说见长的著名作家曹文轩，最近也倾情投入了多卷本幻想小说"大王书系列"等已由接力出版社出版。这些作品为新世纪原创儿童文学注入了一股飞翔、透明的诗性元素。

当今正是幻想儿童文学得以一展身手、大展宏图的时候。互联网搭建的网络幻想平台，西方《魔戒》《哈利·波特》等的多年持续影响，新世纪儿童文学在童话、幻想小说、儿童科幻小说、动物小说等文体积聚起来的创作经验与艺术更新，尤其是儿童文学的受众——广大少年儿童对幻想性文学作品饥渴的需求，文学界、教育界、出版界呼唤儿童精神素质并倡扬"保卫想象力"……当这些因素叠加在一起，幻想儿童文学的出道与出彩已是呼之欲出、水到渠成、顺利成章的事了。

为倡导"保卫想象力"，鼓励为保卫儿童想象力创作更多的优秀幻想儿童文学作品，推动我国原创幻想儿童文学的发展与繁荣，促进儿童想象力的培养和激发，大连出版社、北京师范大学中国儿童文学研究中心于 2013 年共同创设"大白鲸"优秀幻想儿童文学阅读与创作活动,并于同年 9 月 13 在哈尔滨举行启动仪式。截至 2016 年,这个活动已经成功举办了三届。

首届"大白鲸"幻想儿童文学征集获奖的 19 部优秀作品集中展示了当今幻想儿童文学创作的艺术追求与观念更新,体现出老中青三代作家在同一时段中对幻想儿童文学的主题内容与审美形式相同或相近的艺术勘探与实验,全方位呈现了当今幻想儿童文学的四种基本艺术形式及其审美特征:一是以科学和未来双重进入现实为特征的科学幻想,这有《最后三颗核弹》《未来拯救》等;二是将幻想直接描准社会百态与现实情绪的人文幻想,这有《七色幸运骰子》《我爸我妈的外星儿子》等;三是以原始/儿童思维为幻想基准的童话幻想,这有《点点虫虫飞》《现在是雪人时间》等;四是以远古神祇、始祖、文化英雄或神圣动物及其活动为叙事的神话幻想,被评为特等奖的王晋康的长篇神话小说《古蜀》,正是当今神话幻想的重要收获。作品以超凡的想象、精湛的文字,将一段朦胧的神话灰线,真实地艺术地构建、还原为远古时期蜀国的历史传奇与世间百态,塑造了杜宇、鳖灵、娥灵、凤鸟、朱雀、羲和、西王母等天界与凡间的艺术形象。以实写虚,幻极而真,大气磅礴,深具艺术魅力与思想力度。《古蜀》《梦街灯影》等历届获奖作品将幻想文学深植于中国文化的民族之根,是新世纪幻想文学创作新的艺术突破与重要收获。这些原创作品虽然幻想思维的模式不同,艺术表现手法不同,题材内容不同,但它们的创作目标都是一致的:为儿童,服务儿童，自然优秀的幻想儿童文学作品也能直达成年人的精神领域。

大连出版社为中国当代幻想儿童文学创作提供了坚实的出版阵地，吸引了越来越多的幻想文学作家在这个平台上切磋展示。该社已将历届征集到的优秀作品结集为《大白鲸幻想儿童文学读库》出版，这是中国儿童文学与童书出版的一件大事，是可喜可贺之事。人们期待着中国原创幻想儿童文学在实现中国梦的新世纪、新常态中，取得更大的艺术成就！

三、生态文学与动物文学升温

生态文学与动物文学的创作与出版近年受到高度关注。生态文学最基本的特质在于，它不是以人类中心主义为理论基础、以人类的利益为价值判断终极尺度的文学，而是以生态系统的整体利益为最高价值的文学。儿童生态文学的创作，既立足于了解动物、关爱动物的层面，而且要立足于考察和表现自然与人的关系。湖北少年儿童出版社出版了原创版"中国动物文学大系"与引进版"全球动物文学典藏书系"，人民文学出版社、天天出版社 2011 年在推出湘女《自然文学精品》的同时，还在云南挂牌成立了"儿童文学领域生态文学创作基地"。晨光出版社分期出版了"青青望天树·中国原创儿童生态文学精品书系"，其中包括金曾豪的《凤凰的山谷》等一批有代表性的优秀作品。

动物小说创作主要由一批实力派作家在支撑着艺术格局。儿童文学界流传有一个沈石溪"第二春"的美谈。1997 年，沈石溪的动物小说被江苏少年儿童出版社独家买断未来十年版权，并一气推出了十卷本《中国动物小说大王沈石溪作品集》，此举成为上个世纪90年代文坛的一件大事。但进入新世纪之初，由于童书市场受《哈利·波特》《冒险小虎队》《淘气包马小跳》"三分天下"的冲击，动物小说几乎滑向低谷，沈石溪也沉寂了下来。有意味的是，近年沈石溪仿佛一夜蹿红，他的作品由浙江少年儿童出版社、中国少年儿童出版社等竞相出版，代表作《狼王梦》虽有多个版本，依然供不应求。2012年元月，浙江少年儿童出版社特地在北京举办了"沈石溪作品亿万庆典暨《狼王梦》百万销量盛大发布会"。沈石溪近年还有《乌凤和赤莲》《雪豹也有后爸》《白天鹅红珊瑚》《黑天鹅紫水晶》等新作问世。沈石溪的"第二春"，说明了动物小说在当今受到高度关注的事实。

近年动物小说原创新作佳构不断，重要者有：牧铃的《荒野之王》《艰难的归程》《丛林守护神》三部曲，黑鹤的《草地上的牧羊犬》《驯鹿之国》《黑狗哈拉诺亥》《狼谷的孩子》等，杨保中的《闯进高原动物圈》，毛云尔的《狼山厄运》、《最后的狼群》。中国轻工业出版社还推出了系列动物小说，包括金曾豪的《义犬》、乔传藻的《丑狗》、朱新望的《傻熊》、牧铃的《兔王》等。其中《义犬》还是国内第一部图书、网络、手机同步发行上线的"全媒体动物小说"。

动物小说是动物文学的重要品种，较之其他文学样式，动物文学更直接更有力地指向生命存在的价值、奥秘和瑰丽，指向关于竞争、共生、再生、自生等天人关系的生态思维，指向关于生命、关于生存、关于地球等"人与自然的和谐发展"，指向关于力量、意志、挫折、磨砺等少年儿童精神成人的根本性命题。因而动物文学是少年儿童的重要精神钙质，发展繁荣包括动物小说、大自然文学、少年环境文学在内的生态文学创作，正在成为新世纪儿童文学的重要趋向。

四、本土原创图画书实现突破

作为幼儿读物重要载体的图画书，近年除了继续引进国外产品外，在打造本土原创读本方面出现了转机，甚至突破。其中贡献最大的是中国少年儿童出版社低幼中心推出的《中国原创图画书》100 种，作品精选 100 位中国当代儿童文学作家的佳作，从题材、构画、人物造型到色彩运用，完全是十足的中国文化、中国题材、中国风格。此外，由保冬妮策划、撰文，一批年轻画家绘画的两种原创图画书"虎年贺岁系列"（海燕出版社）与"中国原创图画书精品系列"（重庆出版社），也有上佳的创意。海燕版有《神奇的虎头帽》《虎妞妞》《小小虎头鞋》3 种，重庆版有《元霄灯》《花娘谷》《荷灯照夜人》《满月》等 5 种，也是十足的中国风味。由苏梅撰文、中国城市出版社出版的数学童话、科学童话、自然童话等系列图画书，则开辟了图画书新的题材和领域。

关于原创图画书的出版，还应特别关注湖北少年儿童出版社（2014 年已改为长江少年儿童出版集团）精心创编、高质推出的"杨红樱画本馆系列"。湖北少年儿童出版社以"中国制作——打造本土原创儿童文学精品"的理念，组建了一支包括数十位专业儿童插画家加盟的制作团队，并由最富经验的图画书专家担任美术总监，专门负责指导《杨红樱画本》的绘画部分。已出版的《杨红樱画本——科学童话系列》8册、《杨红樱画本——好性格亲爱的笨笨猪系列》10册以及"杨红樱画本——蜜儿系列"等，深受小读者的喜爱，并长期占据儿童图书排行榜前列，引起了国外同行的关注。湖北少年儿童出版社的《杨红樱画本馆》六大系列、64本图画书的规模，使中国原创图画书真正成为可与国外图画书一争高下的精品。继"杨红樱画本馆系列"以后，该社又推出了"曹文轩画本馆系列"。

国内一批图画书创造者，包括熊磊、熊亮兄弟、保冬妮等的雄心是：要让中国孩子从小看着完全中国本土化的图画化长大，而不是只有欧风美雨，他们的作品力图体现中国图画书与西方审美标准不一样的特质，即"注重神而忘形、万物有情，注重内在的音律节奏、气韵生动、虚实相生"。这是颇有艺术见地的。由余丽琼撰文、朱成梁绘画的《团圆》，还登上了美国《纽约时报》的2011年最佳儿童图画书的榜单，殊为难得。近年来不断有名家投注精力参与图画书的创作，如曹文轩的《羽毛》、梅子涵的《麻雀》等作品不但在国内受到赞誉，在国际上也形成了一定的影响。彭懿的《妖怪山》《不要和青蛙跳绳》等图画书新作深刻把脉儿童心理，亦真亦幻，风格独特，广受好评。

五、儿童文学作家进军网络游戏。

网络游戏，简称"网游"，这是数字化时代通过信息网络传播实现多人同时参加的互动娱乐游戏新玩艺。由于参与网游的大多是6至14岁的少年儿童，因而游戏商家专为少年儿童开发研制的儿童网络游戏（儿童网游），更是网游的主打产品。对于网游，商家关注利润，学校和家长关注"妈妈放心，孩子喜欢"，有良知的儿童文学工作者则更关注"真善美""精气神"。使人欣喜的是，最近一批优秀儿童文学作家已经责无旁贷地进军儿童网游，为儿童写网游，用儿童文学改变网游。

最先投入儿童网游创作的是南方的一批作家，如上海的周锐，江苏的苏梅、李志伟，安徽的伍美珍，他们签约的网游商家是上海淘米与童石公司。周锐执笔"功夫派"系列，苏梅执笔"小花仙"系列，李志伟执笔"赛尔号"系列，伍美珍执笔"惜呆兔咪"系列，此外还有北京的杨鹏执笔"精灵星球"系列，河北的翟英琴执笔"植物大战僵尸学校"系列。他们的作品不但给少年儿童的网络游戏带来互动娱乐的即时快乐，同时还以图书的形式，为孩子们所津津乐道与传阅，而且每个品种印量都很大，如伍美珍的《惜呆兔咪》系列首印即为20万册。

儿童文学深度进军网游是在北京，其中的标志性产品是中国少年儿童出版社2012年1月出版的《植物大战僵尸·武器秘密故事》系列，作者包括金波、高洪波、葛冰、白冰、刘丙钧等著名儿童文学作家。由这几位作家组成的"男婴笔会"，在儿童文学界久已闻名，以前他们主要为中少社的《幼儿画报》撰写专栏，当然每位作家都有其他繁重的创作任务。但当他们应中少社低幼中心力邀，一旦进入儿童网游，而且自己也成为网游高手时，社会责任意识与儿童文学作家的天性使他们毅然拿起笔来，热情投入网游作品创作。首度开发的《植物大战僵尸·武器秘密故事》12册，共48个故事。

植物王国的玉米加农炮、豌豆射手、西瓜投手、带刺仙人掌、变身茄子、卷心菜投手、高坚果兵团、火爆辣椒等战士们，个个都有秘密武器与绝活，他们与僵尸斗智斗勇，纵横驰骋。或短兵相见，各出奇招；或攻其不备，突出奇兵；或围城打援，里应外合，而所有"战斗"都是儿童式的、游戏好玩的。作为诗人的金波与高洪波，还在行文中不时出现儿歌味十足的语句，更增添了网游的风趣与快乐。自2012年，北京开卷图书公司的"少儿类"榜单中，"植物大战僵尸系列"的衍生图书、盛大文学与浙江少年儿童出版社联合推出的全媒体儿童游戏故事书"墨多多谜境冒险系列"《查理九世》都成为上榜的常客。

对于儿童网游文学来讲，当下网游衍生文学图书成为少儿板块出版趋势之一的局面似乎可以预期，但是在热销的同时，我们必须看到该类文学存在的"先天"局限。一方面，在多媒体互动时代背景下产生和发展起来的儿童网游文学，为喜爱网络游戏的儿童带来了一种新的文学阅读种类和阅读感受；但是，儿童网游文学往往能够迅速登上畅销童书月度排行榜，但又往往很快成为明日黄花。上榜的儿童网游文学图书每个月都以走马灯的速度变换着身影，很少能够连续在榜。真正具有文学价值和恒久魅力的作品尚未诞生。儿童网游文学的发展是商业化的市场产物，"商业化"的写作模式使儿童网游文学缺乏独立的文学品质，呈现出类型化的创作特征，制约着儿童网游文学的进一步发展。儿童文学的文学品质的坚守与儿童网游的渗透究竟该如何平衡，面对儿童网游的从属地位该如何寻求独立的文学品质，仍是今后必须面对的问题。

以上是我对新世纪中国儿童文学发展现状的一个基本看法与审视。从整体上看，近年我国儿童文学原创生产也存在着不少问题。比如同质化、平庸化倾向，有些类型化作品一开笔就是五六本，难免注水、速成。其次是文学的个性化艺术风格欠缺，一些作品在语言和叙述上惊人的相似，陷入套路，缺失"自己的美学"。同时，必须指出儿童文学各类文体创作的不均衡现象越益突出。由于市场看好与读者群体的影响，童话、小说与幻想文学等叙事类作品，几乎囊括了整个儿童文学出版，而散文、报告文学、传记文学特别是儿童诗的出版，少之又少，甚至连儿歌的出版也越见稀少，由此严重制约了这些文体的发展。

但是，总体来看，我国原创儿童文学还是在新世纪呈现出良性发展、多元共生的态势。2016 年，曹文轩成为我国首位获得"国际安徒生奖"的儿童文学作家。这一世界性的盛誉，也标志着中国原创儿童文学发展已经步入一个不断成熟并步入经典化的新的历史时期。多元共生的新世纪儿童文学，机会与挑战并存，必将为构建和谐社会、引领未来一代精神生命的健康成长作出更大的贡献，而第五代作家的崛起以及他们走向更为深广的审美世界的追求，则让人们看到了新世纪中国儿童文学繁荣的可能。

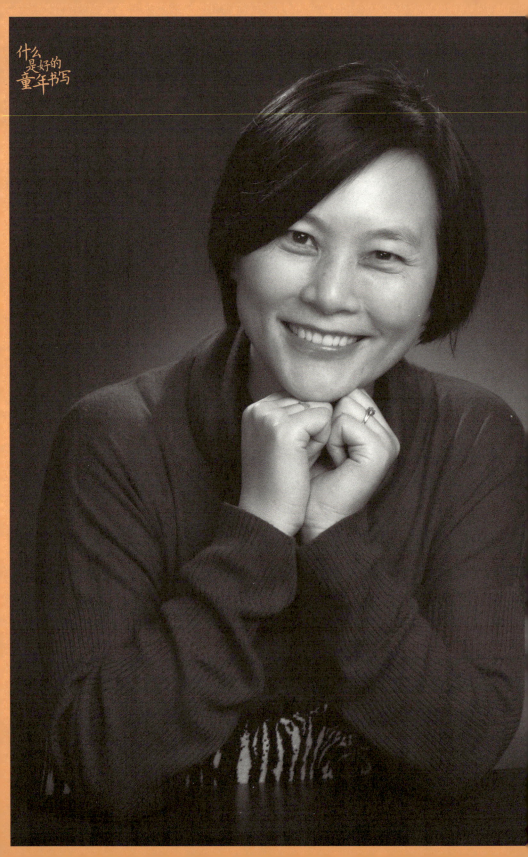

第八篇　走进童话奇境——我的童话阅读与创作

汤素兰

一级作家，湖南师范大学文学院教授。全国政协委员，民进湖南省副主委。代表作有 "笨狼的故事系列"、"小朵朵开心奇遇系列"、"幻想精灵系列"、"酷男生靓女生系列"等。作品入选小学语文教材、幼儿园教材和"新语文""快乐语文"等课外语文读本。曾获全国优秀儿童文学奖、宋庆龄儿童文学奖、冰心儿童文学新作奖大奖、陈伯吹儿童文学奖、张天翼儿童文学奖等奖项。

　　我是写儿童文学也是教儿童文学的，今天我想从我自己最初的写作入手，来和大家谈谈我是如何写作的。

　　在我看来，先有阅读，再有写作。读书是一件非常重要的事情，我自己的写作就是从读书开始的。我的第一篇儿童文学作品《两条小溪流》发表在《小溪流》杂志上，我对《小溪流》一直充满感激。那时候的杂志有很多自来稿，不像今天作家和编辑可以直接地交流。今年四月份，我出版了"笨狼的故事系列"中的最新一部作品《笨狼和小红帽》。《两条小溪流》和《笨狼和小红帽》这两部儿童文学作品有着共同的地方。《两条小溪流》是我在读过严文井的《小溪流的歌》之后写的，可以说是模仿严文井老师作品而创作的。《笨狼和小红帽》这部作品里不仅仅有大家所熟知的《小红帽》的故事，还有《三只小猪》《狼和七只小山羊》的故事，当然，也有我之前写过的《笨狼和聪明兔》的故事。那我如何把这些东西融合到一起？你读了《笨狼和小红帽》这本书后，你就知道我把这些作品融合使这些作品生发出了新的故事，而不是我个人抄袭或者模仿了这些故事，我已经将它们变成了我自己的创作。我所阅读过的那些童话作品，它们都融入了我的生命中，变成了我创作的营养。

　　我的处女作《两条小溪流》写于 1985 年，发表于 1986 年，到现在已经三十多年了。我现在很乐意对所有人说："我是一个儿童文学作家，我是写童话的，三十年我只做了这一件事情，我也不会再做别的事情了。"

　　我小时候没有读过童话，不像现在很多作家是在读了儿童文学、在儿童文学的滋养下成长的。我小时候也不知道童话是怎么回事，我到上大学的时候还不知道什么是童话。一直到大学三年级的时候，湖南师范大学开了一门选修课。一位年轻的现当代文学老师到浙江师范大学去学习，回来后她就在湖南师范大学尝试着开设了儿童文学选修课。现在我在湖南师范大学开设的儿童文学课依旧是选修课。我记得当年那位老师开设的选修课只有七个人上课，并且有两名同学还是去旁听的，其中一个就是我。这七名学生中只有我后来阴差阳错地开始了儿童文学创作。这位老师的第一堂课讲的便是童话，在那堂课上，我才知道世界上还有一种如此美妙的文体。下了课，我就买了几本介绍儿童文学的书，一本是《儿童文学概论》，还有一本是《儿童文学作品选》。《儿童文学作品选》里面有很多的作家作品，有安徒生的童话、叶圣陶的童话、葛翠琳的童话，当然还有严文井的童话。

我的第一篇作品《两条小溪流》是模仿严文井《小溪流的歌》创作的。我没有去模仿《稻草人》《海的女儿》，也没有去模仿《皇帝的新装》，这是为什么？《海的女儿》是非常感人的故事，《丑小鸭》是一个励志的故事，每个人的内心都有一只丑小鸭，都梦想变成白天鹅。但我选择了严文井的《小溪流的歌》来作为我第一篇童话作品的模仿对象。第一，严文井写的小溪流跟我小时候生活的环境是吻合的，我的童年是在大山里面度过的，小时候在大山里面看见能够走出大山的是天上的鸟和山里的溪流。我曾经写过一部成人文学作品叫作《黑色山峦》，文章前面有一段话："只有河能够冲出大山，河不断地向前奔涌，轰然一声，山门打开，前面就是一马平川。"这就是小时候我对于水的感觉。《小溪流的歌》写的是水，一条溪流不断地向前，这就是我的童年经验，其实作家写来写去都是写他自己。第二，这部作品所传达的价值观念跟我小时候受到的教育也相吻合，小时候大人告诉我们要做一个有益于社会的人，要做一个好人。所以，一个人的写作肯定跟童年的经历相关。

另外，我之所以选择严文井的《小溪流的歌》去学习模仿，更重要的，它是一篇中国的童话。《卖火柴的小女孩》的价值观念跟我就不吻合，因为讲到基督教，最后是要到天堂去。在我的写作中，尽管经常从国外的作品里去吸收营养，但是跟我最贴近的还是用我们自己母语表达的作品。三十年过去了，我最初的作品《两条小溪流》依然会出现在我的一些童话选集里面。我发现一部作品，只要你是真诚地写的，你的价值观又没有什么变化，它还是能够经得起时间的考验的。这就是我的第一篇作品给我的启发。

写完这一篇童话后，我就去湖南郴州支教去了。大学期间，我跟所有读大学成长起来的人一样，从来不觉得教科书是重要的，我觉得教科书全都是一些老生常谈，一点用都没有。但是在支教的这三年，我把所有大学的教科书重新读了一遍，才发现其实不是这样的。你看到过的一些老生常谈，正好给了你最基础的文学滋养，让你了解什么是基础的东西。所以在我重新把大学教科书读了一遍，再补充其他方面的阅读后，我考上了儿童文学专业研究生。接着，在上学期间，我用了三年的时间，把当时在浙江师范大学能够找到的儿童文学作品全都读了一遍。我在准备论文的时候，也就像我现在的研究生准备论文一样，是一个非常苦恼和枯燥乏味的阶段，但那个时候，我的心思是很活跃的，我就开始写童话，包括写的那篇成人文学作品《黑色山峦》。我觉得写作是给自己的心灵找了一个喘气的地方。这个阶段，我写了三篇童话：《伤心的红狐狸》《白脖儿和白尾儿》，还有一篇《乌汉国的故事》。

现在，我回过头来看这三篇童话，我觉得对于写作者应该是有启发的。第一篇《伤心的红狐狸》写的是一只狐狸的故事。这只狐狸喜欢河里的一条鱼。河边的草丛里有一只蝴蝶，蝴蝶喜欢这只狐狸。河里的鱼它又喜欢谁呢？它居然喜欢天上飞的那只雄鹰。这是一个有关自己喜欢但是得不到爱的人的故事。那时我正值青春年代，这篇作品和我的生活经历也是相关的。当时我喜欢一个人，但人家喜欢的是另外一个人，有点像安徒生的《美人鱼》。但是我用一种非常纯真的方式来表达了这种情感，所以《伤心的红狐狸》是一个非常美丽的童话故事。第二篇《白脖儿和白尾儿》，我写的是两只麻雀，它们是邻居。有一天，一只麻雀出门去旅行去了，它就托付另一只麻雀照顾它的家。这只麻雀看见邻居家里有好多好吃的东西，就忍不住偷它家里的东西吃，而且还把它家里的东西全都搬到自己家里去了。旅行的麻雀回来的时候发现自己家里都空了。而这个时候冬天又来了，这只麻雀怎么办，它都要饿死了。于是，这只偷东西的麻雀每天早晨都做同一件事情——把好吃的东西变着法子送到那只挨饿的麻雀的门口，那只麻雀每天一打开门就发现——哇，那么多好吃的东西！它得到了许多的惊喜和快乐，就这样，这两只麻雀都度过了一个温暖的冬天。这个童话故事，表达了我对童年的理解。

儿童文学离不开我们对童年的理解。孩子在小时候肯定都会犯错误，在一般的儿童文学作品中，孩子犯错误后我们都要惩罚他，比如小说《骄傲的大公鸡》。大公鸡听说西红柿是红色，非常高兴，结果他见到红色的东西就以为是西红柿，一口吃下去，而其实他吃的是辣椒，被辣得要死，这就是对他的惩罚。这是早期的一般儿童文学作品的表达，至少是我学习写作的年代的一般儿童文学作品的典型表达方式——教育或者教训的儿童文学。但我在这部作品里没有让这只麻雀遭到惩罚，我让它自我调适和自我改变，来表达我对童年的信任。我相信每一个孩子都是能学好的，你给他一次机会让他反思，而这种反思不一定是家长告诉他的，不一定是老师告诉他的。他在当时的环境里就自己认识到了错误。这就像在班级里面尤其像在小学经常发生偷窃的事件，又比如说小孩看到人家的东西很漂亮就把它拿走了。如果这位老师把门关起来，去搜每个孩子的口袋然后找到这个小偷，这个孩子可能从此就一直背上了偷窃的标签，他的人生就可能会发生改变。

当我系统地学习过儿童文学以后，我对童年有了不一样的理解。《白脖儿和白尾儿》是我第一篇被《儿童文学选刊》选中的作品。1991年我研究生毕业，这篇作品发表的时候就是1991年。后来，湖南少年儿童出版社召开了《世界儿童文学研究丛书》会议，全国各地的文学理论家都来到长沙。那次，我第一次认识朱自强老师，他之前在《儿童文学选刊》看过我的作品，他觉得这是中国作家对于童年前所未有的理解。我记得当时他说"没想到还有作家去这样理解童年"。当时我听了心里还特别得意。现在我回过头来看，我正是从这篇作品开始表达我理解的童年以及进行儿童文学作家要如何为孩子写作的思考。

第三篇作品《乌汉国的故事》，讲的是有个国家叫乌汉国，这个国家的女王什么都有，可惜没有孩子。另外一个国家的国王很喜欢这个女王，他就送了这个女王一个孩子。这个孩子特别的漂亮，大大的眼睛像钻石。所有的大臣都围着这个孩子说："这个孩子真漂亮，她的眼睛简直像大大的钻石。"没想到这个孩子不断地重复这句话"大大的钻石啊，大大的钻石"，女王想这个孩子可能需要钻石，就到处寻找钻石。但是找来的所有的钻石都不是这个孩子需要的，她还是不停地说"大大的钻石啊，大大的钻石"。女王非常生气，骂这些大臣都是大大的笨蛋。孩子一听，就又重复这句话"大大的笨蛋啊，大大的笨蛋"。这个女王就想：你看我的孩子都知道我的这些大臣里面有个笨蛋，让我去把这个笨蛋给抓出来。她把所有的大臣都召集起来寻找这个笨蛋，大臣们一个个都吓坏了。就在这个时候，卫兵走进来送来了一封信，是国王写给这个女王的。国王说："尊敬的女王陛下，我送了您一个玩具，一个会说话的声控玩具，您还喜欢吗？"女王这才发现，这不是一个孩子，这是一个玩具。这个故事就结束了。

这个故事是对于一种创作风格的模仿。女性作家可能天生长于抒情。《伤心的红狐狸》《两条小溪流》都是带有抒情色彩的作品。但是一个人的写作要有更多的滋养。于是我开始创作这一种热闹、荒诞的作品，而《乌汉国的故事》就是带有热闹和荒诞气息的。在我后面的作品中，我把所有的风格都综合起来了，既想要表达自己的人生感悟，同时也希望是贴近孩子的，还希望带有风格，不仅是那种缓慢的、抒情风格的作品，还有更多的像《笨狼的故事》这样幽默风格的童话作品。

以上这些是我早期的童话创作。

我的经验告诉大家，写作其实可以学习和模仿。每个人都可以去学习和模仿，写作没有那么难，重要的是你拿起笔来写作，而且要坚持写下去。另外，写作是离不开自己的经验和人生体会的。比如我的《伤心的红狐狸》，肯定离不开我的经验和体会，甚至包括《乌汉国的故事》，我觉得生活当中有时就充满了这种荒诞的事物。每一个人的人生，每一个人的经验和感怀都是不一样的，尽管有时候人的心灵能相通，但是每一个人永远都是独特的。同样的一件事情，不同的作家会做出不同的处理。一个男作家和一个女作家对同一个东西的写作也会有很大的不同。比如《晚安，我的星星》，还是冰波老师的作品，写的是一只小老鼠爱上了天上的一颗星星。星星非常亮，小老鼠每天晚上都要对天上的星星说"晚安，我的星星"。可是，有一天，这颗星星变成了流星掉到地上来，变成了陨石，变成了一块黑乎乎的石头。面对这块黑乎乎的石头，这只小老鼠该怎么办呢？它就不停地擦呀不停地擦，最后又把这颗星星擦得闪闪发亮，这颗星星又飞回到天上去，成为了一颗非常明亮的星星。

当年我读到这篇作品的时候还在上研究生，我对冰波老师说："如果是我写这篇作品，这颗星星落下来了，变成了黑乎乎的石头，那只小老鼠每天会把它抱在身边，在小老鼠的心里它依然是那颗最亮的星星。"这是一个女作家的感受。对一个女人来说，我可能有一天不再是明亮的星星，但在爱人的心里应该永远都是。无论我在天上的时候，还是在草丛里的时候，对爱人来说都是宝贝。这是一个女人的情怀，跟男人是不一样的。去年，我在毛泽东文学院给成人文学作家做了一个讲座，讲的是"童话和人生"。我说童话看上去是给孩子看的，其实跟我们的人生密切相关。所以，我们要热情地体会我们自己的生活，不要错过任何一点让你的心灵颤动的地方。你曾经很感动的东西，它最终会变成你写作的素材。

对于儿童文学作家来说，儿童观非常重要。有什么样的儿童观，你就有什么样的儿童文学作品。《小猫钓鱼》这部作品大家都熟悉。这个作家所持的儿童观是孩子是经常会犯错误的，一旦他犯了错误，我们就要对他进行指正。这是儿童文学所肩负的一份教育孩子的责任。在这样的一种儿童观的驱使下产生了很多作品。比如说，《下巴上的洞洞》讲一个小孩吃饭的时候总是掉饭，下巴就有了一个洞洞，想想这是多么恐怖的作品。但如果我来写，我会想这个掉饭的孩子为什么掉饭呢？因为他要送一粒饭给小蚂蚁吃，要送一粒给小老鼠吃，甚至要留一粒给蟑螂吃。这个孩子虽然掉的是饭粒，但在他心里充满的是一种爱。所以，观念决定一切，不同的儿童观念，你写出来的作品是不一样的。

我想跟大家强调的是先有阅读，才有写作。我的第一篇儿童文学作品是读了严文井老师的作品后写的。之后我停了六年的时间再重新来创作。梅子涵老师在 2000 年写过一篇文章，在文章中他说他所展望的新世纪的儿童文学会有十种现象，其中第十种现象就是有一批儿童文学专业毕业的研究生将进入到儿童文学创作的领域。他说这是一个非常可喜的现象，会对中国的儿童文学产生重要的影响。

从今天来看，经过儿童文学专业知识系统学习的作家有郁雨君、殷健灵、唐池子、萧萍、李学斌等，包括我自己，还有曹文轩、朱自强、陈晖等学者型的作家。北京师范大学的陈晖教授，她之前从未创作过儿童文学作品，去年写了三部儿童文学作品，但是这三部作品一出手就非常有质量。所以说，读书是一件非常重要的事情。读书不在于你的学历的高低，而在于你是否真正地在读书。我的经验是，先有阅读，然后再有写作。没有一个人会告诉我们写儿童文学要有什么样的标准，每个人都可以有自己的标准。所有的经典的儿童文学作品都为我们提供了这个标准。

阅读可以分为三个方面。第一个方面是经典儿童文学作品的阅读。第二个方面是儿童文学理论尤其是儿童教育学、儿童心理学、儿童发展学方面的阅读。第三个方面是更广泛的人文方面的阅读。要做一个自信的儿童文学作家，一定要了解这个世界上最好的文学作品是什么样的。了解什么是最好的儿童文学，更要了解什么是最好的文学。只有有了这样的滋养，你的写作才有一个大的背景。

　　儿童文学的阅读会带给我们写作的启示。有几个我非常喜欢的儿童文学作家，他们的作品我一有时间就会反复阅读。首先是安徒生，读安徒生的作品就会发现儿童文学作家一点都不要装模作样，不要学习娃娃腔，你生活当中所有的东西都能变成你写作的素材。因为安徒生就是用自己生活中的素材来写作的。他自己所有的生活都进入到他的作品里面。他一辈子都在旅行，他的旅行就进入到了他的作品里面。因为旅行，他写过一枚外国钱币的故事《一枚银毫》，他一辈子独身，他也不断地恋爱，但没有得到他心中的女神。因为他的女神实在是太"高大上"了，就像《海的女儿》里面的人鱼公主，别人背叛了她，她还愿意牺牲自己。安徒生最著名的作品《白雪皇后》，故事中也有一个理想的女孩子格尔达。男孩加伊和女孩格尔达自小青梅竹马，有一天，有一块魔鬼的碎镜片进入到了男孩加伊的眼睛里，让他看世界只能看到最坏的一方面，他跟着白雪皇后的雪橇去了白雪皇后的宫殿。女孩经历千辛万苦，无怨无悔地寻找男孩，最后用自己的眼泪去温暖他，用眼泪把男孩眼里那块魔鬼的碎镜片洗出来。我认为这就是安徒生自己所渴望的爱情。安徒生的出身很低微，他是一个鞋匠的孩子，妈妈是一个洗衣女工。丹麦的冬天是极其寒冷的，他的妈妈为了能到河里去洗衣服，就每天喝白酒来温暖自己，最终妈妈变成了一个酒鬼。他妈妈的生活被他写进童话里，名叫《她是一个废物》。这样的出身让他渴望不断地提升自己的门第，也从小开始做白日梦。他小时候第一次恋爱，爱上了平民学校的一个女孩子。这个女孩子的理想是将来到富人家里当管家，安徒生说："你不要到别人家里去当管家，你将来做我的城堡的女主人。"女孩子说:"你不过是一个鞋匠的孩子,你有什么城堡?"安徒生说:"你怎么就知道我不是某个国王或者王后的私生子呢,说不定他明天就会来找我呢?"他一直都在渴求自己是别人的孩子,渴求能够改变自己,所以《丑小鸭》的主人公最终变成了白天鹅。这个白天鹅是国王花园里的白天鹅,不是田野中的野鸭子。作品就是安徒生的人生写照。他也写过《拇指姑娘》,而《格林童话》中的《大拇指》和安徒生的《拇指姑娘》两者是不一样的。"大拇指"是穷人家的孩子,他得到财富以后回来了,从此跟爸爸妈妈幸福地生活在一起。安徒生的"拇指姑娘"先是被一只癞蛤蟆看上了,她实在不愿意嫁给癞蛤蟆。周围的蝴蝶也觉得这是特别不公平的,就把她放在一片荷叶上让流水带走了。她经历了很多事情,包括被一只田鼠救了,田鼠觉得鼹鼠每天都穿着皮大衣,那么有学问,家里有那么多钱,拇指姑娘完全可以做鼹鼠的太太,但拇指姑娘不乐意。拇指姑娘救了一只燕子,燕子把她带到了一片废墟,那里是一个花的王国,拇指姑娘做了花的皇后。最后,拇指姑娘回家了吗?没有。这就跟安徒生自己一样。安徒生十四岁离开老家欧登塞,一直到六十多岁功成名就才第一次回到故乡。他实现了一个巫婆的预言,那个巫婆曾经跟他的妈妈说:"你孩子的梦在远方,有一天他的老家会张灯结彩迎接他的归来。"当他回来的时候,爷爷奶奶没有了,爸爸妈妈也没有了,就他一个人衣锦还乡。安徒生告诉我们,生活就是童话,只要你有足够的想象力,任何东西都能写成一篇童话。衬衣的领子写成了一篇童话,缝衣针写成了一篇童话,一根穿香肠的扦子写成了一篇童话。只要你有足够的想象力,甚至童话本身它也能写成一篇童话。

安徒生还告诉我们想象力来自哪里。他有篇童话《创造》告诉了我们想象力的秘密。这篇童话中，有一个诗人没有了灵感，于是他去找巫婆，希望巫婆给他灵感。巫婆给了他两样东西，一个是助听器，一个是眼镜。他戴上这个助听器以后发现，大自然万事万物都在讲自己的故事，只要把它们都记下来就好了。当他戴上眼镜以后，他发现世界上所有地方都是舞台，把它们记录下来就好了，这就是创造。我们需要安徒生所说的特殊的助听器和特殊的眼镜，那就是你能够发现别人没有发现的东西。这是安徒生给我的启示。

罗尔德·达尔的作品也是我反复阅读的。他是英国最有想象力的儿童文学作家，他写过《查理和巧克力工厂》《女巫》《了不起的狐狸爸爸》《詹姆斯和大樱桃》等许多优秀的作品。其中给我最大启发的作品是《乔治的魔药》和《了不起的狐狸爸爸》。狐狸是偷东西的。《了不起的狐狸爸爸》里的狐狸也依然是偷东西的，狐狸偷农场主的东西，但是在狐狸看来，农场里的鸡、鸭就是它的，它获取这些东西是理所当然的。这只狐狸想尽办法把农场主给打倒了，把农场主捉弄得一塌糊涂。这部作品的观念颠覆了我之前的创作观念，一般来说，狐狸是不劳而获的，而对于这只狐狸来说，它的想法是：我生活在这个世界上，我是要吃东西的呀！那么，农场主你有那么多的鸡，你就应该给我吃。我吃不到我就要想办法来偷你的，我就想办法把你打倒。这是一个非常精彩的故事。还有《乔治的魔药》：乔治有一个姥姥，一天到晚唠唠叨叨的，而且这个姥姥还特别自私。不是所有的祖母都像高尔基的祖母一样无私。我想生活当中有很多孩子也有唠唠叨叨的祖母和唠唠叨叨的外祖母，这是孩子现实生活中会遇到的。但是乔治就不一样，他配制了一种魔药把外婆变没了。外婆去了哪里没人知道，只有乔治一个人知道。从正常的观点来说，这绝对是不符合我们的道德观念的，但是从想象力来说就很绝妙，从儿童心理来说是符合儿童的心理的。在这里，我们不去评判作品的观念，它给你带来了一个挑战。当它在改变你的观念的时候，你会发现想象力的天地无限广阔。这就是罗尔德·达尔给我的启示。

第三个我反复阅读其作品的作家是德国作家米切尔·恩德。德国人对这个世界最大的贡献就是他们的哲学。许多大哲学家都是德国人，在儿童文学领域，最具有哲学思维的儿童文学作家也是德国的。米切尔·恩德写过很多作品。比如，老少咸宜的《犟龟》《奥菲利亚的影子剧院》，另外还有两部知名的长篇《毛毛》和《永远讲不完的故事》。作品《毛毛》中把时间变成了童话，《永远讲不完的故事》把空间变成了童话。只有有非常广阔的思维和想象力以及对宇宙深刻地思考，你才可能写出这样的作品来。

另外，还有一个作家，他一生只写了一部儿童文学作品，但是他因为这部儿童文学作品而不朽。那就是圣－埃克苏佩里和他的《小王子》。这个故事告诉我们，在讲故事的时候千万不要仅仅是讲一个故事。故事上升为一个哲学以后，这个故事就会变成一个象征，它能带来无限的丰富性。比如《皇帝的新装》这个故事就变成了寓言，不同的人在不同的年代、不同的年龄阅读后都会产生不一样的心得。《小王子》也是这样。故事讲述了小王子游历不同的星球，他所经历的每一个星球以及星球上人们所从事的事情都是对人类社会的一种比喻。那个掌管街灯的人，他每天的工作是把街灯点燃，天亮了，他就把街灯给灭掉。它象征人类的工作有时就是这么平凡而荒谬。在另一个星球上，小王子遇到了一个酒鬼。他为什么天天喝醉？因为他觉得喝醉了是一件非常羞耻的事情，他喝醉是为了忘记自己的羞耻。还有一个星球上有个富翁，他有很多很多财富，他不停地计算他的那些财富，一辈子都是如此。财富是干什么的？他没有去关心。还有一个地质学家，他不断地记录，不断地积累自己的知识，知识是干什么的？他也不知道。作品中写到了一个又一个的星球，其实每一个星球的人都是人类世界某种特定的象征。你读的时候可能觉得这是一个很可笑的童话故事，可读完了合起书来，当你长大了回过头来看，你就会发现这里面的含义是多么的丰富。

我们要探讨文学的丰富性，从文学的丰富性来说，圣－埃克苏佩里告诉了我们一种手法——象征，象征能够带来文学的丰富性。日本有个女作家安房直子，我相信所有的女性儿童文学作家都是喜欢她的，因为她写的就是白日梦，而且是女人的白日梦，少女的白日梦。她告诉我们，白日梦其实可以写得那么美。我们回顾当代的中国儿童文学，会发现她对我们这批从上世纪八九十年代开始写作的作家影响最大。在上世纪二三十年代——我们的儿童文学初创期，安徒生、格林直接影响了叶圣陶他们的童话。安房直子最重要的作品是一个短篇集子，叫作《谁也看不见的阳台》，她把日本的文化用东方的童话故事展现出来，具有非常明显的地域性。

美国作家 E.B. 怀特有三部非常重要的儿童文学作品，分别是《吹小号的天鹅》《精灵鼠小弟》《夏洛的网》。为什么他没有获得国际安徒生奖？那是因为在美国文学史上，他不是一个儿童文学作家，而是一个非常有地位的散文作家，他也是《纽约客》的撰稿人。在 21 世纪初的时候，小资圈里有一句话：不是在读《夏洛的网》，就是在读的路上。可见他的作品是多么深入人心，而且这样的作品也是非常受成人喜欢的。这就是一部完美的作品，它给我们的启示是，你要想写出这样完美的作品，让九到九十九岁的人都喜欢读，是可能的，只是你需要有像他那样的力量，需要有他那样的情怀。E. B. 怀特虽然住在纽约，但他在缅因州有一个农场。每当既像天堂又像地狱的纽约让他厌烦的时候，他就会到他的农场去，他在农场养了很多的猪。有一天早晨他去喂猪的时候，他想，这些可爱的小猪春天出生，冬天就会变成火腿，这太不公平了，得用一种什么方式来让一只猪不变成火腿。于是他就写了《夏洛的网》。通过这部作品，那只叫作威尔伯的小猪不仅没有变成火腿，还变得不朽了。

以上这些是儿童文学作品带给我的启示，这就是我说的第一种阅读：儿童文学阅读。

第二种阅读是儿童教育方面的阅读。儿童文学和教育密不可分。儿童文学到底该有不该有教育性？儿童文学作品是给孩子看的，它肯定要带给人们一些东西，无论是快乐也好，教育也好，一部作品肯定负载一定东西。

我们在阅读有关童年与教育方面的书籍的时候，会思考什么是童年，童年有什么意义？童年其实远远比我们所理解的丰富得多。首先，就童年这个概念所涵盖的人来说，联合国教科文组织的定义是：零到十八岁的任何人都叫儿童。但我们眼中的儿童一般都说十二三岁以下的，这以上的就不是了。教育是什么？我们平时理解的教育是传道、授业、解惑，其实这些都是外在的东西。你仿佛就是一个袋子，传道、授业、解惑就是把一切往你这个袋子里装。而西方人所理解的教育理念不是这样的，"教育"这个词是从古希腊语来的，它的意思是"助产"，就是苏格拉底所说的，教育是用来帮助你的，帮助你把心里已有的东西引导出来。苏格拉底的哲学也是这样。他是在和别人的对话当中引导别人把其智慧激发出来。东西方对于教育有不同的理解。如果我们能把两者很好地结合起来，并对童年有一个更深层次的理解，我们的儿童文学将会呈现不一样的面貌。对于儿童，他所要的究竟是什么？他不只是要学习知识，要塑造良好的品格，在学习知识和塑造品格之前，一个健康的人格也非常重要。

在和许多孩子的交流过程中，我问他们为什么要阅读儿童文学作品？孩子们异口同声地说：学习知识！我说，不是的，文学阅读可不是学习知识。文学阅读可能让你获得快乐，丰富你的情感，增进对他人、对世界的理解。儿童文学作品不能只是一味地让人学习知识、塑造品格的作品。"从前有座山，山里有座庙，庙里有个老和尚讲故事。老和尚在讲什么？从前有座山，山里有座庙，庙里有个老和尚讲故事。"这难道不是儿童文学吗？这其实是非常优秀的儿童文学作品。因为它带给人快乐，通过它，你掌握了语言的规律，甚至故事的结构。我们的儿童教育，它不仅是让孩子学习知识、塑造品格，还包括学习和掌握语言本身，以及感受世界的能力。当我们对于童年和童年所需要的东西能够理解得更多的时候，写作的前景也会变得更加宽广。在我看来，儿童文学的阅读很重要，儿童教育学和儿童心理学的阅读可能对于支撑你写作更重要。

在写作的时候，你需要考虑写什么，为什么写，为什么这样写这些问题。比如，所有孩子都喜欢的《颠倒歌》："东西街，南北走／出门看见人咬狗／捡起狗来打砖头，又怕砖头咬了手。"为什么《颠倒歌》会受到孩子们的喜爱？除了它很有趣，更深层的原因是孩子们认识世界的时候是按关系去认识的，他先认识对立面才会认识自己这一面。比如说，你告诉孩子这是右边，他一定不知道哪是右边，还是会经常走到左边去。这时你就要告诉他一种对立的关系。这样的作品走到了关系的反面而特别有趣，自然会受到孩子的喜爱。当你掌握了这些东西时你会发现，你写作的时候可以根据孩子们的心理而设计一些故事。冰波的许多作品被选入幼儿园的教材里去，就是因为他在创作时充分考虑到了儿童是怎样认识这个世界的。这是我所说的教育阅读带给我们写作的启示。

我希望所有儿童文学创作者和老师，都能记住这两首诗。第一首诗是纪伯伦的《论孩子》：

你们的孩子，都不是你们的孩子，

乃是"生命"为自己所渴望的儿女。

他们是借你们而来，却不是从你们而来，

他们虽和你们同在，却不属于你们。

你们可以给他们以爱，却不可给他们以思想，

因为他们有自己的思想。

你们可以荫庇他们的身体，却不能荫庇他们的灵魂，

因为他们的灵魂，是住在"明日"的宅中，那是你们在梦中也不能想见的。

你们可以努力去模仿他们，却不能使他们来像你们，

因为生命是不倒行的，也不与"昨日"一同停留。

你们是弓，你们的孩子是从弦上发出的生命的箭矢。

那射者在无穷之中看定了目标，也用神力将你们引满，使他的箭矢迅疾而遥远地射了出去。

让你们在射者手中的"弯曲"成为喜乐吧，

因为他爱那飞出的箭，也爱了那静止的弓。

　　这首诗告诉我们，孩子都是明天的，你可以给他们爱，可你不能去塑造他们的灵魂，甚至去束缚他们，你只能去帮助他们，滋养他们，成为他们养料的一部分。因为他们是有无限可能的，你不能按照你预想的样子去塑造他们。

　　还有一首诗，叫《牵一只蜗牛去散步》。孩子身上肯定会有各种各样的毛病，孩子看上去都是又笨又顽皮，有很多的弱点，就像我写的那只麻雀，看见别人家的东西就想偷走。但是，作为一个成年人，一个儿童文学作家，包括一个儿童文学教育者，你所做的工作就是牵着一只蜗牛去散步。

　　这首散文诗是这样的：

上帝给我一个任务，

叫我牵着一只蜗牛去散步。

我不能走太快，

蜗牛已经尽力爬，

为何每次总是那么一点点？

我催它，我唬它，我责备它，

蜗牛用抱歉的眼光看着我，

仿佛说："人家已经尽力了嘛！"

我拉它，我扯它，甚至想踢它，

蜗牛受了伤，它流着汗，喘着气，往前爬……

真奇怪，为什么上帝叫我牵一只蜗牛去散步？

"上帝啊！为什么？"

天上一片安静。

"唉！也许上帝抓蜗牛去了！"

好吧！松手了！

反正上帝不管了，我还管什么？

让蜗牛往前爬，

我在后面生闷气。

咦？我闻到花香，

原来这边还有个花园，

我感到有微风，

原来夜里的微风这么温柔。

慢着！我听到鸟叫，

我听到虫鸣，

我看到满天的星斗多亮丽！

咦？我以前怎么没有这般细腻的体会？

我忽然想起来了，

莫非我错了？

是上帝叫一只蜗牛牵我去散步。

　　这就是成人和儿童的关系。我们学校音乐学院的一个老师，他和一个很年轻的女人结了婚，还生了一个很可爱的孩子。中年得子之后，他天天和这个小宝宝在一起玩，他突然发现，原来童谣是这样美妙的东西。因为他已经是一个很有名的音乐家，所以他用自身的音乐的素养来写童谣。他把音乐放进童谣里，这是他的一大发现。这位音乐老师个子很高，而他又天天和孩子趴在地上一起玩，他也跟着孩子用孩子的视角来看待大地上的万事万物，并创作了两首非常漂亮的童谣，其中一首叫作《蜘蛛蹦极》。蜘蛛从那么高的地方下来，原来是在蹦极！从我们正常的视角来看，蜘蛛就是在织网，只有从下往上看，才看得出来蜘蛛是在蹦极。另外，他还写了一首关于金银花的童谣，在我们看来，金银花是漫山遍野一片一片的，但当他像个孩子去看金银花时，他发现金银花是两朵、两朵开的。为什么金银花会两朵、两朵开呢？就像一个是爸爸、一个是妈妈呢？这样一想，那谁又是金银花宝宝呢？这就很有诗意了！当你和孩子一起成长的时候，看上去你对孩子付出了很多，其实你在孩子身上学习到的更多。

　　我还想给大家提供一些参考书籍。我们中国所有的教育都深刻地受到苏联教育的影响，影响最大的一个教育家叫作苏霍姆林斯基，他有一本书叫作《给教师的一百条建议》。另外，美国学者尼尔·波兹曼的《娱乐至死》也值得大家去看一看。他认为人类自古以来就有孩子，但童年的概念才形成不过几百年，童年是一个社会性的概念，为什么会有童年，为什么有儿童？因为人类的知识是有禁忌的，有些知识是不能让孩子知道的，比如说色情、暴力等。在以前，孩子们当然不能够知道这些，因为我们当时是用纸质媒体将它们记录下来，孩子不识字就看不懂；你只要将它们锁起来，孩子们就看不到，除非他们把锁撬开。而现在的网络、新媒体会让这种东西无处不在，所以孩子和成人之间的这种禁忌也就很快消失了，童年也就很快消失了。我们也就发现，零到十八岁的童年概念在我们这个年代很难存在了。如今的童年已经越来越短暂，面对越来越短暂的童年，我们成年人又该做些什么，怎样才能抵御童年的消失，这本书将会带给我们思考。

关于童年，关于如何去认识孩子，意大利教育学家和儿童心理专家蒙台梭利的《童年的秘密》对我们如何认识童年有很好的启发。瑞士著名儿童心理学家让·皮亚杰在其著作《发生认识论导论》一书中阐述了孩子自生下来后如何去探索世界、如何去建构自己的概念、如何去确认自己和世界的关系，一直到如何建立心中的道德。英国教育家、哲学家洛克，他的思想和著作对儿童文学的发生和发展有着非常深远的意义。英国男人都很绅士，这种英国的绅士教育就是从洛克开始的。洛克是个家庭教师，他的著作《教育漫话》很值得一看。我们常常说美国的教育是天堂，美国的教育在人的观念上、在教育的观念上，包括在教育的措施上都有很多值得我们学习的东西。艾斯奎尔是美国一个特级教师，他有一本书叫作《第五十六号教室的奇迹》，是一个美国教师通过亲身经历来谈他的课堂和教育理念。还有日本女作家黑柳彻子的《窗边的小豆豆》，这既是一部儿童文学作品，又是一部儿童教育作品。美国的吉姆·崔利斯和英国的钱伯斯都是儿童阅读教育方面的专家，他们分别写了《打造儿童阅读环境》和《朗读手册》。阅读这类教育类图书，对儿童文学作家的写作也有一定的帮助。

我们必须关注我们所生存的时代。联合国教科文组织每隔一段时间都会发布一个教育纲要，这些教育文献会预示每一个阶段教育及其发展的方向。其中《教育——财富蕴藏其中》《学会生存——世界教育的今天和明天》是关于当代教育的图书。如何能让孩子更好地阅读，包括你自己的孩子更好地去阅读，这是我们要关注的问题。

通过广泛的阅读，你会从一个自发的写作者变成一个自觉的写作者，最终成为一个自信的写作者。没有一本书能教你儿童文学要这样写，儿童文学要那样写，但是一切的经典都为我们提供了写作的标准和准则。很多的写作者，最初都是自发的写作者，可能你有一点故事想说，你有一点感触想表达，就像我们练习本里的诗歌。很多人走上文学道路之前都写过诗，包括我自己，这些都是自发的。甚至有一个故事你要讲出来，你写的是你自己的人生，写的是你自己的感悟，但这些经验都是非常有限的。你要成为一个自觉的写作者，首先你要有自己的想法，拥有自己的追求，但最终，你还要自信。你相信自己就是适合写作的，就像我今天越来越相信我最适合写的就是儿童文学，最值得我写的也是儿童文学。就像我对我们那个音乐学院的老师说的："祝贺你，人不可以年轻两次，但是你重新年轻了；人不可以成长两次，但是你正在经历第二次成长。在高校里有那么大的学术压力，而你现在开始写童谣，找到了以后可以为之奋斗的目标，并以终身为托付，是一件幸福的事情。"作为一个儿童文学的写作者，不管别人怎么说你写的是小猫小狗的东西，你可以告诉他们，儿童文学是一个多么美妙的文学宝库，只是因为他们屏蔽了自己的双眼，没有看见。

　　美国诺贝尔文学奖的获奖作家辛格，他也同时为儿童写作，他说的这段话可以给大家提供一些借鉴和参考：

　　我为何为孩子写作呢，可以举出五百个理由。为了节省时间，在这里我只提其中十个。

　　第一，孩子读书，不读评论。他们根本不理睬评论家。

　　第二，孩子读书并非为了寻找自己。

　　第三，他们读书不是为了解除负罪感，压抑反叛的渴望或者摆脱精神迷惘。

第四，他们不懂心理学。

第五，他们讨厌社会学。

第六，他们才不想去弄明白卡夫卡或《芬尼根的守灵夜》。

第七，他们依旧相信上帝、家庭、天使、魔鬼、巫婆、妖怪、逻辑、纯洁、标点等诸如此类已经过时的东西。

第八，他们喜欢有趣的故事，不喜欢议论、指南或脚注。

第九，哪本书令人生厌，他们就直言相告，绝不会感到羞愧，也不会害怕权威。

第十，他们并不期望自己喜爱的作家去拯救人类。他们年幼，明白他没有那种能耐。只有大人才有这种幼稚的想法。

作为儿童文学作家，根据我的写作经验，我还想告诉大家，如果你确信为孩子写作是世界上最幸福的事业，你还要确信，儿童文学是需要极高的艺术技巧的，真的不是你随便编个小猫小狗的故事就能成为一部优秀的儿童文学作品。

儿童文学作家任溶溶老师在他的一本集子上有一段话，令我印象深刻：

"我是任溶溶，是为你们写作的，你可能是现在的读者，你也可能是几十年前读过我的作品的，但是，我的写作是为了让你们快乐。如果你是几十年前读过我的作品的，今天再读，你会相信，我从来没有骗过你们。"

回过头来看看自己写过的每一部作品，让我们想想，自己是不是真诚的，是不是能理直气壮地对孩子说"我从来没有骗过你们"。

任溶溶老师九十多岁了，他回顾自己的写作时说这句话，真是非常了不起。我们的写作不仅仅是针对三岁、五岁这么小的小朋友。当这些小朋友长大了，他回过头来看我们写的作品，他会说："这些叔叔阿姨真的没有骗过我们。"这对一部作品是多么高的评价。

没有一个作家能单独成为作家，所有的作家都是对前人的继承和学习，如果没有前面的托尔金的《魔戒》，就不可能有 J. K. 罗琳的《哈利·波特》；如果没有前面的《格林童话》里的《大拇指》，就不可能有安徒生的《拇指姑娘》。包括我自己的写作，我有一部作品叫作《女孩和栀子花》，希尔福斯坦有一部作品叫《爱心树》，我就是在对希尔福斯坦这部作品进行模仿和再创作，但是我又把故事完全地改变了。

广泛的文学阅读会滋养你的艺术感觉，带给你写作的信心。一个人的写作首先是从生活经验开始的。当你的生活经验写完之后，学养就是写作的根本保障了。

我们所有人首先都是自发的写作者，有的作家一个故事写完之后，再也没有故事可写。比如以前有许多工农兵作家，讲完一个特别的故事之后，一辈子再也无法进行写作。这真是一个将一辈子致力于写作的人所需要避免的。

在儿童文学创作中，有许多作家都是自觉的写作者。带着某种使命在写作。比如一些前辈作家为教育儿童而写作，但是一辈子未必写出了好作品。这里并不全是天赋的问题，而是以什么样的作品为艺术标尺的问题。

从写作的自发到自觉，再到写作的自信，是一个作家的成长过程，也是一个不断学习的过程。艺无止境，让我们努力做一个出色的写作者，为孩子们写出值得他们阅读并能终生牢记的优秀作品。

第九篇　我的儿童小说创作

邓湘子

　　中国作家协会会员，编审。著有长篇儿童小说《蓼花鼎罐》《牛说话》《石月亮　银月亮》《溪头的读书声》《兔子班的新奇事》等。获第九届全国优秀儿童文学奖、第五届中华优秀出版物奖、首届中国出版政府奖（图书奖提名）、第三届全国优秀少儿读物奖等奖项。长篇小说《像风一样奔跑》被选入"百年百部中国儿童文学经典书系"。

文学创作本身是十分艰难的，谈论自己的文学创作可以说更加艰难。回想起我与儿童文学的缘分，很奇妙。我小时候没有接触过儿童读物，上小学，上中学，都没有读过儿童文学。大学我读的是师范类的中文专业，我们的老师居然没有谁提及"儿童文学"这个词。但是，后来有一件重大的事发生了，我做父亲了。我的女儿出生了，稍大一点，她要听故事了，我给她寻找有关故事的资源，就接触到了儿童文学，是我的女儿把儿童文学带到了我的生命之中。我寻找讲给女儿听的故事，那些故事唤醒了我的童年体验。我惊喜地发现这个世界上还有一种专门写给儿童看的美妙的童书。

到底给朋友们说一些什么呢？我想了一下，我在创作当中，遇到过很多困难，也碰到过许多问题。今天我想主要讲我创作当中的困难和问题，这个比较有我的个人的特点。我找了一下原因，为什么我会遇到这些困难，我觉得是我的文学准备不足。那么我在讲我的问题和困难之前，我要把一个问题交给大家：儿童文学的创作应该要有哪些准备？

我遇到的第一个问题，故事从哪里来？尤其是好故事从哪里来？

我们每一个写作者对文体的选择都是从自己的兴趣、特长，从自己的创作资源而来的。儿童小说是需要故事的，需要幽默的、好玩的故事，有悬念的、有冲突的、吸引人的故事，有爱的、有感动的、有力量的故事，有启迪的、有智慧的故事等。汤素兰老师在全国儿童文学创作出版座谈会上有一个精彩的发言——题目叫作"有根的故事才有生命力"，有根的故事就是对故事有更高的要求。我在创作中，往往故事性不强。我在开始创作的时候，故事这个问题是困扰我的。我要把这个拿出来和大家讨论。

　　我的第一部儿童小说写于 1990 年，当时我在绥宁县二中当老师。那时候我们绥宁有几个年轻的朋友对文学很有兴趣，其中有一个比我小两岁，叫陶永喜，在《芙蓉》《湖南文学》这些杂志上发表了小说。1989 年的时候，他不小心写出一部小说来，以一个孩子为主人公，题目叫《不知名的鸟》。他不知道投稿到什么地方去。他偶然看到一本《小溪流》，这个杂志上面刊发以孩子为主人公的小说。他就把稿子寄过去，很快被发表出来了，而且很快被上海的《儿童文学选刊》转载了。他被邀请参加《小溪流》杂志的南岳笔会，能够被邀请参加笔会，就表明似乎有点作家的感觉了。

　　我从那时开始关注《小溪流》，我看了里面的作品，觉得自己也可以写。1990 年的春天，我就写了我的第一部儿童小说《礼物》。这是一个非常简单的故事，一个很幼稚的故事。我把稿子寄出去，不到一个月就收到了用稿信。1990 年 12 月，《小溪流》发表了我的儿童小说处女作。

　　接到用稿信，我大受鼓舞，又写了一部，叫作《春笋正拔节》，写的是三个放牛娃的故事。他们放牛的时候在下棋，有一头牛跑了，跑到山溪对面去吃竹笋。笋子是要留下来的，不能让牛吃掉。男孩之间发生了一点矛盾，个子小的男孩老是受高个子男孩的欺负。牛跑过了溪水，高个子男孩想蹚过溪水，想把牛赶回来。但水流太急了，他过不去。小个子男孩有办法，他蹚过溪去把牛赶回来了。小时候，我蹚过涨水的小溪，我爸爸告诉我，过溪不能直着走，要斜着走，顺着水走。我把这个经验用在小说里面。小个子男孩把牛赶回来了，高个子男孩感到惭愧了。这部小说发表后，很快就被上海《儿童文学选刊》转载了。

　　我还有另外一个朋友陶永灿，也开始写儿童小说了。他的《乡村人物三题》也在《小溪流》发表了，也被《儿童文学选刊》转载了。在很短的时间里，一个县里冒出了三个儿童文学作家，1991年《小溪流》的笔会就放在了绥宁召开。我受到了邀请，去参加这个笔会。《小溪流》的笔会原来一直是放在南岳开的，这一次，为了三个年轻的作者，把笔会搬到了绥宁县城来开，我们特别受到鼓舞。当时的主编是金振林老师，他看到我就问："湘子，你是一个老师？你是一个语文老师？"我说："是的。"他说："我最怕看两种人的稿子，第一种是语文老师的稿子，第二种是编剧的稿子。语文老师的小说稿子语言古板，但你的小说写得很生动。编剧的稿子都是在对话，没有个性，看不下去。你小说里的对话不算太多，但是有味道。"和金振林老师的这番简单对话，我到现在都还记得。他还说到了我小说中的人物，他说："你这两篇小说还是有点冲突的，写出了冲突。"我第一次见到编辑，很紧张。我不能问他我的小说的冲突在哪里。后来我自己就想，有什么冲突呢？哦，《礼物》当中有一点人物内心的冲突，《春笋正拔节》这部小说里写出了人物之间的冲突。我从金振林老师的谈话中，学到了写小说的一些基本要求。以前我没有读过儿童小说，读的是成人小说。我非常喜欢沈从文的小说，他塑造人物有个很有名的说法——贴着人物写。我在写儿童小说之前写过成人小说，也发表过。但我一接触儿童文学，好像就找到了我应该做的事情。

　　小说的故事应该有冲突，故事的表达应该叙述生动，人物的对话应该有个性，这些和金振林主编的对话给了我很深刻的印象。

　　我在写儿童小说时，有一个问题是困扰我的，我写到了自己童年的很多故事。有时候，我模糊它的背景，把它变一变。有时候，我觉得恐慌，要我写一个新的故事我写不出来，我要从我的童年生活中去寻找小说故事的资源，这是不是写我的回忆？这是在创作吗？这个问题由刘绪源老师给我解答了。第九届全国优秀儿童文学奖评出来的时候，刘绪源老师写了一个获奖作品评论，专门有一段谈到《像风一样奔跑》，说作品写作者经历过的童年，但不是"写回忆"，而是"写生活"。我反复地琢磨这句话，怎样由回忆变为生活，或者由生活变为文学，我觉得这值得深入思考。我们经历过的童年生活，是我们文学创作的资源，我们怎样把它变为创作的资源，这里有一个艺术化的过程，是需要我们去琢磨的。

在写作的过程中，我也努力来拓宽发表的园地。当时，我和陶永喜、陶永灿一起，拓宽我们的发表园地。《小溪流》是陶永喜第一个突破的，我就拼命往《儿童文学》投稿，我的一篇小说就在《儿童文学》上发表了。陶永灿拼命地往上海《少年文艺》投稿，作品被发表了。陶永喜投稿给江苏的《少年文艺》，也被发表了。我们争着给这些杂志投稿，看谁先发表。我给江苏《少年文艺》投的一个稿件很短，只有三千字，叫《路边草》。责任编辑给我回信的时候，说这个小说很有意味。这个编辑叫作沈飚，后来成为我非常好的朋友。这封信让我产生了思考，这个故事很淡，没有什么情节，写的是我小时候在村庄里的一点点经历。中午放学了，夏天太阳很晒，我们在村里头的大树下玩。我设计了一个打草鞋的瞎子，我们捉弄他。实际上并没有这样一个老人，但我们曾经捉弄过瞎子，就把这件事情写成了一个淡淡的故事。编辑的回信让我知道，这一类的写法，是有意味的。我现在重新来读，觉得它有意味这一点确实值得肯定。

我在写作中，有很长时间都为我的想象力感到惭愧。我觉得作品的故事性不强，是我的想象力不够。

我有过很有味道的体验。1993年，我和一位朋友聊天，她在新疆生活过许多年。我做编辑之前做过高中语文老师，多次教过《天山景物记》，里面描写了天山的野马，我顺口就问："你有没有看到过野马？"她说看不到，野马是抓不住的。听说有人开着吉普车去抓，那匹野马在草原上跑啊跑，突然倒在地上，死了。那天晚上还聊了别的事情，我都不记得了。我回去的时候就想着这匹野马，过了一个星期，我写了一部七千字的小说，题目叫《黑色野马》。就这样，借着一个对话，凭着我的想象写出来，我当时很兴奋，把它送给金振林老师看。金老师第二天给我打电话说，小说很好，安排第二年第一期的头条发表。这件事情对我的写作有很大的鼓舞作用。这说明我的想象也不差呀。所以，努力抓住自己感兴趣的材料，强化想象力的参与，是可以写出好故事来的。

前几年我写了一部四千字的小说，叫作《被风吹来吹去的人》。这篇小说没有确切的主人公，没有什么情节，是想象的产物。小说开头，我写到大清早，一个孩子从家里走出来，背着书包去上学。这个孩子朦朦胧胧的，分不清是男孩还是女孩。他走在人群当中，快要到学校了，一阵风把他吹到了另一个街道。走到前边，果然有一个学校，他走进去了，这时候可以看清楚他是个男生。然后铃声响了，开始上课了。老师被一阵风吹到了讲台上，男孩听了一会儿课，厌倦了，坐不住了。这时一阵风吹过来，把他吹出了窗口。孩子就背着书包走在放学的路上了，他想前面拐弯的地方有个肯德基，要进去吃点东西。但是一阵风吹过来，把他吹到另外一条大街，他继续往前走，走到街角，果然就有一个肯德基……写这部小说，我有一点实验性。我觉得现代人的生活就是这样的，人们生活得匆匆忙忙，很表面。一阵小小的风都可以影响到人们的生活。我把这个故事寄给沈飚主编，他打电话给我说，准备将它发在头条，要我写一则创作体会。为什么要进行这样的尝试？我就是想训练我的想象力。我老觉得自己的想象力不够。我们搞创作的朋友，一定有这样的体验，想象力总是不够的。我们需要训练自己的想象力，好故事尤其要有想象力。

前面我讲到了故事的困惑和我对自己写作的训练。下面我讲第二个问题，质感如何升级？

我觉得一部作品是有它的质感的。我讲的质感就是讲它文学品质的感觉。我们掂量一个东西有手感，我们说话有语感，我们的一部作品要写出品质感觉来。这个问题也一直在困扰我。

那么，从哪些方面去提升呢？

首先，语言的质感。作品的语言有它的感觉，这很重要，为什么有些人的语言我们读起来哈哈大笑，有些人的读起来味同嚼蜡，这都是感觉在起作用。

第二，人物。有的人物是油滑的，有的人物是厚重的、沉甸甸的。有的人物有力量，有内心的力量，有性格的力量，有张力。我们在阅读的过程中，完全是有感觉的。我们在创作的过程中，我们要做自己的读者，写出来了自己读一读，就会感觉作品的质感怎么样。

作品的质感牵涉到全部的感觉，包括细节、氛围，作者创作的态度是否诚恳，是否用力。我们有时看一部作品，看到哪里，觉得这儿还可以写一大段的，结果没写了，没有力透纸背。用劲不足，用功不足，用心不足，也是可以看出来的。这也是和作品的质感相关的。

我来举我的作品的例子。我的小说往往是取自我熟悉的生活。我常常觉得我的生活太普通了，我的小说不够奇妙，不能给我的读者带去奇妙的感觉。我还是有一种追求的，就是要有一点品质的要求。

一是写自己熟悉的生活，写出新奇感觉。

举个例子，我写过一部小说《家园》，这是我被转载得最多的一部短篇小说。我写一个男生在镇中学上学，他收到了一封信。他的朋友在县城上学，给他写信说："最近我和爸爸回家了。我们把老家的房子卖掉了，以后你要到县城里找我玩。"这个孩子收到朋友的信后，有点羡慕，也有点失落。所以他就想回家去看一看。他回到一个山村里，感到奇怪。他走在石头铺的路上，居然踩不出响声来，一点声音也没有。风也没有吹出树叶的响声。村庄是黑白的，是漂浮的，像在水中一样，像夜晚一样。他感到很困惑。这时候铃声响起，原来他是在做梦，他是在梦里回家。我特别写到了梦境里的村庄。到了周末的时候，他要回家去，这一回是真实的回家。到了家里，家里没人，门被锁了，在叔叔家吃了饭，在村里走了走。就是这样一个简单的过程。是不是当时我也想家了，所以就写了这个故事。但对于一个少年来说，我觉得他的梦境和现实生活是有关联的。我从他的梦境写起，再写他真实的回家，写了两次回家。写对家园的感觉，尽管情节性是不强的，但对于一个初一的孩子，去写他内心对家的感觉，还是有比较充足的表达。

再举一个例子，我写了一本书叫作《兔子班的新奇事》。我写的小说都是农村题材，很少写城里孩子的故事。有朋友提醒我，你能不能写一点城市题材，肯定会畅销一些，好卖一些。我觉得写城市题材不像写农村题材那么过瘾，所以写得比较少。我女儿上六年级，小学快毕业了，我想写一本书，当作礼物送给她。她是属兔的，他们班上的同学都是属兔的，于是，我就写了一本书叫作《兔子班的新奇事》。班上每一个同学都有一个与兔子有关的绰号。比如说有个特别喜欢飞机模型的男孩，他的绰号就叫作"飞机兔"。他们班的同学都很调皮，老师换了一个又一个，这回又换了一个年轻的女老师，穿着白色的裙子。"飞机兔"最喜欢的动作是下课后立即跑出去，把手张开，嘴里面发出嗡嗡的叫声，在操场上、走廊上一路奔跑，像飞机飞翔的样子。有一次，他一头撞在女老师的身上。"飞机兔"愣住了，等着挨老师的骂，但这位新来的老师说："飞机在飞翔的过程中怎么能停下来呢？"老师拍了拍他的头，说："继续飞吧！"男孩欢快地继续往前飞去，同学们目瞪口呆：他竟然飞上了天空。男孩在操场上盘旋，然后飘然着地。同学们围上去问："你怎么飞起来了？你是怎么飞起来的？"男孩说："我飞起来了么？老师拍了一下我的头。"于是，全班同学都跑到老师面前，说："老师，你拍一拍我的头吧！你拍一拍我们就能飞起来。"老师笑了，给他们一个一个拍头，学生们竟然张开两臂，像张开翅膀一样飞起来了。整个班的学生编队在操场上空盘旋。我在很多学校跟老师讲座的时候，就说："很简单，你只要拍一拍你的学生。"这不是一个写实的故事，我希望我为熟悉的生活增添一点新奇的感觉。《兔子班的新奇事》写了这样有想象参与的故事，我希望能带给读者有点不一样的新奇感觉。

　　这就是我和大家交流的一点，写熟悉的生活，我感到有点困惑，我们可以写得不一样，写出新奇的感觉。

　　二是写自己喜欢的，要写出情感力量。

　　我的长篇小说《蓼花鼎罐》封面用了一个鼎罐的照片，这是我小的时候，我们家用来做饭的炊具，它能煮一升米。这是我母亲的一件嫁妆，是外婆给她的礼物。我很喜欢这个给了我美好食物的炊具，很想把它写成一部作品。我一直不知道它从何而来，母亲说它是武阳镇生产的。这个镇离我们家有八十里路，我后来在那里上了高中，大学毕业了又回到母校去教书。我一直在打听，武阳还生产鼎罐吗？没有了，以前生产鼎罐的地方在哪里也不知道，这对于我来说成了一个问题。到了2007年暑假，我回老家去找我的兄弟们，他们带着我找到了鼎罐的生产地，找到了一位88岁的鼎罐匠人。在寻找鼎罐的过程中，慢慢形成了作品的构思。作品出版后受到了好评，获得了第五届中华优秀出版物奖。对如何教孩子们写作文，我有自己的观念，我提倡孩子们写"发现作文"，孩子们要去行动、去思考、去感悟，要去体验和发现。我觉得，这就是一篇典型的"发现作文"，主动去了解、走访、调查，最后写出来，这是很有意思的一个过程。

　　三是要写自己发现的，要写出独特品质。

　　儿童文学的质感确实需要作者在写作的过程中有所讲究，要有这样自觉的意识和要求。我的长篇小说《像风一样奔跑》写出来后，一家出版社准备出版，但是主管发行的副社长表示反对，说这样一个农村题材，孩子们看得懂吗，能卖掉吗？结果出版不了。这个稿子在两三年里，投了六家出版社，同样的原因被否决了。其中有个编辑是我的朋友，提醒我改一改，淡化故事的时代背景。我说坚决不改，我要的就是这个背景下的故事。

写这本书的时候，我就在想，我的童年跨越了"文革"的十年，我要写一本书来反映这个时代。我经历的童年，别人写不出来，只有我能写出来。写这本书时确实有一点雄心，就是要反映这个时代。最早的书名叫作《大枫树飞上天》，我想用一棵树来反映这个时代，最后稿子给了湖南少年儿童出版社。吴双英是一个文学感觉非常好的编辑，说这个书名不行，要改。后来就改成《像风一样奔跑》，这本书在湖南少年儿童出版社出版了。

这个书稿的旅行给了我一些启示，有时候要敢于坚持自己。如果这部作品被改掉了，就被改砸了。与其勉强出版一本书，不如放着，总会出版的。湖南少年儿童出版社用心推动，让更多的人来了解这部作品。特别是湖南省作家协会在 2013 年 5 月份做了一个大型的活动，邀请知名评论家到长沙来做了一个新世纪湖南儿童文学的研究活动，对这部作品有两篇很好的评论文章，一篇是《文艺报》评论部主任刘颋女士写的，还有一篇是《南方文坛》主编张燕玲女士写的，分别在《文学报》和《文艺报》发表，让这部作品得到了更多的关注。

在这部作品里，我重点写到一棵树的命运。我们湘西南的村头，都会有那么几棵树，这里是孩子们的乐园。离村庄一两里远，总有一个恐怖的地方，那是用来埋葬村里死去的孩子的地方。现在小孩子夭折的不多了，以前农村有不少。我们把童年就死掉的孩子叫作"豆子鬼"，这部作品就写到了。作品里写到一棵大枫树，因为要修水库被砍掉了，我经历过这样的事情，在作品里原汁原味地呈现了枫树被砍掉的情景，也发挥了我的想象。比如说枫树被砍了以后，它的树蔸在太阳底下一晒，就会冒出红色的汁液，引来一些蚊子和蝴蝶，这是很正常的。我写的时候把它夸大了。我写了一群翅膀像蒲扇那么大的蝴蝶从山野里飞过来了，遮天蔽日，人们用竹扫把去打。山里的红蜻蜓铺天盖地地飞过来，变幻出一棵树的形状，就像那棵大枫树没有被砍掉一样。为什么要这样写，我想应该是这样，我们村口的一棵树被砍掉了，我感到惋惜。这种惋惜会变成文学的动力，我会把它写得情感更强烈，更奇妙。这些景象赋予了它形象化的一些东西，强化了表现力。枫树被砍掉以后，产生了一些连锁的情节，这些情节是别的时代不会有的，只有那个时代才会有。枫树被砍掉以后，树蔸冒出了红色的汁液，村里人家的狗去舔，舔了之后，狗就很兴奋，在村子里奔跑、狂吠，一个晚上都不安宁。小时候，我们就听大人们说，如果一只狗在夜里不安宁，老是叫，肯定是看到了恐怖的东西。那个晚上，村庄的狗都在奔跑、狂吠、骚动，整个夜晚，孩子们都睡不着。天快亮的时候，突然安静下来了，狗不叫了，孩子们睡着了。第二天早晨，大家把门打开，自己家的狗趴在门前不动，用脚踢也不动，死了。

2011年，这本书出版的第二年，长沙有二十所小学把《像风一样奔跑》作为学校的读书节读物，学校请我去和孩子们互动，孩子们提了很多问题。有个问题是，狗为什么会死，我说我不知道。我说："你读到这里的时候，你会感觉有点恐怖是吗？这就够了。如果你产生恐怖了，你就会思考。狗的死亡，村庄的悲哀，是和整个时代有关的，它们在拷问那个时代。"所以不一定要得出解释，儿童文学也可以有恐怖的感觉。我们的儿童文学作品太甜腻了，尤其是市场化的儿童文学作品以甜腻为主。我觉得也应该有带点恐怖感觉的作品，能够给孩子们带来思考。这个是有必要的。当然，我们不能写到狗死了就停止了。儿童文学是爱的文学，是美的文学，是善的文学。在结尾的时候，我写了新米节，我觉得是有必要的。

今天是农历六月初六，就是新米节。我童年的这一天，也叫尝新节。这时候中稻还在抽穗，早稻还没收割，正是青黄不接的时候。大人们在六月六这天，都会去找两升米，找点肉食，让全家有点过节的感觉。小说中我写到菊朵的妹妹和弟弟爬过一座山，去看望外婆。他们提着一个篮子，篮子里有声音发出来，是小狗的声音。这一天正好是六月六，六月六狗最大，在我们湘西南的民俗中，狗是人的恩人，是它保留了稻谷的种子。所以六月六那天，人们盛一点米饭，夹一点菜，请狗先吃。人们就会观察，狗是先吃饭还是先吃菜？如果狗先吃菜，气氛就不太好，因为预示当年的粮食产量会受到影响。如果狗先吃饭，气氛就会很好，预示当年的粮食会丰收。外婆的村庄在最需要狗的这一天，来了一只小狗。吃饭的时候，村里的老人和孩子都围在外婆家的门外，很关心这只小狗是先吃米饭还是先吃菜。结果外婆向大家报告说，恭喜恭喜，狗先吃了米饭。这只小狗的出现带给村庄的人们，其实也是带给我们读者的这种内心的安抚是很重要的。这就是儿童文学和成人文学在表达上不一样的地方。我在写的时候已经意识到这个地方必须这样来写。有这样一种意识是我自己感悟的结果，这样写肯定有助于提升作品的品质，优化作品的质感。我们在写作的过程中，有一些重要的部分特别需要用心去思考，去感悟，把它写透，写出独特的品质来。这是我自己回过头来看，对这部作品的一些领会。

　　不管你写什么，怎么写，有一种重要的东西不可或缺，就是真切的生命体验。《像风一样奔跑》为什么能得到读者的肯定，我觉得我写出了我自己童年的真切体验。比如说，我们家的狗死了，我为它悲痛哭泣。这是建立在真切体验基础上的文字。

　　我写过一个短篇，叫作《青烟白烟》。我和牧铃一起到北京去，他说："我写过一部作品是烧木炭的，那是有真体验的。"我和爸爸一起去山里烧木炭，这是很艰辛、很苦的工作。自己挖一个土窑，再砍木头，把木头放到窑里，再把窑封起来用火烧。把窑点燃，冒出的烟是浓浓的白烟，因为木材里有水分，一蒸发，就是白烟，当烟变成青烟，里面没有水分了，就要封窑了。之后就观察它能不能够出炭了，出炭的时候是最艰难、最辛苦的时候。打开窑门，发现里面的火还没有熄，风一吹，哗，燃了。在这种情况下，就要用竹筒扛水把火浇灭。拼命地跑到五十米远的山溪里去扛水，把火浇熄以后，人躺在地上一点都动弹不了。人特别劳累之后，不是感到累，是感到特别特别的舒服，好像和土地融为一体的感觉。我在《青烟白烟》这部小说里就写到了这种感觉。牧铃说他也烧过炭，看了我的小说，就知道我是一个真正烧过木炭的人。对于我们今天的孩子来说，知不知道烧木炭并不重要。但这是我曾经体验过的一种生命的经验，我把这种生命的经验以文学的方式传达出来，我觉得是有必要的。所以要提高作品的质感，至关重要的一点，就是要表达自己的真切的生命体验和人生经验。这是我要说的一点点感悟。

　　另一点感悟就是，提升作品的质感，我们是有办法来努力的。一部作品写完了，我是主张要修改的。有时，某些作品一稿确实就能达到理想的状态，但对于我来说，从来就没有。我需要修改和打磨。这个过程实际就是提高作品的质感的过程。我们创作的作品肯定要有生活的逻辑，这是必须的。但又是不够的，每一个作家都应该赋予作品自身的逻辑，如果生活的逻辑和作品设定的逻辑相统一，相融相生，那么它就会形成强大的艺术力量。这种力量恰恰是作品难得的品质力量。这是要和朋友们分享的一点。

下面我谈自己遇到的第三个问题，角度如何更新。

我们写作一部作品是有叙述角度的，我原来一直不太重视这个问题，但最近几年在思考这个问题，就是想找到更新颖、更好的角度。前面讲了故事、质感，这里讲角度，尤其是比较大一点的作品，要思考切入的角度。

去年我写了长篇小说《爸爸，你去哪儿了》，由安徽少年儿童出版社出版。昨天看到了一个书评，说这部作品角度还不错。这个长篇要求写当代的父子关系，收在"父爱的世界"这套丛书里，表达今天的孩子与父亲之间的关系。当时受到这个邀请的时候，我对编辑说我会写一个在孩子的感觉里，父亲不在场的一种父爱，编辑给了我自由。作品开头，两个孩子在村口的一棵大树下倒立比赛，脚丫子竖在上面。这时候来了一个陌生人，身材高大，肥胖，像一头熊。他背着一个很大的包，走到孩子们面前，用手机给他们拍了一张照片。咚，有一个男孩的头触到地上了，就怪这个陌生人打扰了他们。陌生人说："我想向你们打听一个人，你们这里是不是叫鸭脚板坪？"他们正在说话时，一个老人来了，一手就把陌生人抓住，说："太好了太好了，你终于来了。"原来这个老人是这里的村主任，他以为这个陌生人是来支教的志愿者老师。老人不让陌生人解释，就把他拉到了学校去。这个陌生人就在这里做老师了。他不会教课，给孩子们上课就一顿乱上，恰恰契合了孩子们的兴趣，效果特别好。现在我们有些课太中规中矩了，反而把孩子束缚了。其实，这个很胖的大熊老师是来找他的孩子的。他的孩子就在他的班上，所以他外在的角色是一个老师，内在的角色是一个父亲。这个故事就这么发生了。为什么要这么来写，我觉得我是在寻找讲述故事的角度。

去年四月份，云南晨光出版社有一个留守儿童和边疆少年的采访与创作计划，邀请了四位作家去云南采风。我们在云南走了二十天，走到怒江流域，那些村庄太美丽了，回来以后要给他们写一部长篇小说。我有点紧张，我去走访二十天，就能写一个云南的孩子吗？我在写作的过程中，老下不了手，不知道该怎么写。后来我想到了一个办法，写我自己熟悉的，我把一个湖南的孩子带到云南去了，这个孩子的眼睛恰恰是我的眼睛，这样就和我的观察协调起来了。一个洞庭湖边的孩子，父亲在云南打工。父亲把孩子带到云南去，结果父亲老不上班，住得也很差。有一天，父亲接到一个电话，就把孩子交给一个银匠照看几天。但是，父亲一去不复返，电话也打不通了。银匠要到怒江流域的村子里去做手艺，孩子也跟着去了。故事就开始了。为什么要写一个湖南的孩子，这是写我自己熟悉的，这样能和我的观察统一起来，我自己更有信心一点。银匠不断地打电话，电话总是打不通，他对孩子说："你爸爸可能不要你了，你就跟着我学，做一个小银匠。"这个孩子本来就调皮，经常逃学。他也不喜欢做银匠，但是，怒江流域太美了，那里的人，那里的风俗，那里的风景都非常美好。我把故事放在一个叫作石月亮的地方。银匠在各处村庄打银器，孩子就到处跑着玩。最后，银匠生病了，他答应过一个人要做一副耳环。这个时候，孩子主动地说："我来做耳环。"石月亮是怒江流域一个有名的景点，在中国与缅甸交界的地方。孩子做耳环的时候，就将耳环做成了石月亮的形状。这片新的土地和新的经历，对孩子的心灵和成长产生了美好的影响。

最后要讲一讲我新近出版的长篇小说《牛说话》，前几天在这里举行了首发式。在全国儿童文学创作出版座谈会上，我有一个简短的发言，谈到我们的儿童文学对土地的关注不够，我的《牛说话》就是关注土地的。湖南少年儿童出版社在湖南少年儿童图书馆做了《牛说话》品读会。我担心和孩子的交流会有一点障碍，因为有一些很小的孩子。我就选了一些照片给大家看，是我回家的时候拍的，这里也给大家看一看。这是我老家的村庄，有房屋、溪流和田野。这张照片很珍贵，里面有八个孩子，这是我们村里的小学最后一个班的孩子，教这个班的老师是我的小学老师，去年退休了，这个村小就取消了，没有了。2013 年我回家去，给孩子们讲故事，然后和全校师生合影。学校没有一个球，比我童年时还要穷。其实社会进步了，已经不穷了，但村小还这么穷。我后来买了四个球送给他们。现在的孩子不一定比我们童年时幸福。他们吃得好，玩得也好，但这样的童年比我们的童年更有质量吗？这是要思考的。村小被取消后，孩子们去乡中心小学上学，这是他们坐的校车。再来看看我们的田野，很美，但很多都荒芜了。村小的房子也被拆掉了，变成了废墟。

《牛说话》表达的是我对于乡土的观察和感悟。儿童文学给了我观察、思考、表达的方式和角度，我用儿童文学的方式来表达我的感受、感悟和发现。这在《牛说话》中应该是表现得比较突出的。

有些读者提出了一些问题，我觉得很有意思，这里和大家分享一下。

第一个问题，为什么用一头牛来做主人公？这就是一个角度的问题，因为我要表达的东西很沉重。李红叶老师看了小说后，说是一部沉郁之作。我意识到这个题材蛮沉重，那么要找一个角度让作品表达得轻盈一点，我就找到了牛的视角。我从小就是一个放牛娃，我对牛充满了感情。现在我们村里没有牛了，一头牛都没有了。《牛说话》写了一对老人和一个孩子，写他们和牛之间的一种亲情的关系。牛是孩子的亲爹。拜亲爹在我们湘西南的乡村里面是很普遍的，我小时候就拜过亲爹，我的同学中有人拜一座桥做亲爹，有的拜一棵树为亲爹，有的拜一块石头为亲爹。现在乡村里这个习俗还是延续下来了。

第二个问题，牛说话的时候遇到障碍，它讲给村里人听，还是哞哞的叫声，村里人听不懂。为什么不早一点让它真正说话？有读者说："你为什么要让它有一个学习说话的过程？为什么你给它在云朵上飘移的自由，而不早点给它说话表达的自由？"还有读者问："《牛说话》是幻想小说吗？"我认为它不是幻想小说。为什么不是呢？我想问《百年孤独》是幻想小说吗？我不可能把我的作品当作《百年孤独》来看待，但从表达来讲，有某些共通的东西。我把这部作品当作一部小说来写，把牛当作一个形象来写，尽管有一些奇特的情节，但我要表达的内容其实是写实的。我在塑造人物的时候，是有所考虑的。如果过早地让这头牛说话，那是另外一部作品。这头牛想说话但又表达不了，它的内心很郁结，很痛苦。我写牛学说话的过程，实际是写牛的成长。我的小说里的人物是成长的，所有的人物都在成长。它不是童话中的一个扁平的形象，而是立体的、成长的角色。之所以这样来处理这个角色，和我对人物的塑造是有关的。我觉得这样的处理让作品充满张力。如果它一开始就说话，作品就没有张力了。我觉得作品的张力是特别重要的一件事情。当然，不同的读者来读肯定有不同的看法。有一些读者的声音我们应该倾听，但作为作者，我们是要有自信的。对于牛为什么不直接就说话，我认为这种处理会让作品的张力更充足一点，这也是我需要的一个效果。但是不是处理得好，这是可以探讨的。

还有一个问题，是对作品尾声的理解。有读者问："你觉得农村的孩子就应该留在农村吗？这是不是农村孩子的出路？"我觉得这个问题对我来说是不存在的。我也是一个农村的孩子，我跑到城里来了。我在结尾的时候，为什么会写到牛和孩子见到一个编织竹器的老艺人。这个孩子觉得他编织的竹器美轮美奂，忍不住要去当他的徒弟。我也有过这样的冲动，这样的情节安排与孩子未来的命运毫无关系。小说不解决问题，只提出问题。试图在作品中解决问题的永远不会成为一个好作家。我这样写，是为了审美的需要，是表达土地的一个细节。这片土地，这么美的创造，才是我感兴趣的，而孩子将来干什么不一定由我来安排。汤素兰老师说她读到瞎眼的老手艺人抚摸男孩的时候非常感动，我就把这个情节背后的故事告诉她。我说这里面有我的体验。我小时候拜了一个亲爹，年纪很大。我读高一的时候，他已经八十岁了，我的亲娘是一个瞎子，瞎得很早。我第一次到她家里去，她已经是一个几乎看不见的瞎子，从来都没有看到过我。每年初一去她家拜年的时候，我总是觉得有点恐怖。因为我的亲娘会呼唤我的名字，问我是不是长高了，要摸一摸我。她提出这个要求的时候，我就往我父亲的屁股后面躲。后来她去世了，我对她最温暖的记忆就是她抚摸我的脸，摸到我的头发。她一边抚摸，一边喃喃地说："哟，又长高了，好啊！来，吃糖。"然后，她从床头的坛子里拿出一大块片糖给我。我把这样的体验写到作品里面了。

现在，回到开头我给大家的那个问题：儿童文学的写作要有哪些准备？

我觉得对于我们正在写作儿童文学和准备写作儿童文学的人，问这个问题是有必要的。我结合自己的体会来谈一谈。

第一，要有扎实的经典阅读。

我向大家推荐一些我喜欢的书。比如，《淘气包埃米尔》，看到这部作品，你就会觉得现在市场上的淘气包是埃米尔儿子的儿子，孙子的孙子，人家的埃米尔是多么正宗，多么货真价实。《汤姆·索亚历险记》，我要说一说儿童形象塑造的问题。大家在创作的时候，要思考能不能够写出新的元素，能不能够写出新人的形象。儿童文学中要写出新人形象是很难的，但在世界儿童文学中，像林格伦笔下的淘气包、长袜子皮皮，马克·吐温笔下的汤姆，都是全新的人物形象。长袜子皮皮一出来，就给世界范围的儿童教育带来颠覆性的理念。作为审美来说，这些新形象，它们的新元素闪烁着特别的光芒。《汤姆·索亚历险记》开创了顽童形象。还有一种就是《草原上的小木屋》这类小说，儿童参与创造的主题。荒原上什么都没有，父亲带着一家人到了荒原上，然后砍木头造了一座房子，整个过程在儿童眼里展示出来。我们现在的儿童文学作家，都没有出息，就是想取得孩子的一点点喜欢，写的是琐屑的事情，与创造无关的题材。有雄心的、有责任感的作家，要写出中国的有创造力的儿童形象。我的《石月亮　银月亮》已经有一点萌芽了，那个好奇好动的孩子最后创造出一件艺术品。

另外，我推荐四个湖南人写的书，这是我们这片土地上的文学资源。比如沈从文的《边城》、韩少功的《马桥词典》。1999年，我获得了湖南青年文学奖，我感到激动，因为这个奖是韩少功曾经获过的奖。我还要推荐汤素兰的《爱的童话》，到目前为止，汤素兰最好的短篇童话收在这部书里。我说过，《驴家族》是汤素兰童话中的童话。为什么这么讲？因为它是一部值得反复琢磨的作品，又那么短，里面包含了她成长中非常疼痛的生命体验，非常好，非常艺术化，非常有力量，有情感和智慧的力量在里面。彭学军的短篇写得好，长篇写得比较好的是《你是我的妹》，写的是湘西的故事，大家读一读一定会很有感觉。

还有美国儿童小说《亮晶晶》、德国儿童文学作品《鬼磨坊》，尤其是《鬼磨坊》影响了我对于文学的理解，特别是我对于长篇小说结构的理解。《鬼磨坊》的气质和质感值得我们好好地去感受。这部作品的结构像交响乐，人物塑造很有力度，氛围有独特性，有恐怖感，很过瘾。《蝇王》不是儿童文学作品，是获诺贝尔文学奖的作品，但它让我们看到儿童的另一面——人性恶的一面。这一点也是我们要关注的。我们的作品里，甜腻的东西太多了。实际上，每一个人的内心里，是有恶的存在的，儿童文学的价值是向仁、向善、向真、向美，但你对相反的东西不了解，写出来的东西就不可能深刻。

第二点准备，就是要准备一点勇气，敢于尝试，不怕困难，敢于自我挑战。要敢于面对有一定难度的写作。我觉得儿童文学作家要有好奇心，要有行动力，要主动地去体验，这是必须的。

第三个方面，我觉得要有一群共同成长的朋友。开始创作时，我有陶永喜、陶永灿，还有现在邵阳市文联主席张千山，我们是一起成长的。到了长沙以后，有汤素兰、龚旭东、皮朝晖、谢乐军，现在还有周静。我们今天在毛泽东文学院，也许听课的内容很快会忘记，但在这里结识的朋友却会保持到很久。

文学准备的第四点，是要瞄准几本有品质的儿童文学杂志。现在出版和发表都太容易了，如果不给自己提出严格的要求，我们的写作就会变成流水账。粗制滥造的东西没有什么价值，年轻作家必须有这样的意识，要努力写得更好。

每一次写作都会遇到新的困难和问题，对于有准备的人来说，解决的办法就会多一点。

你有了足够的准备，还要有一点创作的雄心，要敢于写更大的作品。更大的作品不一定就是长篇大作。所谓的雄心就是要写出质量更高的作品。我对于儿童文学之美有深刻的体验，儿童文学的美，美到了骨子里，我对它有由衷的热爱。我们在写作的过程中，要把它当作艺术创造来对待，而不是随随便便地写。我是做编辑的，看到过太多的稿件写得很随意。我们写儿童文学，我们对自己要有要求。

我体会到，儿童小说是一种极其有表现力的文体，你有多大的才气都不嫌多。它可以充分地表达你的才华，你的情感，你的全部的生命体验。所以我们的年轻作家们要有质量意识，有精品意识，要写得慢一点，写出真正的优秀的作品来，这是我对大家的期待和祝福。

第十篇　问津桃花源——我的生活与创作

蔡　皋

著名绘本画家。国际儿童读物联盟中国分会理事，中国美术家协会会员。第14届布拉迪斯拉发国际儿童图书展"金苹果"奖获得者。第34届博洛尼亚国际儿童图画书插图展评选委员。曾创作了《海的女儿》《李尔王》《干将莫邪》《六月六》《隐形叶子》《花仙人》《桃花源的故事》《荒原狐精》等绘画作品。

今天我来到这里，是借此机会来交文学的朋友。我很久很久以前曾经当过小学老师，那种上课就是玩儿，不像上课的样子，我想像讲心里话一样跟你们对谈就好。

我觉得桃花源给我的东西最开始就是文字，所以我要借此机会在这里表达一种敬意，对陶渊明，对文字工作者，对创造最优秀文字的文化人的那种敬意。他们的文字带给我极大的快乐和美感享受。我抱着这样的心情去看文学作品，我看到难以想象的扩大的世界。桃花源这个概念是一个很丰厚的概念，当我接近这个概念的时候，有种精神深深吸引了我，那就是追问的精神。所以我也有追问，人生本来就是一种追问，宗旨的追问。每一个人都在设计自己的生命的时候，设计自己的人生的时候，他都是从几个具体的问题开始，而且终其一生不会懈怠，这就是我领会的桃花源最实质的东西。

我喜欢平常的开始，把平常的意义理解成一种美好，到了这种情形的时候，它真的接近了一种境界。我就是一个种花的老太太，花里面的日常即是禅。我是抱着这种心情来过我的日常，然后我找到我的桃花源的真实的含义。

我被告知一个文学绘本的创作也是一种容器，它用来装很多的东西，不同的绘本可以用来做不同的容器。我借助文字和图画的结合这样一个载体，来讲我心里的话。我不知道别人的起点，但是我的起点就是把自己的心思分放到不同的绘本里面，因为一个绘本讲一种话题，那么你想讲的话题肯定有延续，我的延续基本上是相关的，有一种脉络的，有一种印痕。这样的感觉分放到不同的艺术创作中去，如此我才心安。也就是这样一种很简单的情绪在驱使我，在创作《桃花源》的时候，也在寻找一种时间的印痕。

时间的印痕把我带到很久远的魏晋，带进一种更为深远的历史，我在漫游中看另外一种时光，我真是感叹得不得了。我最初看陶渊明是在中学的时候，我读《五柳先生传》，我就很喜欢他。那个时候，我不知道陶渊明就是五柳先生，不知道五柳先生何许人也，但是后来才知道是他的作品。当初喜欢他就是喜欢他那种好读书不求甚解，我觉得我跟他很像。那学习完全是愉悦自己，找到一种安慰。为了喜欢去读书，这是一种生活态度。那个时候我不知道陶渊明，更不知道魏晋，更不知道传统为何物。但就因为这一篇《五柳先生传》，还因为我那个非常具有艺术感的老师，把一堂语文课讲得像一个演出一样。从他进课堂的那一刻开始，他就把我们带入了一个他要表述的圣境。我有幸碰到初中和高中的语文老师，是他们用文字照亮我的。他们用文字照亮我的时候，我这个走，是光明地走，就到了心里。在初中和高中时候我领略到了文字的极大的魅力，但我没有做文字的工作，而做了画画的工作。我为什么会这样，这一段说来很长，就不说了。但是我最开始的时候真的是被文字照亮的，我太爱文字了，但一直就停留在喜欢和爱好的层面上。

桃花源的意象对于我来说简直就是真气扑人的世界，朦朦胧胧，不是很清晰，但是非常美。跟人接触，跟文字打交道，都有这种迷离的感觉，我还是喜欢迷蒙的。有时候弥漫起来，可能你觉得不好收拾他，就像我种的花草一样，清明一点，稍微收敛一点好。但弥漫是一种画面感，从画面来说我还是喜欢弥漫的感觉，它有一种升华的作用。我在艺术创作的时候，这种感觉就融进了我的艺术，让我的艺术呈现出一种昏沉的境界。我非常喜欢昏沉，有时候我画成人题材的时候，会画到人和花一类的题材。画这种题材的时候，我觉得有三种境界可以画，有些时候是人和花，花的世界代表的是我，在我这边就是客观世界，它出离了花的概念。我觉得人和世界的关系有时候它是清楚的，有的时候是互相交融的、不分你我的，你中有我，我中有你。我觉得这没有什么不好，虽然说在形的方面我会有一种放松，但我更注意一种意味，那种形给人的一种意味的感觉。这些都是文学告诉我的，什么叫和谐，什么叫融合，什么是昏沉。这样就不知不觉地成全了我创作的这种形态。

　　在我看来，世界在艺术家的眼光中间肯定有一种共通，那就是形和色的世界。它没有边界，有些时候它不叫轮廓线，它不是线条，我们中国人把它抽象成为线条。中国人喜欢这样看轮廓，但是从另外的比较科学的层面去看，或者从现代感觉的视觉去看，它真的不是线性的，它是缩小了的面。它不存在有线，它的轮廓是你的感觉，你对形的感觉。我从西方的画再看到中国画，再从中国画观照西方的画的时候，我就有了一种领悟，我要画的东西就是完全在一种对比关系中间呈现出来的形。形和色，它们互相在支撑，互相在表达。每一个边缘线，每一个我们思想意念上的所谓的轮廓，完全是被刺激出来的。线在我的心中有生命的感觉。你扩大中国画的一条线，去看它的边缘线，那真的是很丰富的色彩。它一笔下去，五彩，它就呈现了五彩。中国人对五彩就是这么看的，他也没有搞死这条轮廓线。中国画特别是写意那一笔下去的时候，那种色泽，那种光泽，只是我们观念中的色彩，而不是西方视觉中规律的色彩。我用艺术的眼光去看世界，自然就有了一种艺术的感觉，也有了审美的态势。我觉得一切都在对比关系中间，比方说，明和暗，冷暖，强弱，黑白，色彩，色相这些对比。

世界在我看来就是视觉的世界。视觉的世界和文字的世界一起向我们讲述这个世界的故事。讲述我们身边发生的，过去发生的和将要发生的那种预言式的世界，我觉得我想到这些的时候我的表达就成为了我现在的表达。当然，我不会每种题材都是这样子的，我所有的作品我都会不同地对待。《三个和尚》不一样，《花木兰》不一样，因为语言不一样，载体不一样。在这些作品里你会看到我对形的不同解释和看法，对色彩不同的理解和看法。我花在理解图画书背后的事情的时间可能比我提笔来创作的时间要多得多。这种多得多你没法说清楚，它可以从过去一路拖过来，拖泥带水。但只能这样，因为认识事物是跟我的生活历程有关的。如果有种子这一说的话，我的那颗种可能在我童年期就开始。

我为什么有一种情感一定要做绘本呢？就是想借助绘本告诉现在的小孩，告诉年轻的爸爸妈妈，其实一个人最好的东西是童年期。在童年期，如果你给了它一颗好的种子，你不用操心它不会发芽。喝第一口奶的时候就要给，给妈妈的奶，不要给代用品。情感也不要代用，用自己的"奶"。自己亲身做父母，那么你的孩子第一步迈开去的时候，就有一个稳稳当当的第一步。我做绘本的一种最根本的情绪就在这里。我的童年和我同时代的人一样，有最美好的东西，也有坎坷，我的色彩里面表达的那种情绪全都有。我想借助我的绘本讲这么一句话：生活就像大自然一样，自然的没什么好的和不好的，所有的美和好都是互相成全的，就看你的力量。这种力量谁来给？文化给，文字给，社会给，环境给，爸爸妈妈给，关心自己、关心未来的人给。我觉得你们都是为未来才到这里来的。

　　每一个绘本都是我的一个起点。我没有刻意去强调我的风格，风格自然有，但是外貌可以变。你有时候是这个样子，有时候是那个样子，但是无论怎样变化，根本不会变，因为你不会变。所以我不操心我会不会有什么风格上的问题，我也不大强化这个东西，我只要能够表达好。就绘本来说，开始我是借瓶装酒，借《桃花源》装我自己的理解。所谓传统，它是一代又一代的人的诠释。在不同的人那里，它就会演绎出不同的故事。关于桃花源，我需要全部都了解，我要看到陶渊明的背后，所以我去读历史，读魏晋。陶渊明的背后是一个战乱的年代，那是一个不能用黑暗两个字概括的年代。这又是一种对比关系，又是一种色彩对比，明暗的对比，这种关系像宿命一样在那里。那么一个黑暗的年代，充满了权力更替，骄兵悍将，胡汉杂居，篡权，背叛，总之，历史就告诉我那是一个争锋霸世的年代。就是在那种争锋造势的景象中产生了魏晋的风流，产生了魏晋那么漂亮的语言。我真是要像汉人一样长跪读《素书》，我真的要跪下来读才对。当我读到《世说新语》的时候，我知道"世说"是怎么回事，"新语"为什么会新，语言真是太妙了。那个"覆巢之下安有完卵"是不到八岁的小孩子临危不惊说出来的。当时他们全家都罹难了，两个孩子还在那里玩，人家说你不怕吗，两个小孩子脱口就说"覆巢之下安有完卵"。吓死我了，八岁孩童有那样成熟，那样的风度，在死亡面前，那样从容。魏晋人怎么这么美。魏晋的美还体现在不同的人，你看，有王羲之，有阮籍，有嵇康，还有很多很多。陶渊明当然是最漂亮的，可是当时他不漂亮。陶渊明是几百年之后才被历代人说是魏晋以来最伟大的人。苏东坡、胡适等后来很多的大家这么高远地看，陶渊明才被人了解。当时的人发现不了，在那样一个年代，风流人物真是多极了。陶渊明不一样，他非常天真和朴素，写诗歌的语言接近口语，唯其这样的语言才能把他的天真和朴素带出来。

魏晋人创造的语言让我们真是觉得怎么都看不够。桓温平了蜀地以后，要以李势的妹妹为妻。桓温的夫人是出了名的妒妇，大怒之下带着奴婢，持刀棍要去杀了那个女孩。这时，李势的妹妹正在那里梳妆，长发垂地，态度从容，然后说："我亡国，我们家都没有了，有死而已，我只欠一死，我不怕。"夫人居然放下刀拥抱她说："我见犹怜，何况老奴。"我觉得妒妇都美啊。桓温我们当然都是晓得的。魏晋人物还能够包容，他的敌人也能包容。他们能够互相想念，哪怕是有仇，有隙，但是他们会在盛会，例如兰亭盛会之际想自己的敌人。我觉得这是很惊人的美。我很长时间都不愿意画画，就在那里徘徊，流连。我觉得它给我的享受超过艺术品给我的享受，我喜欢那种语言之美，可惜我记性不好，过了我的童年期，也过了我的少年期，更过了我没有书读的青春期，我跟它们失之交臂。年纪到了我这么一大把的时候，我想装也装不了了。我真的要为此哭了，这种年龄看这种东西看出沧桑也看出遗憾。

　　找到陶渊明，我的幸福感是绵长的。他跟我的生活搅在一起，不可分割。你们从事文学工作的人，在你的岗位上给你遇到的年轻人一本最好的书，甚至一句话他就够用一辈子。你小时候给了他一句话，照亮他的青春，这一路来都有光亮。虽然我是一个画画的人，但是我是有依赖的，我依赖我母体的文字。我真希望我的孩子、我的孙子这一辈的人都有自己独立的人格，像魏晋人一样追求独立的人格精神，追求一种遵循自然的朴素的天性为人行事，这个世界才可以说还有光明，还有和谐，还有所谓持续发展，还有所谓的正能量。和谐是个深远的东西，我不能想象没有历史感的人，没有文化感觉、对传统一无所知的人，能够带领我们去做和谐。

　　当然魏晋也有放纵，有的是放浪形骸，到了一种不可收的地步。那个时代的病症，我们不要苛求。我们就做一个好一点的人，干干净净的美，让人感觉那是个美的人，做美的事情，我就觉得好幸福好幸福。好作品一定要被讲，你去讲，你发现了它的好，一定要好好地去把它领会好，然后拿出它最好的东西交给不同年龄层次的人，让他们早一点享受好的事物，好的精神食粮，你才会不辜负他们的文字。

　　关于桃花源，我看到的并不是很多人说的那样一个虚无缥缈的世界，它很实。因为陶渊明很朴实，朴实到田园里头去。他的文字里面有太多的哲学，太多的象征。海德格尔的诗意栖居难道不是这种东西吗？他不看桃花源，但是人心本质相同。

就像民间故事，为什么各个国家都有自己的，这跟人类共同的流动生活有关，也跟人性的根本有关。心同此理，人对美的感受是一样的。所以我说这是一个源流的东西，它让我们有童心，浩浩荡荡，然后沿途有跟着的河流，由海入河，由河入溪，由大到小，追根溯源，有追寻的欲望，追寻最美。所以陶渊明的美就是追寻之美。

我一定要讲一下松居直先生。松居直最喜欢陶渊明。这不奇怪，因为中国文化是流到那边去的，流得比较早。很小的时候，他家里就挂着《桃花源》那一幅画。一直到他七十多岁，他圆了到桃花源的梦。松居直每次到中国来，都是抱着要弥补战争带给中国人的损失这样一个心情来找我们的，但是很多情况下会被误会。那个时候湖南少年儿童出版社张天明社长很相信我的工作，就像相信农民会种田一样，把图画书交给我去做。我有一种相对的自由，所以才会有这本书。一直到我退休我才完成这本书。我跟松居直完成了图画书，首先是在日本出版，不是我嫌弃中国要到日本去。当时，日本的那个环境保护了桃花源，而我们的绘本处在一种很低迷的状况下。如果这种书就是一种很贵族的、很消费的产品，就很难做了，所以我退休了以后才做了这本《桃花源》。松居直是以保护的态度来保护《桃花源》，先在日本出版，然后再回到中国来。

《桃花源》的扉页的部分，我把它处理成绯红，呼应这一片桃花的粉红。粉红这个封面是杉浦康平设计的，杉浦康平是松居直的同龄人，也是日本设计界的泰斗。他们这样做自有道理，但是如果我设计我就不会这样，但是我尊重他们最初的看法。杉浦康平说他对我们的图画书，对传统的审美方式有一点疲劳，他就是想让人警醒，刻意把桃花源的部分都框上一种粉红色，和现实世界的黄色分开。扉页绯红的部分我简单地描绘了战乱。那个时候，我的先生也是挑着一个箩筐行走在江湖。你不能说"文化大革命"不是一种乱象，它的破坏程度不亚于战争，我在这里有我的理解，所以我把自己的感觉画进去。那些细节全部都是我自己生活中间的，小孩子在迁徙的时候会带着自己的宠物，爸爸妈妈把一家就用箩筐挑起来。

武陵人捕鱼为业，魏晋的桃花源的原型是武陵。武陵桃源是离不开水，烟水弥漫，所以我要画弥漫，因为后面的桃花弥漫，我必须画水，桃花源给我就是问津，问津行为就是跟水有关。我们的地区是三湘四水，湘人也是择水而居。所以我直接让山峦就跟水相接，我没有过渡，不要画那么多的，让它简洁，那样的话，渔人的生活就很可以理解，他只能沿河去找生活，讨生活。在渔人这个角色形象的处理上，我和松居直是有过不同看法的。我原来把渔人画得比较朴素，没有现在这种儒雅的味道。松居直先生不大喜欢我设计的渔人，说他显得不是很有文化。他这么理解的时候我也理解，因为中国人归隐的人很多，那个迁徙的时候，焉知迁徙的人中间没有高尚人士？大隐于市的风格，在我们中国是一种常见的，所以也可以，两者之间听他的，因为他是长辈。这样也和后面故事的优雅打成一片，不用费脑子去解释渔人为什么会有这种境界。

我只是画桃花源迷津的美，寻找的美，弥漫的美，缤纷的美。桃花难画，桃花是具体形象，你画弥漫，画缤纷就不容易，你画气氛，营造气氛就不容易，所以我必须忽略它的形，而敷衍出那种缤纷的意象，那种弥弥漫漫，朦朦胧胧，神秘的意趣，我必须这样做。桃花叶子怎么画，我后来受到古版画的启发。古版画画桃花叶子的时候就只是在树尖上画桃花叶子尖尖。又要很精神，又要画得很漂亮，我用什么东西来画？我画得这么浓厚，情绪和材质都是很厚，毛笔太软弱，它是画不动的。我是用小号的刀来画它的叶，这样它又挺拔又有桃叶尖尖的那个味道。画那个桃花瓣的时候是一朵一朵，一簇一簇，一团一团，一束一束这样画的，然后一片一片，一定要照顾到片的感觉。文字里面是"夹岸数百步，芳草鲜美，落英缤纷"，就这几句话，但我要做足了他的文章，我要把不同的缤纷画出来，我要把不同的地貌画出来，我要把水画出来。水，你看上去，我没画，这就是中国画的虚实。虚实的部分最重要的是沿河的那一条线，凡是水路的线它不是线。它是一些浸染过的蓬松水岸。湖南人就知道水岸是什么情形，它只要不是石头它就不那么硬，泥土都是软乎乎的那种，有泥的地方都是软的，很丰饶的那种味道。我的边线的处理完全靠石头靠河岸靠桃花塑造我的流水，流水不凿壁，其实是画大气，只是一片留白，完全用边线和少数的线条以及桃花的流向来表达水的意象。

　　那么接近源头的时候就更弥漫，而且山势已经出来了，你就看到山有口。渔人在这个时候完全是忘了他是来干吗的，他已经忘乎所以了，才有后来的舍船。只有在忘机的时候，天机才会泄露。这句话就为迷津找到了一种非常本质的东西。桃花源的路让渔人知道，就是因为他能天真朴素，忘掉了自己的功利思想。这么多人都以打鱼为生，为什么只有他发现？因为他能忘机。人的身边能够遇到有天机被你发现、接近，那是好大好大的福分。所以我愿意这样去看他，渔人的福分可真是够大的，他看到了一种称为理想的东西。有人问我为什么不画洞，当初松居直先生说你可以跟随小孩子的视觉视线，跟他进洞。我画了，但是我失败了。我天生就不喜欢洞穴的感觉，天性不喜欢压抑，我不画。我就喜欢豁然，有个口就行了。钻黑洞洞我不喜欢，而且造型也不好看。我这样画进口有一个好处就是可以看到渔人舍船，渔人舍船进入山洞对他也是挑战。谁敢钻那个不知深浅的洞，他敢，他就去了，我很佩服他。我很在意这个船的意象，因为它跟水一起通行，好像一叶舟，像小树叶子一样，我喜欢这种意象。

接下来我必须描绘理想。这种理想虽然最初是小国寡民的思想，但它仍然是一种朴素的惊人的理想，是诗意的栖居。在我个人生活经验里面，我画的全部是我五十多年来的乡居生活，最完整的乡居生活是六年。那个时候，我在泰普一个叫开立寺的古房教书。里面的六朝松是在日本人打到湖南的时候焚烧的，黄巢起义的时候都没有被破坏。黄巢起义的时候，三十号人躲到观音肚子里面。这些义军进了寺，然后瞻仰这个佛的时候，看到佛有眼泪，吓坏了，马上跪拜在地，几拜而出，退兵。那个地方没有被洗劫，是日本人洗劫了它，烧掉了它，才成为了学校。1962 年它才变成学校，我是 1969 年到这个学校的。我有幸在如同莲花形状的古房里面待了六年。那个古寺，它曾经很巍峨的，没有了。它一直撑到 1976 年才轰然倒下，而且是选在学生放假的时候倒下了，没有伤学生，没有伤老师。我不敢去看它。有的地方已经面目全非。

六朝松被公社干部贱卖掉，然后变成他们的财富，不知运往何方。在这之前，无知的村民总是挖它的树皮，去熏香拜祭他们的祖宗。你伤六朝松去拜祭祖宗，这种心情对真正的乡祀是怎样大的伤害？不知道。一代一代的文化人包括我在内就没有能力去向他们宣讲这种东西。这是不是那代人最大的错误和遗憾？我们的遗憾现在荡然无存。我不敢去面对，我真的是很难过，所以必须画我乡村生活的种种。

《桃花源》画中的亭是我经常路过学校时候的一个茅亭。茅亭一年四季古朴的民风犹在，有老牧爷、牧童泡茶，路人、樵夫、农人都可以在那里休憩，我在那里必然要喝一竹筒水，再往学校跑。因为到学校之前我已经累得不行了，二十五里路对于我当时来说不短，但是我很愉快，我口渴了我就喝水。乡村生活大家都有体验，我要画劳动之美，日常之美。同时我也画那种四千年的农村美，恬淡和人性。田坑和路都很有情感，很优雅地延伸。桃花源它离中央集权远得很呢，它可以自由自在，它就像路边的草，路边的树、山势一样，可以自由。我把这些隐含的东西画出来，因为我赞美它。我在那里生活过六年，我知道它的好处，我知道我的赤脚跟它相亲相爱的时候的味道，我知道插田的苦。我没犁过田，但是插田、犁田、双抢、春种、秋收、打茶籽、上山砍柴，我没有被改造的感觉可能就是因为我有一种审美在里面。乡村给我真实，给我自由，所以我必须得画乡村所有的细节。四千年农夫是可以大书特书的，我们回不去，它已经渐行渐远。这里也画了小丘。其实我最喜欢那种蓑衣丘，一丘田只有蓑衣那么大，刚插完就上岸。我没有机会画那么小的地，但是我的小田也画得够小了，好像从这边下去那边就可以上来。我就是喜欢柳宗元说的嘛，"从小丘西行百二十步，隔篁竹，闻水声，如鸣佩环"。田大了还能得到水流如佩环吗？

　　文字有文字的叙事空间，而图画是要有图画的空间的。它没有的东西我得去画。比如 "芳草鲜美，落英缤纷"，它只讲了几句话，但是你得具体化，你得把虚的东西变成实的形象。所以我的东西里面我就尽量具体。比如说这个宴请的情形，我就画了很多细节。我画了厨房，让读者看到这个厨房里的人怎么做菜，那个厨房是怎么样的，水源在哪里，我都一步步地交代。泔水在什么地方，他切什么菜，磨豆腐的磨盘，磨盘里盛的浆汁。农民待客的诚心我要画出来。画中那小孩子不上桌子，老太太还是坐在那里。小孩嘛，很活泼，他如果都坐在那里反而不是小孩，让他一条腿在这里，另一条腿还准备下去看厨房，这就是生活的细节。然后，这些凌乱的东西摆在地面上是为了平衡，构图也要讲均衡感，两边的东西缺一点点，它缺重的东西，所以我让木头撒一地。它在那个大的范围里面乱，也蛮好看，很活泼的样子。

　　然后我画了木屐，这个木屐可能还不是那个年代的，但在唐诗里面有啊，"应怜屐齿印苍痕，小扣柴扉久不开"。木屐映苔痕是很美的，所以我让它有联想，我画了木屐。日本人问我木屐好像是他们日本的吧，我说唐代早就有木屐了，很多东西我们很久就有。那个木盘的架子我是用圆形。乡下两个树皮合起来的木盘确实比我们城里的那个木盘要好。那个木头皮都不要刨掉，摸起来光滑，有一种光滑之美那更有力量。让它留着皮的时候是一种美，就像还有生命一样。我就这样顺其自然，不落痕迹地安排细节，你读到或没读到，都很有趣。

不读到在不经心之间，似乎更有趣，我就喜欢这种不经心的情节。就像胡兰成写他的继母去取水的时候，脸从月季花旁边闪过去，他也不说那很美。你说一个女人在水缸边上，有一棵树晃过去，花从她的鬓角划过去，是什么感觉？月季花从继母的脸庞上划过去，暗藏着胡兰成对继母的美的一种欣赏，他不直接写，写得蛮漂亮，极妙。我觉得这种细节非常真实，让我陶醉。胡兰成怎么样我不去谈论他，但是他的精彩之处我一定要领会得到。

同一时间的时间不一样，虽然在同一个空间，你的时间绝对是你的时间。所以同一个时间段发生的事情，我会用中国画里面的散点。看，后院里的情形。有人在洗菜，用什么水洗菜啊，接泉水洗菜；泉水从哪里来的，竹筒引水；竹筒怎么引水啊，从山泉引下来。为下面一个更开阔更高的境界延伸，我就用竹筒、用泉水来指向，造成构图和构图之间的衔接。那个女人牵着孩子回来，这是由孩子带动，孩子牵着他的妈妈，因为孩子的信息最快。这个地方的人怎么生活，我必须画出来。房子怎么样，吃怎么样，喝怎么样，加起来的才是乌托邦。我就想这个乌托邦也是我们原始的、古有的乌托邦。比方说，那个田坑的边缘有一线茅房。魏晋的时候，古代人是很讲究的，茅坑都是一种很讲究的文化。在乡村也讲究。吃喝拉撒，我全部要安排。所以茅房也要画。现在孩子都是用抽水马桶，哪有这样的体验啊。

我在想怎么能表现"不知有汉，无论魏晋"呢？他讲过去的事情的时候，这个时间很长啊，所以一定到晚上。晚上也是最有情趣的时候，房子暗下来，小孩子是要睡觉的，我就画一种安宁。乡里的夜晚，水一样凉，我就用了冷色调。雾气蒸腾，有一种弥漫的感觉，思绪也是弥漫的，人想起来什么都是边界的。我画了一轮月亮，一轮朦胧的满月，千古一月。

渔人进入每一家的时候都非常好奇，你又不能回避吃饭，我就不厌其烦地画吃饭。特别是这一家人的饭，我一定要画，画的时候，我一定要画火塘。一个看了我的画展的专家说："蔡先生，你这里有一个小小的错误，那个时候还没有烟叶。"我画了这个竹筒在抽烟，真是一个巨大的错误。算了，留下我的无知也就罢了。

桃花源人真气一片，真气扑人，我不能没有真气。真气是什么气？古朴之气，原本的初始之气，没有加工的气息，我都把它归到真气一类。做人就不必说了，讲真话做自己都是真气。那么懂天地之真气，古语天地交流的那种气，天人合一的气，我都归到这里面，我不能画那么多，但我必须画真朴。我在细节上面也要暗藏真朴。这儿正在煮饭，炭火煨的饭一定很香。既然桃花源是一个朴素的理想，我一定要画朴素的事情。朴素不等于一穷二白，不等于贫穷，朴素是一种讲究，朴素的讲究是怎么回事我一定要有呈现，所以我就画这一桌的朴素和一桌的华丽。我认为华丽是一种精神境界，贵是一种精神境界，贵是天和人的关系，最高的和谐的境界，那才叫作贵，其他算什么贵？有钱就更不是，不值得一提。有一位看到我画展的老太太看到这里，眼睛有点湿润了，她说："蔡先生我看到你这一幅，我想家。"我一问她，原来是湖南人，久在这边工作，很多年都没有回过湖南，因为看到这饭菜，她就感动得不得了。我没想到这种细节会牵动一个老太太的思乡的情绪，让她觉得乡情是一桌酒菜。我觉得她对啊，乡情可以是任何的东西。这里也就很好解释渔人为什么要回去了。

渔人回去的时候，乡下的人对他很好，送给他各种各样的礼物，但是渔人感兴趣的礼物也是跟他的生活有关——种子。所以我尽量画带有光明的种，包括蚕的种。当然也要画疑问。有的人在质疑，你看得出有人在说悄悄话。老头和老太太是专心在话别，老人不喜欢疑，老人有那种包容与宽大，阅历深厚，有德行。

渔人出来的时候，桃花少一些了。渔人在这里逗留大概也是半年左右，桃花的花期也就那么长。渔人将围裙撕成条条系到树枝上，那么怎么解释渔人的迷津呢？他明明做了记号呀。我就增添了一个人，若隐若现。松居直说，画了一种不信任在里面。我想这样子说，这个美的出现是毫无心机的时候才两两相遇。只有忘机的情形下，浪漫的天机才会出现。渔人出去了，就回到了现实。现实是很具体的，那么路一定要记，一定要回来。地一定要种，这已经有心机了。这个处理，我还是会有一点小小的挣扎。渔人回到家，我也想交代一下家里的情况。渔人回来时的家人，女人怎么样？女人在吃坛子菜，因为家里已经没得吃的了。一家人几乎天天都在室外守候，看他回来没有，就是画的这种关系。一家人团聚，室内的蓑衣、斗笠、红薯，虽然很穷很简单，也朴素，虽然穷但是很美。为什么要画红薯呢？因为它是帮农民渡难关的东西，它是粮食，不是用来换口味、增加营养调整结构的，而是一种主食。

还有一个地方，松居直也批评我画了一种不信任。渔人见到太守后，嘴巴里冒泡泡了。他说这个泡泡有一点不相信读者，不相信读者的理解力，我完全赞成。但书稿出来，他还是保留了我最初的那个图画的处理。

我把太守画得很不一样，浑身素白，有魏晋人的风范，很飘逸，把我贪图的美放了一点进去。渔人的风味，我觉得很有趣。每一个人的打扮我都是想好的。那个衙役的动作，它也带有一种身份的信息。

最后我讲一下关于船的意象。它是一个象征，流船，也是流传。所谓船载水流，我必须画水流和流船，我必须画大船，大船的承载更多，它可以讲更多的话，而且它可以驶到宽阔的地方。我的这个《桃花源》的画上了日本的教材。上教材在我们这里是很平常的东西，但在日本是要过很多关的。编辑唐永明打电话告诉我这个喜讯，他说："蔡皋你知道吗，日本人不轻易用外面人的插图，但是用了你的，特别是用了中国人的，这个不容易。"我想这是因为这里有共同的东西在，对美好东西、人际和谐的向往，民间的朴素的愿望在里面。所以我对图画书的创作充满了憧憬，就是因为好的东西是超越语言超越国际的，被很多人接纳的，没有界限的。我觉得做这样的事情，精神上的回报实际上大大地超过我应该得到的，因为大家喜欢我的画，喜欢的是传统文化的美，喜欢的是我们的民间，喜欢的是底层的那种美，那种口耳相传的文化之美。民间有美，大美不言，所以我很庆幸，这是最丰厚的回报。